パチプロの向こう側

小川広久

ブックウェイ

目次

序章

昭和五十六年、パチンコ業界は新たな転換期を迎えていた。これまでにも時代の変遷《へんせん》と共に様々な発展を遂げてきたが、今回は紛れもなくパチンコの根幹を揺るがす大改革と言えよう。

もともとパチンコの原型となる遊戯は、ヨーロッパから伝えられた。それを戦後まもなく、正村竹一氏により釘の配置と玉のスピードを変える風車が考案され、パチンコ台としてこの世に誕生した。その後、昭和三十年代に入るとチューリップが考案され、人々はパチンコの面白さに魅了される。気がつくといつの間にか国民の娯楽として定着するようになっていた。

そして昭和四十年代に入ると手打ちから電動ハンドルへと移り変わる。すると女性の方にも気軽にパチンコが楽しめるようになり、パチンコ熱は一気に上昇した。さらにそう……昭和五十六年、コンピュータ制御によるセブン機（フィーバー台ともいう）が登場し、幅広い年齢層の人々がパチンコを楽しむようになる。しかしあまりにもギャンブル性が高く、家庭崩壊や多額の借金を苦に自殺者が出るなど社会に波紋を広げた。

このセブン機……スリーセブンが揃うとアタッカーが開き、破竹の勢いで玉が増えていく。五千個、一万個、時には二万個……当時はまだ出玉に規制がなかったため、店側が定める定量数まで玉は出続けた。これは娯楽の域を遥かに超えている。まるでカジノでスロットマシンをしているのと一緒……まさに一攫千金を狙ったギャンブルである。しかしこのギャンブルが人々を熱狂させ、店内は常に興奮の坩堝《るつぼ》と化していた。そしてパチンコ業界は凄まじい勢いで市場を席巻し、巨大産業へと成長していった。

その頃、このセブン機を食い物とする輩が現れ出した。そしてこの輩の出現により、攻略という時代が幕を開けた。そんな中、ごく平凡な一人の青年が次々と攻略法を見出してゆく。この青年の感性は他の輩とは群を抜いていた。だが同時に、青年に立ちはだかる苦難も人知れぬものがあった。

牧　幸太郎は野球が大好きな少年であった。埼玉県の春日部市で育った彼は、古利根川の周りにある田んぼで、日が暮れてボールが見えなくなるまで夢中で玉を追っていた。

そして中学に入れと、これで本格的に野球ができると期待に胸を轟かせていた。彼のショートとしてのボールさばきと俊足ぶりには目を見張るものがあった。

三年になると牧は、キャプテンを任され部員たちを牽引していく。牧が自ら生み出した練習方法は画期的なもので、弱小北中野球部はみるみる力をつけていった。そして夏の大会が始まった。北中は一致団結し試合に臨んだが、惜しくも決勝戦で敗れ、全国への切符を手にすることはできなかった。

夏の大会が終わると、牧は受験勉強に心血を注いだ。そんなある日、牧は校長室に呼ばれこう告げられた。「実は埼玉共栄学院から特待生として野球部に入ってくれないか、と依頼があってね」牧は特待生の意味がよくわからず、首を少し傾げていた。すると「もちろん入学金や授業料はすべて免除だよ」と、校長が説明を加えた。

牧は小さい頃から必死で働く母親の姿を見て育ったため、これでやっと恩返しができると思い、安堵《あんど》の息をそっと漏らした。

埼玉共栄学院は、甲子園に何回も出場したことのある名門校だ。入部初日、牧は部員達の数と体の大きさに圧倒されたが、怯《ひる》むことなく厳しい練習についていった。

そして七月十五日、甲子園に向けての予選一回戦が行われた。牧は俊敏な動きと俊足を買われ、レギュラー入りを果たしていた。試合は埼玉共栄学院が相手校を大差で下し、二回戦へと駒を進めた。

その帰り道

牧はいつものように大きなバックを担ぎ、家路に向かって歩いていた。まだ六時前だというのに急に空が暗くなり、みるみる景色が陰り始めた。そして遂に大粒の雨が降ってきた。そんな雨音を消し去るような激しい爆音が聞こえてくる……『バイク』だ。牧は恐怖を覚え後ろを振り向いた。するとその時、牧の目に映し出された光景は、操作不能になって宙に浮いたバイクであった。

気がつくと、牧は病院のベッドの上にいた。（バイクに跳ねられ俺はこうしてここにいるんだ、きっと……）そう理解するのに、それほど時間はかからなかった。

牧はバイクと電柱の間に右足を挟まれ、さらに頭を強く打ち病院に搬送された。検査の結果、脳に異常は見られなかったが右足の損傷は激しく、六時間に及ぶ大手術でどうにか骨を繋ぎ止めることができた。しかし回復するにはかなりの時間を要するとのことだ。今牧の右足は、コントで見る怪我人みたいに吊り上げられている。この事実が牧の野球生命を脅かせた。

その後、二度にわたる手術でどうにか歩けるようになったが、松葉杖を手放すことはできずにいる。

すっかり秋も深まり、至るところで紅葉が見られる季節になった。三ヵ月ぶりに家に帰った牧は、所在ない日々を送っていた。

牧の右足が完全に回復することはなく、松葉杖に頼らず歩けるようになっても、今までのように走り回ることは難しい、と医者から言われていた。牧の甲子園の夢は断たれた。牧は特待生として入学したため、野球が続けられないとなると、学費をすべて支払わなければならない。牧は退学を余儀なくされた。

第一章
釘

一

クリスマスイヴと土曜日が重なり、街は夥《おびただ》しい人出だ。そんな喧噪《けんそう》の中を杖なしで歩いている。俺は今日も足繁くリハビリに通い、そして診察を受けた。医者は驚異的な回復だと首を何度も縦に振り、こう言った。「飛んだり跳ねたりしなければもう大丈夫だ」

俺は杖を病院の傘置き場に放置し、ゆっくりと歩き出した。


年が明け正月を迎えると、親戚の人達が集まった。俺が高校を辞めてしまったことは、当然みんなに知れ渡っている。なのに「はい、コウちゃんお年玉……」

俺はなんだか詐欺師になったようで、きまりが悪くなってしまった。

（挫折感に苛《さいな》まれるのも大概にしろ）そう自らを鼓舞するものの、一旦目標を失ってしまうと逃避の心が根付くらしい。そんな心を見透かすように叔父が話しかけてきた。「足の具合はどうだい」

俺は順調に回復していることを、右足を摩りながら説明した。すると叔父は「そろそろこれからのことをいろいろと考えなくてはなあ……親子二人きりなんだぞ」と、意味深な言葉を口にした。その時おふくろは、黙って下を向いていた。

二

某大手食品会社の製造工場に勤めて、三ヵ月が過ぎようとしていた。仕事にも大分慣れ、職場の連中とも大過《たいか》なくつき合い不満はほとんどない。

明日からいよいよゴールデンウィークに入る。今年はカレンダーの巡り合わせがよく、八日間の大型連休だ。先輩達は海釣りに行く計画とか、バーベキューの話で盛り上がっている。この分では俺にも誘いがかかるのではないか、と心配いや期待をしていたがそれはなかった。

世間はゴールデンウィークでも、俺にとっては日常の日々だ。脱力した体をようやく起こしベッドから抜け出ると、鏡の前で顔を洗った。よく見ると猛獣のような頭をしている。そういえば面接の前日に髪を切ったきり、三ヵ月以上ほったらかしだ。天気も良いことだし、俺は散髪に行くことにした。

これでスッキリと言わんばかりに、頭の後方を撫でながら少し街をぶらつくことにした。若者向けの洋品店に入ると、今の季節に相応しい明るい色のシャツやズボンがところ狭しと並べられている。俺は棚から一本のズボンを取り出し、自分の体に合わせてみた。すると急に虚無感に襲われてしまった。何故こんな気持ちになってしまったのかわからないまま、ズボンを無造作に棚へと戻した。

　俺は逃げ出すように店を出ると、何気なく向かい側の大きな建物に目をやった。すると若いカップルがガラスの扉を押して、中へ入って行くところだった。扉の上には『太陽ホール』と、書かれている……パチンコ屋だ。

　この時、俺は不思議というか、なんだか奇妙な感覚に見舞われた。パチンコ屋というものは、暇をもて余しているオッサン連中が憩いの場として潜入し、なけなしの金をはたいて一喜一憂を繰り返す、そんな空間だと思っていたからだ。

　好奇心旺盛な俺は、パチンコ屋をちょっとだけ覗いてみることにした。だが、法律では十八歳未満の入場は禁止のはずだ。少しばかりの罪悪感を抱きながらドアを押した。すると、大ファンの百恵ちゃんの曲がいい感じの音量で流れているではないか。俺の罪悪感は軽快なリズムに乗ってふっ飛んだ。

　何気なく店内を歩きながら様子を窺うと、驚いたことに女性客が多い。通路の中央あたりに座っている二人組は、楽しそうにしゃべりながら玉を弾いている。すると突然持参の袋の中から何かを取り出し、口の中に放り込むと、もぐもぐし始めた。まるで縁側で戯れているオバサンそのものだ。

さらに店内を闊歩《かっぽ》すると、大学生風の若者の姿もちらほら見受けられる。今俺の目の前で玉を弾いている若者もいかにも大学生といった雰囲気だ。耳がすっぽり隠れた優男は、背筋をピンと伸ばし微動だにしない。驚いたことに、二つの箱に玉がてんこ盛りに詰められている。俺はこいつの台を少し離れたところから観察してみることにした。

規則正しく打ち出された玉は、あらゆる釘にぶつかり落下してゆく。しかしすべての玉が一番下まで落下するのではなく、てっぺんの穴や横のチューリップに吸い込まれる。すると「ジャラジャラ」と軽快な音を立て、内部から玉が放出される。その音はどことなく、海岸の波打ち際で聞く音と似ていた。わずか数分の間で玉は確実に増え、三つ目の箱を取りに男は席を立った。俺の好奇心はさらに膨らみ……パチンコをやらずにはいられない。

俺はなるべく目立たぬよう、混んでいる列の中から空席を見つけそこに座ることにした。玉貸し機に百円玉を入れ、玉を手ですくい上皿に放り込む。そして恐る恐るハンドルに手をかけ、一気に捻った。すると玉は勢いよく右端の行き止まりまで飛んでいった。その時、隣に座っているじいさんが「チラッ」とこっちに目を向けてきた。俺はじいさんの視線を無視し、必死になってハンドルを調整したがなかなか上手くいかず、そのうち玉がレールの中でガチャガチャ言い出した。どうやらハンドルを戻し過ぎてしまったようだ。俺はハンドルから一旦手を放し、仕切り直ししてみた。だがあっけなく玉は終わりを告げた。

　俺はポケットから小銭を探り出し、百円玉三枚すべて台の上に置いた。そして玉を買うと今度は慎重にハンドルを回した。

　打ち始めて五、六発目で首尾よく玉はほぼ中央へと集まった。しかしなかなか当たりの穴へは入らない……と思いきや突然てっぺんの穴に玉が入った。すると玉は待機しているシーソーの上に乗っかり、シーソーは右へと傾いた。そして同時に真ん中と右側のチューリップが開いた。俺は初めての体験に理性を失い、ハンドルを両手で握りしめてしまった。しかしその喜びもつかの間、玉はみるみる減ってゆき、そして底をついた。

　俺は残りの二百円を続けざま玉貸し機に入れ、再度チャレンジしてみることにした。打ち始めるのと同時に、じいさんがまたこっちに目を向けてきた。嫌な感じがする。俺も負けじとじいさんのほうに目をやると、先ほどの青年と同じ量の玉を抱えていた。解せない俺は横目でじいさんの台を眺めていた。すると左側のチューリップが、開いたり閉じたりを頻りに繰り返している。そういえば、さっきの青年の台も左側のチューリップに玉がよく入っていた。そこで俺は合点した。ハンドルを少しだけ左に戻し、玉をなるべく左側に集めるようにした。だが左側のチューリップに玉が入ったのは一度きりで、玉は一発残らず台の奥へと消えていってしまった。俺が嘆息を漏らすと、横から突然声が聞こえてきた。

「その台は釘がガチガチだ。やめとけ……」

俺は釘がガチガチでもゴチゴチでも、このじいさんの隣にいるのが嫌になったので席を立つことにした。まあ最初に座った台がいきなり調子良く出ることもないだろう。そう思い他の台も試してみることにした。

手始めに座ったのは7番台だ。これにはもちろん根拠がある。日本人なら誰もが好むラッキーナンバーだからだ。しかしこれがとんだ誤算となってしまい、百円玉五枚がわずか十数分で消えていってしまった。何か釈然としないものを感じる。

俺は三十分ほどかけ、店内を観察してみることにした。だが出る台、出ない台が、どういった方法で決められているのか、探り出すことなどまったくできずにいた。だが一つだけ気になる事実を発見した。それは出ている台の隣は必ず出ていないか、空き台だということだ。要するに出ている台の隣は、出ないと思って間違いない。すると狙い目は、出ていない台に挟まれた空き台ということになる。俺はこの観察力にひとりほくそ笑んでいた。

早速、条件を満たす台を見つけ、打ってみることにした。しかし思うような結果は得られなかった。俺は隣の列へと移動し、条件を満たす他の台を打ってみたが結果は同じであった。そんな稚拙《ちせつ》な行動を四回も繰り返すうちに、自分の愚かさが第三者によって嘲笑されているような錯覚に襲われ、悄然《しょうぜん》としてしまった。

結局俺の観察力は、三千円という大金と共に水泡に帰してしまった。時計を見るともうこんな時間だ。俺は逃げ出すような思いで出口に向かった。その時、突然場内放送が流れ出した。

『ただ今より打ち止め台の抽選開放を行います……』

数人の客がカウンターのほうへと一目散に走り出す。何のことやらわからぬ俺は、出口の扉に手をかけた。するとその時、どこかで聞いたことのある声が飛び込んできた。「まあいいから並んでみろ」

振り向くとそこにはツルのように痩せた老人が立っていた。俺の隣にいたあのじいさんだ。

「並ぶってどこに……」

「カウンターだよ。今の放送が聞こえなかったのか？」

「いや、でも、もう……」

「大分やられたんだろう。だが抽選に当たれば、その分くらいは取り戻せるかもしれねえぞ」

「……」

「さあ、早く……」

俺は悪徳商法じゃないかという疑念を抱きながらも、断ることのできない意志薄弱な人のように、列に並ばされてしまった。

カウンターの前では立体型の箱が置かれており、それに手を突っ込んでピンポン玉のようなものをつまみ上げている。どうやら赤い玉を掴めば当たりのようだ。早速俺の番がやってきた。

定員にも「さあ、早く」と言われ、仕方なく箱の中に手を入れた。もうパチンコは懲り懲りなので（白い玉でいいぞ）と、心の中で叫びながら手を抜くと、ピンポン玉は真っ赤に染まっていた　すると店員は「はい当たり」と、平坦な声で125番と書かれた紙を俺に渡す。その紙を手に125番台の前で突っ立っていると定員が現れ、『打ち止』と書かれた三角の札をその台のガラスから外し、代わりに『開放台』と書かれた札をそこに貼りつけた。そして「はいどうぞ」と言って、俺に着席を促した。

そこで俺は漠然ではあるが、ことの成り行きを理解した。要するにこういうことだ。『この台は一度打ち止めになった優秀な台ですよ。あなたにこの台で打つ権利を与えましょう』

まったく呆れたもんだ。一度出たからといって、また出るとは限らないだろう。宝クジの一等が同じ売り場からホイホイ出ないのと一緒だ。俺は鼻を「フン」と鳴らしポケットに手を突っ込んだ。すると百円玉が一枚だけ残されていた。すっかりパチンコをする気など失せていたので、この百円すら使う気になれずにいた。だがいっそのこと、これを使うことにより出なければ、一生涯パチンコをやることはないような気がする。ならば……。

　俺はいい加減にハンドルを捻り、玉の行方を追った。するとあれよという間に左側のチューリップに玉が入り、連動して中央のチューリップも開いた。さらに今度は、てっぺんの穴に玉が飛び込み、今閉じたばかりのチューリップがまた開いた。そして一時間が経過すると玉が下の皿まで満杯となり、俺は箱を取りに席を立った。それにしてもこれが偶然とは思えない。今まで打った台とは画然とした違いがある。

　通路を抜けると、あの老人が傲然《ごうぜん》と構えていた。そして俺の顔を見るなり「どうだ、出てるか」と、訊いてきた。俺はこの顔を見るだけで口をきくのが嫌になったので、首を縦に振ったきり澄ましていた。すると老人は「多少出てるようだがペースが遅すぎだ」と、偉そうなことをぬかした。何か言い返してやろうと思ったが、肝心な言葉がなかなか出てこない。そして俺はようやくこう言った。

「ペースが遅いなんてこと、ないですよ」尖った声を出していた。

「あの台はこの俺が打ち止めにしたんだ、アホッ」男は事もなげに言ってのけた。

　俺は「アホッ」の言葉に敏感に反応したが、確かに店に入って最初に座った場所は、この辺りだったような気がする。その後、あちこち歩き回っていろんな台に座ったので、今座っている台があのじいさんの台だとは見当もつかなかった。確かに俺はアホだ。そしてアホはこう言った。

「この台、凄いですね。左側のチューリップに玉がよく入るんです」

するとじいさんはこう言った。

「そりゃ決まってるだろう。命釘を広げたんだから」

どうも言ってることがよくわからない。命釘があるということは、それに対抗する命玉もあるに違いない。

「命釘を広げたってどういうことなんですか」と、俺は訊いてみた。

「左サイドの入賞口をほんの一ミリ程度広げたのさ。だから玉がよく飛び込むんだ」

このじいさんよく見ると、頭部は眩しく目はギョロ目だ。どう見ても宇宙人にしか見えない。宇宙人はまるで野球でいうストライクゾーンを広げたんだから、ストライクが入るに決まってるだろうと言わんばかりの口ぶりだ。だがストライクゾーンが広がることなどない。命釘だかなんだか知らないが、とんだ妄言《もうげん》を吐くじいさんだ。しかしここは平静を装い「命釘って凄いんですね。やはり生命の源っていうことですよね」

その言葉には人を軽蔑するような含みが込められていた。気がつくと、俺は侮蔑《ぶべつ》的な態度を取っていた。

「兄ちゃん、よく現状を見据えて話をしてるんだろうな」と、威圧的な言葉が返ってきた。

俺はすっかり気圧《けお》され、たじろいでしまった。さらに男は「今お前の台はそこそこ出ている。粘ればこれからも出るだろう。しかしそれは自分だけの力かい」と言った。

この憎々しい言葉に気だるさを感じた。確かにこの男が打ち止めにしたのに相違ないが、その手柄はすでに終止符となり、今新たな場面としての戦いが始まっているのだ。俺は控えめにこう言った。

「たまたま抽選でこの台が当たっただけで、誰の力でも……」すると、「その抽選に導いてくれたのは誰なんだと訊いてるんだ」と、男は言った。

なるほど……そういうことか。俺はこの男の了見《りょうけん》の狭さに辟易した。そしてこの分だとどんな弊害をもたらしてくるかわからないと考え、逆らわないことに決めた。

「本当、おかげで助かりました。ありがとうございます」……と。

すると急に男は相好《そうごう》を崩し、こう言った。

「道義をわきまえない利己的な行動は、幼児か脳の退廃した年寄りがすることだ。将来を嘱望される若者なら、その辺にところはきちんとわきまえなきゃな」男は銀歯まで見せた。

俺が困惑し黙っていると、男はさらに銀歯をギラギラさせ、こう言った。

「今日は少しは儲かるかもしれねえ。だがそうそう開放台ばかり打てるわけじゃねえ。釘読みとストロークを覚えなきゃ必ず負ける」男は威光を放っていた。

理念に基づいた教育論と現実を注視したパチンコ論。俺はこの男を見紛《みまが》えているのかもしれない。あの事故以来、俗世間から遊離し、皮相な見方をしていた。しかし今この男の言動により、やっと自立心が萌芽《ほうが》しようとしている。

確かにその通りだ。野球にもゲームにも勝つための方法論は必ずある。パチンコにもあって然《しか》るべきだ。俺はこの男の目を見て、「釘読みとストークを教えて下さい」と言った。

「ああ、ストロークな……打ち方のことだよ」男は顔色一つ変えず「まあこっちに来い」と、俺を手招きした。

俺は一番端の空き台の前に立たされていた。そして男は「お前、この辺打ってただろう」と言ってきた。どこで監視していたというのだ。まさしくてっぺんに四本並んでいる釘の左から二本目辺りを狙って打っていた。もちろん何の根拠もない。俺が小さく頷くと、男は「それじゃダメだ。確かに二本目と三本目の釘の間を通って天穴に入ることもあるが、圧倒的にここから入ることのほうが多いんだ」

男が示しているのは、一本目とその左下にある釘の間だ。

「この『ブッ込み』を狙うんだ……わかるか?」

物理的にこの男の言ってることが理解できない。まっすぐ落下してくるからこそ天穴に入るわけで、ブッ込みとやらを通過した玉が弧を描いて天穴に入るはずがない。釈然としない思いが胸の中でくすぶっていた。俺の心情は尊敬と憎悪の入り混じった複雑なものとなっていた。そして胡乱《うろん》な目つきを男に向け、俺はこう言った。

「このブッ込みを玉が通り抜け、天穴に入ることなんて本当にあるんですか？」

するとじいさんは非友好的な眼差しを俺に向け、「お前、俺の隣でよくこっちを見てたよなあ……気づかなかったのか？」と言った。そう言われてもブッ込みがどこにあるのかわからないのだから、気づけと言われても難儀な話である。

俺は相手を刺激しないよう、「このブッ込みを命釘っていうんですよね」と言って、一人で勝手に頷き、了承の意を表した。すると男は、「命釘ってのは入賞口に入る釘のことをいうんだ。さっき言わなかったか。要するに命のように大切な釘ってことだ。わかるか？」

どうやらこのじいさんの口癖は『わかるか』みたいだ。待てよ……ってことは、生命の源っていうのは正しいんじゃないのか。そう思考する俺だが、「はい、わかりました」そういうしかないだろう。

「ブッ込みを狙って打つんだぞ」そうじいさんは言い残し、立ち去った。結局俺は、不承不承しながら唯唯諾諾と従い、疑心暗鬼に駆られたまま席に戻った。

さてと……とりあえずブッ込みに合わせてみるか。けどなかなか合わせるのが難しい。何気なく隣を見ると、ハンドルにコインを挟んでいる。よく見るとほとんどの客がそうしているではないか。慣用に従い、俺も百円玉を挟むことにした。これで余計な力を入れずに済む。しかしまだ一発もブッ込みを通らない。少しだけハンドルを戻してみた。するとブッ込みを通過した玉がいきなり天穴に……入った。俺は思わず目を剥いた。

俺は五分ほどブッ込みだけを注視して打ってみた。するとブッ込みを通過した玉の約半分が天穴に入った。弧を描いて入る姿は、まさに斬新と言える光景であった。

それから約一時間が経過した。玉は先ほどとは比べものにならない勢いで増え、箱がさらに必要な状態だ。ブッ込みを知らずに打ってた一時間とブッ込みを狙って打ってた一時間とを比較し、玉は約二倍のスピードで増えたのが見てとれる。これはもちろん、左側のチューリップの入賞の他に、天穴への入賞が加わり、出玉が倍加したからだ。

ブッ込みスゲェ……すっかり恩恵にあずかりました。

夕べはなんだか暑苦しさを感じ、明け方まで寝つけなかった。だが原因はそれだけではない。昨日のあの興奮が脳を支配していたからだ。俺が眠りについたのは、バイクの加速音の後、新聞がポストに投げ込まれる「ガシャン」という音を聞いて間もなくであった。

朝八時に目が覚めたものの、気だるさを感じベッドの中でぐずぐずしていた。すっかり興奮が収まった俺は、今日これからの行動を考えた。当然パチンコ屋には出向くつもりでいるのだが、朝イチで行くべきか、それとも夕方に行くべきか、ベッドの中で熟考していた。そしてようやく最善の結論を出した。

　そもそも俺は釘読みなどできない。ブッ込みを狙うことを学んだが、そのブッ込みを見極められなければ元も子もない。ならばこの気だるさを酷使《こくし》し朝イチで行くよりも、夕方に行き開放台に狙いを定めたほうがどれほど堅実か。賢い俺はもうひと眠りすることにした。

　五時だというのにまだ放送がかからない。さっきトイレに行った時……いや、違う。トイレの中でも放送は聞こえるはずだ。俺は何か取引に関する重大なミスを犯した心持ちで、店内を歩き始めた。すると昨日とまったく同じ出で立ちの男が、退屈そうに玉を弾いているのを発見した。ここは先手を打ってきちんと挨拶しておいたほうがよさそうだ。

「昨日はどうも……」

　……無言。

「あのう……今日は打ち止め台の開放はしないんですか？」

　……無言。

　俺がため息をつくのと同時に、「お前、何言ってんだ」と、異次元な言葉が返ってきた。

俺がしどろもどろしていると、「どの台を開放するっていうんだ」男はぞんざいな口のきき方をした。

今度はこっちが無言でいると、「バカかお前」と言って、男は鼻をフンと鳴らした。バカと言われる根源がわからずしばらく黙っていたが、周りの状況を見てその根源に思い当たる節があった。

「……まさか打ち止め台がないとか？」

「その、まさかだよ」

そんなこともあるのか。重大なミスを犯したわけではなく、相手が取り引きを断念したということだ。

「そろそろやめにするか……」

「もうですか？」

「これ以上打ってもさほど増えやしないよ」

じいさんは時計に目をやると、静かに玉を箱に入れ始めた。

俺は職を失った一人の男が、家族に本当のことを告げられず、パチンコ屋で時間を潰す……そんなテレビドラマの光景を思い浮かべていた。

「さてと、お前、暇だろう。一杯つき合え」

この唐突な言葉に違和感を覚えた。まず「お前、暇だろう」に対し、よしんば暇だと仮定した場合、それはここまで来る段階においてであり、今はパチンコをやるという目的で俺は存在している。だから暇じゃない。

さらに「一杯つき合え」は、違和感百二十％だ。上司が部下を誘うのにはうってつけの言葉のようだが、じいさんは上司どころか、昨日薄っぺらな友好関係を交わしたばかりだ。そんな友好関係をなるべく壊さぬよう「でも、俺、まだ来たばっかりだし」と、耳たぶを引っ張りながら言った。頼りない抵抗を試みたが、手前勝手なじいさんは俺の心を放置したまま、さっさと玉を運び出した。

「待たせたな……さあ、行くぞ」俺は否応なしに連行された。

外に出ると生暖かな空気を顔面に感じた。大分日が長くなったものだと感慨に耽《ふけ》りながら歩いていると、じいさんは後ろを振り向き「もっと早く歩け」と、居丈高《いたけだか》に命令してきた。へんてこな風貌の小男に従う立派な青年を、街行く人々の目にはどう映っているのだろう。

駅前のほうへ通勤電車を目指す勢いで歩いていると、じいさんは「やきとり政」と書かれた暖簾をすたすたと潜って行った。

おい、待て……俺の意見も聞け。こんなオヤジだらけの（想像）汚い店（多分）俺は、嫌だ。

「何やってんだ、早く来い」

俺は無情な仕打ちを受けた受刑者のように足を踏み入れ、直立不動のままそこに佇《たたず》んだ。そして店内を一瞥《いちべつ》しただけで、俺の想像が的中していることが判明した。

じいさんは「何ボケーっと突っ立ってんだ。早くそこに座れ」と、向かい側の椅子を指差した。経費削減を主張する丸い椅子に跨り腰を下ろすと、間髪入れず「ナマでいいか？」と訊いてきた。俺の思考回路は大分破壊されていたので「ナマ」の見当がさっぱりつかずにいた。すると「おい、聞いてんのか？　喉がカラカラだ」男はそういうと、怒鳴り過ぎたのか変な咳を二回した。

俺の思考回路は徐々に修繕され、これは間違いなく飲み物であろうという結論に達した。同時に俺は、家にある冷蔵庫の中身を思い浮かべていた。果汁百パーセントのジュースが常備されている。さらに最近、麦茶が登場した。「ナマ」の言葉を以てすれば、これで間違いない。

「はい、ナマでいいです」

「おーい、ナマふたつ」

「……」

結局運ばれてきたのは、茶褐色の液体の上に、生クリーム風を乗せたよく見る代物であった。じいさんは「適当にやきとり頼む」と、気炎を上げると「まあ、飲め」と言って、ジョッキを持ち上げた。傍若無人に振る舞うじいさんに何の抵抗もできない俺は、液体を堪能した。うめえ……わけねえだろう。するとじいさんはいきなり変なことを言い出した。

「お前、何で朝から来なかった?」

そう言われても約束を交わした覚えなどない。だがじいさんの目が俺の心臓を貫いている。俺はしどろもどろしながら、店内を飛行する一匹のハエを追っていた。すると、じいさんは野ウサギを捕らえたライオンのような鋭い目つきで、こう言った。

「ふんっ、お前の魂胆はわかってる。朝から行ってもどうせ儲からねえ。それより開放台を狙ったほうが確実だ……そう考えたんだろう」

(図星です)

俺が言葉に窮していると、やきとりが運ばれてきた。店主であるオヤジは「竹さん、あんまり苛めるんじゃないよ」と、救いの手を差し伸べてくれた。

「俺は別に苛めてるわけじゃねえ。ただ人の褌で相撲を取っていても自分のためにならねえ。人間向上心を持って努力しなきゃ実を結ぶことはねえ……そこを伝えたかっただけだ」

「だとよ、兄ちゃん」

俺は黙ってジョッキの中を覗いていた。

「ところで竹さん、体のほうは大丈夫なのかい」

「まあな……」

「パチンコ屋は空気が悪いから無理しちゃダメだぜ」

俺の頭の中は混乱の渦と化していた。そして俺たち二人は沈黙のまま、やきとりを食べ始めた。ややあってじいさんのひとり言が聞こえてきた。

「レバーは半生のほうがうまい。それもタレより塩だ。ネギ間は、鶏肉の味よりネギの味で決まる」

俺は何故かこのじいさんの存在が、今の自分に重大な影響を及ぼすような気がしてならなかった。いつどんな時でも深い思想を抱き、威厳を放っている。俺がじいさんの心中を察するには青二才の小僧ではあるが、小僧は小僧なりに「ジーン」としたものを感じていた。そして思わず俺は、「竹さん……そう呼んでもいいですか？」と、言葉を発していた。

「そういや、まだお前さんの名前、聞いてなかったな」

「俺、牧っていいます。竹さん……俺、朝イチで行って釘読みの勉強をします。だから教えて下さい」

「本気か……生半可な気持ちじゃ無理だぞ」

「もちろん、本気です」

「よし、わかった。音を上げるなよ」

気を良くしたのか竹さんは「ナマふたつ」と言って、ジョッキを持ち上げた。俺は血相を変え「もう結構です」と言った。

「お前、酒あんまり強くねえのか？」

（当たり前だ）

一瞬偉人に見えた竹さんだが、やっぱり素っ頓狂なじいさんだった。

「じゃあ、ジュースでも飲むか？」

（最初からそれにしてくれ）

竹さんは生ビールとジュースを注文すると、「おでんでも食うか？」と、訊いてきた。

俺は「いただきます」と、即答した。

こうして飲みものとおでんが目出度く出揃うと、竹さんはにこりともせずジョッキに口をつけた。俺は喉に胃薬がへばりついているようなこの苦さを早く払拭したく、ジュースを一気に飲み干した。そんな俺を白眼視《はくがんし》するや否や、竹さんはこう尋ねてきた。

「お前、太陽ホールにあるパチンコ台の台数わかるか？」

（もちろん）

「三百台です」

「バーカ」

「えっ、違うんですか」

「……違う」と、無表情な竹さん。

俺は店内の情景を思い浮かべてみた。正面入り口を入り、左から1、2、3……と続く。そして右の一番奥（トイレのそば）が３００番だ。はっきり見たので間違いない。俺は殊勝な顔で異議を申し立てた。

「竹さん、俺トイレに行く時、右の一番奥の番号はっきり見ました。間違いなく３００番です」

「確かに３００番だ。俺が訊いてるのは台数だ。誰が最終番号を教えろと言った……」

まったく奇妙な話だ。体育の授業で整列し、順番に号令をかける。そして最後の者が30と叫んだ瞬間、教師は30人と認識する。俺は怪訝《けげん》そうに竹さんの顔を覗き込んだ。

「わからねえようだから教えてやる。太陽ホールには一シマ12台の機械が設置されている。そしてそのシマは16ある」

シマという言葉に違和感を覚えたが、台数から列だということが想像できる。まったく問題なさそうだ。一般的な小学生（できの悪いガキ共を除く）は、12×16の答えを導き出そうとする。すると……『１９２』、おやっ。

「計算できたか?」

俺の頭は混濁していた。そして「１９２」ですよね……と、商人がこびへつらうような顔つきで答えた。

「その通りだ」

　すると当然疑問が残る。何故最終番号が「192」じゃなく「300」なのか……俺は考えた。……せこいことしやがる。多分こういうことだ。店はなるべく台が多く設置してあるように見せかけたい。だから適当に番号をちょろまかしているんだろう。130番の次に150番がきたりして。

　やっと落ち着きを取り戻した俺は、がんもどきを口へと運ぶ。ジュワーと汁が口の中に広がる。まずまずの味だ。

「実はパチンコ台の数字には『4』と『9』がないんだ」竹さんは平然と冗談をいう。俺は大根に箸をつけた。四等分に切り裂き口の中へ……よく味がしみ込んでいる。暖簾の名前を変えたほうがよさそうな気がする。

「昔から『4』と『9』は縁起が悪いって言われてるだろう。だから省いてるってわけだ」

「へえ、そうなんですか……」と、無表情な俺。

　たまごがツルツルしていて挟み損なう。俺はたまごの中心部分を狙って割り箸を突き刺し、そして丸ごと口の中に入れた。これでしばらくしゃべれない。

「おそらく縁起が悪いって理由だけじゃなく、台数を多く見せかけようという魂胆もあるんだろう」そういうと、竹さんは残りのやきとりに手を出した。

俺は残りのおでんを箸でつつき、そんなことととっくにわかってる、と心の中でつぶやいていた。

「まあ、そんなのはどうでもいい。肝心なのは１９２台あるすべての釘を覚えておかなきゃダメだということだ」
五、六秒の沈黙が流れた。たまごを食い終えた俺は、一応訊いてみた。
「竹さんは全部の釘を覚えてるんですか？」

「俺はある台のある釘がほんの一ミリだけ動いたとしても、決して見逃すことはない」

悟りを開いた表情だ。

「信じる信じないはお前の都合で決めればいい。だが釘の開け閉めは毎日店側が行う。それを見極められるかどうかがすべてで絶対的なことなんだ」

大げさ過ぎる言葉に窮する俺は、コンニャクとこんぶをしげしげと見詰めた後、「どうすれば竹さんみたいに全部の釘を覚えることができるんですか？」と、訊いてみた。嘘だとわかっていても、ここは長老に恥をかかせてはいけない。

「毎日真剣に台とにらめっこをすることさ」

意外な言葉に俺はのけぞった。

台とにらめっこをする自分を想像してみたが、無数にある釘に到底太刀打ちできそうにない。きっとそれは釜に入れられた米粒の形状をすべて覚えておけ、と言ってるようなものだ。俺は落胆の色を隠せないでいた。すると竹さんは「せっかくだから釘の名前と効用ぐらいは教えておくぜ」と言って、不気味な笑みを顔面半分にだけ浮かべた。そして周到にも上着のポケットからペンとメモ帳を取り出した。

俺は『せっかく』の使い方が間違ってると思ったが、せっかくだから教えてもらうことにした。竹さんは数学教師のように、丸やら点やら棒やらを書き込み説明を始めた

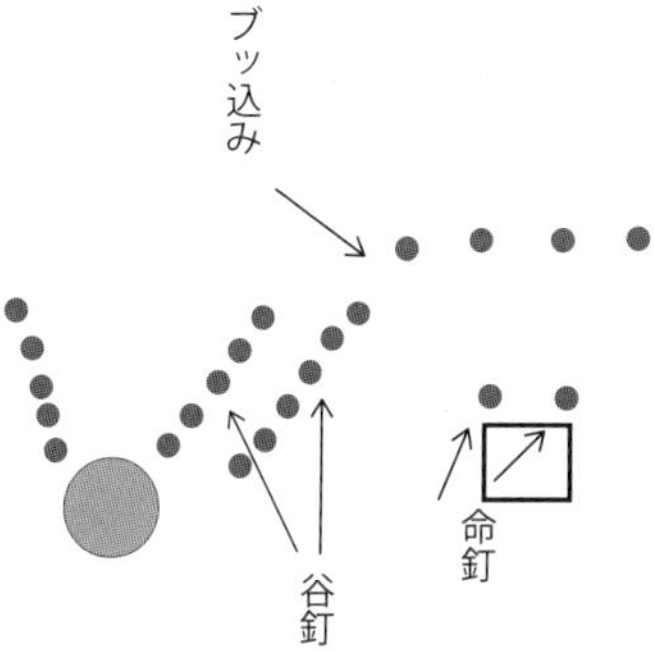

「まずここが天穴の『命釘』だ。そしてここが『ブッ込み』だ。どちらも広ければ広いほどいい。命釘とブッ込みは昨日も教えたから大丈夫だな……」

強要させられた感が否めない俺だが、思わず「ハイ」と返事をした。

「そしてブッ込みの左側……この部分を『谷釘』という。その横には『風車』がある。この谷釘と風車は『ワンセット』で考えなければならない」そういうと竹さんはボールペンをカシャンと変換させ、赤で二つに丸をつけた。

「谷釘を通った玉が右へと流れる調整、また谷釘を通らず風車へと行った玉も、右方向へと流れるようでなければダメだ。具体的にはこの釘が上がっていて、この釘が下がっていればプラス調整と言える。風車は時計回りにグルグル回れば玉は右へと流れてゆく。そのためにはセル盤と風車との関係が重要となってくる。

セル盤とは釘が打ちつけられている板のことだ。風車を正面から見た時、左半分とセル盤との隙間より右半分とセル盤との隙間のほうが広ければ、玉は風車の右側に滑り込み時計回りをする。そして……」

「ちょっと待って下さい」

蒼白した俺は、「すいません……もう少し、ゆっくり、わかりやすく、話してくれませんか?」と、懇願《こんがん》した。

「わかった……ゆっくりわかりやすく話そう」

なかなか物わかりのいい年寄りだ。だが不気味な薄笑いは継続中であった。

「そして盤面左半分のちょうど中央部分……ここを『ヨロイ釘』という。このヨロイ釘の横にもやはり風車がある。ここまでいいか？」

（まあ、いいだろう）

「ということは、さっきと共通して言えることがあるよな……それはなんだかわかるか？」

心理学とも物理学ともとれる質問に戸惑う俺だが、これでも受験を勝ち抜いてきた男だ
（試験は受けなかったが）

「ヨロイ釘と風車はワンセットで考えなければならない」

「その通り……よろしい」

俺は予備校のゼミで、模範解答を発した生徒のような気分になり、優越感に浸っていた。

「ではこのヨロイ釘はどのような調整がいいのか……玉がこぼれにくい調整がベストなので、ここところは下げ釘調整のほうがいい」

講師は重要な釘に赤丸をくれた。さらに講師は「風車の傾きは、その機種の利点によって異なる。右に集めたいのか、それとも左に集めたいのか。だが基本はさっき話したのと同じなので問題ないだろう」と、しらっと言った。

これにはさすがに参った。多分時計回りがどうのこうのってやつだと思うのだが、実をいうとよく理解できずにいた。仕方なく「もう一度お願いします」と、生徒は講師に説明を求めた。

「今度はよく聞いておくんだぞ」俺は素直に頷いた。

「玉を右側に集めたい時は風車を左右で二分割して考えた場合、右側とセル盤との隙間が広いほうがいいんだ。こんな感じで……」

竹さんはテーブルに置いてある小皿を取り上げ、それを風車に見立て、左右に傾かせてみた。

「左側に集めたい時はこう……」

今度は小皿を左右反対に傾かせた。なかなか講師としての素質も十分ではないか。俺は取り繕うように笑い、「だいたいわかりました」と言った。

「よし、今度は『道釘』だ。『誘導釘』ともいう。この釘は命釘に入るべく誘導してくれる大切な道しるべ、ということになる」

なるほど……言語的には理論化している。

「この辺とこの辺だ」

講師は四、五本の釘に丸印をつけ、「命釘をいくら広げても、この釘を一本殺してしまうだけでたちまち入りが悪くなってしまう」と言って、神妙な顔つきをした。

それは大変だ。ぜひともご享受いただきたい。

講師は丸印をつけた釘に矢印をつけ、この釘は右上がり、この釘は左下がりと説明を始めた。

「実際こんな調整の台はほとんどないが、これがベストなので覚えておくこと」

俺は優等生を貫き、大きく頷いてみせた。

「さて、次は『ハカマ』だ。その前に、この部分を総合して『落とし』と呼んでいる。太陽ホールには落としがチューリップの台は設置されていないが、よその店には結構ある。その時ハカマは重要だぞ。

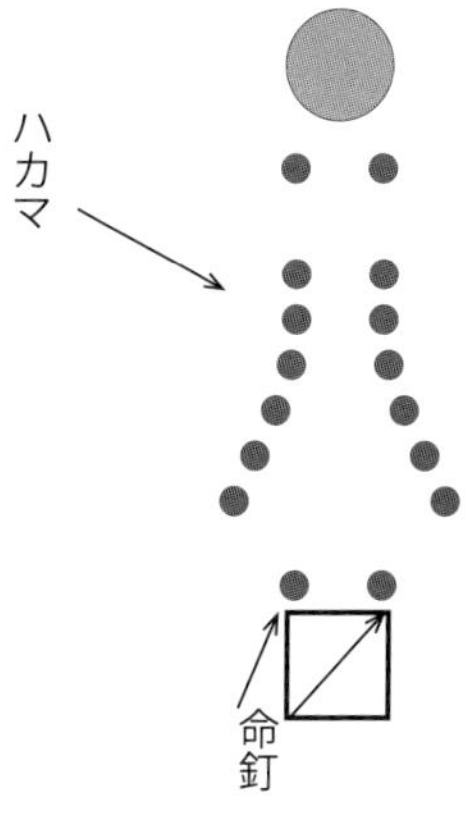

俺は着物の上にはいて下半身をおおう、ひだのあるゆるい衣《ころも》を思い浮かべていた。そりゃ、そうだろう。あれこそ真の『ハカマ』だ。

「落としの命釘はここだ」

（ごもっとも）

「そして命釘の上にある左右連続して数本並んでいるこの部分をハカマという。ここまでいいか？」

（もちろん）

「この命釘とハカマとの相対関係を見極めなければならない。ここまでいいか？」

（続けてくれ）

「風車の真下にあるハカマを玉が通過し、命釘へとすんなり入れば理想的だが、なかなかそうはいかない。どうしてだかわかるか？」

俺は少し考えるふりをして、こう言った。

「ハカマと命釘との関係にズレが生じているからです」これしか答えがないだろう。

「その通り……よろしい。実はハカマと命釘の関係は最初から相反しているんだ。上から四本目以降は末広がりになっているので用を足さない。ここまでいいか？」

（先に進もう）

「ハカマと命釘の関係は、微妙にズレて打たれている。これはメーカーがそのように設計し、安易に釘読みされないよう考慮してるってことだ」

「そこまで考える必要があるんですか？」

「……これがメーカーによって調整の仕方がバラバラなんだ。命釘に対してハカマが右調整だったり左調整だったり。どちらにしてもこの関係が理解できれば対応は簡単さ」

（おっしゃる通り）

「命釘に対してハカマが右調整の台は、ハカマの上から三本目までが左に寄っていればいい。命釘に対してハカマが左調整の場合は、その逆を考えればいい。そうすればハカマから命釘までの関係が、垂直な平行線を保てることとなり、玉が命釘に弾かれる度合いが軽減される」

　俺は竹さんが説明するハカマの図形を眺めていたら、あのひだのあるゆるい衣と何か密接な関係があるような気がしてならなかった。それにしても講師としての才覚を遺憾なく発揮している。パチンコ学校を設立し、一儲けしたほうが手っ取り早いような気がする。

「少し疲れたな……もう一杯飲むか？」と言って、竹さんはジョッキを持ち上げた。どうやら俺がジュースに変更したのを忘れているらしい。

　俺が首を横に振ると、「よし、これが最後だ。『ジャンプ釘』を教えてやる」と言って、すんなり話が進んでゆく。

「センターが二段チューリップの台に主に存在する。プロ連中でも命釘の大きさにこだわり過ぎて、ジャンプ釘の重要性を蔑《ないがし》ろにしている奴らが多い。直接命釘に飛び込むので、知ってると大量の出玉が望めるぞ」

（能書きはそのくらいでいい）

「命釘の斜め下に打たれているこの部分がジャンプ釘だ。まさしくこの釘にぶつかりジャンプして命釘に飛び込む……で、このジャンプの制度が重要視される。ここまでいいか？」

（大分、慣れてきた）

「基本的には、より高くジャンプする釘が良い調整と言える。ではどのような調整がより高くジャンプするのか、ここで一つ質問する」

予想していたので、自然と「コクリ」と頷いた
「ジャンプ釘がセル盤に対して垂直に打たれている場合と、上げ釘調整または下げ釘調整に打たれてる場合……この三つのパターンで最も命釘に絡みやすいのはどれだと思う？」

今までの質問より若干難易度は高い。下げ釘調整だと、玉に勢いがなくなりジャンプするどころか、滑りながら落下するような気がする。ところが上げ釘調整ならば、バネのように元気よく玉がジャンプするんじゃないかな。

「上げ釘調整じゃないんですか？」俺は自信を顔面に貼りつけていた。

「たいていの人はそう答える。ちょっと難しいかもしれねえが、よく聞け」竹さんの目の色が変わった。俺は心して聞くことにした。

「セル盤に対してジャンプ釘が垂直に打たれている場合、セル盤とジャンプ釘との間にできる角度は90度だ。ここまでいいか？」

（垂直なんだから当たり前だ）

「そしてセル盤に対してジャンプ釘が上げ釘調整の場合は、その間にできる角度は90度より小さくなる。すると落下してきてジャンプ釘に当たった玉は真上にではなく、セル盤側に跳ね上がろうとする。だが当然セル盤にぶつかってしまい、命釘まで跳ね上がることはほとんどない。

　では下げ釘調整ならばどうか……セル盤とジャンプ釘との間にできる角度は90度より大きくなる。すると玉はガラス側へと跳ね上がろうとする。この場合、釘の頭の部分とガラスには幾分隙間があるので、さっきより大分跳ね上がる。しかしガラスに当たってしまえば同じことで勢いがなくなってしまう。然るにジャンプ釘は、セル盤に対して垂直に調整されたものがより高く跳ね上がり、最も入りやすい。上げ釘調整は究極のマイナス調整とも言える」

　俺は竹さんの聴衆を魅了する理路整然たる演説に、肌が粟立つのを感じた。

「竹さん、俺、明日から朝イチで行き、粉骨砕身の精神で頑張ります」

「そっか、眠くなってきた。帰るぞ……」

三

朝これだけ早いと客もまばらだ。おっ、竹さん発見。すでに玉を弾いている。俺は朝の清々しい笑顔と共に駆け寄り「おはようございます」と、社会人としての常識を示す。しかし男は……無言。

俺はさらに「昨日はご馳走さまでした」と、感謝の気持ちを述べたが男は……無言。まったくどんな育て方をされたんだ。親の顔が見てみたいと思っていると突然、「お前、何しに来た?」

矛盾に満ち溢れている。俺は無言を貫いていた。すると「今、何時だと思ってる」男はそう言った。

俺は腕時計を顔面十五センチまで接近させ、「十時七分五十六、五十七、五十八……」すると「貴様、昨日言ったこと忘れたわけじゃねえだろうな……」と、堅気とは思えぬ言葉。

「ちゃんと覚えてます」と、俺は微笑みながら言った。

「なら、何で朝イチで来なかった？」

「……。」

「いいか……俺は毎朝九時四十五分に来る」

なんて律儀なことなんだ。遅刻したって誰も叱らないぞ。

俺は「そんなに早く来るんですか？」と、常套句を発しつつ、驚きの表情だけは忘れないでいた。すると竹さんは「そこに座ってよく聞け」と言って、隣の椅子を顎で示した。俺は竹さんの指示に従い椅子に腰かけ、神妙な面持ちで話を聞くことにした。

「この店にはこれでメシを食ってる連中が俺を含め六人いる。そいつらはすべて開店前に列を成す。その他にも暇を弄《もてあそ》んでいる連中、十数人が列を成す。

パチンコ台は毎日釘師が釘の開け閉めの調整をするのだが、その台数は決まっていない。例えば、甘釘《あまくぎ》台を五台作ったとする。開店前に一堂に会した総勢二十名の連中が、開店と同時に店内に流れ込み釘をチェックする。そして甘釘台を見つけた人間が勝利者となるんだ」

「……てことは、五人以外は敗北者ってことですか？」

「そんなはずねえだろう」

「けど、他の台は……」俺が言葉を詰まらせていると、竹さんはまた説明を始めた。

「パチンコの釘調整なんてもんは、いくら腕のいい釘師でも自分のイメージ通りにはいかないもんなんだ。当然そこには打ち手側の技術も加味されるわけだからな。誰かさんのようにストロークが悪いと、なかなか玉を増やせないこともある」

竹さんは一瞬俺に目を向けたが、間髪入れず、話を続けた。

「さっきも言ったように甘釘台を五台作ったとする。だが打ち止めになったのは三台だけで、残りの二台はそこそこ出たが打ち止めにはならなかった……そんなことが頻繁に起こるんだ。すると次の日、打ち止めになった三台は釘を閉めるが残りの二台は様子見ってことで釘をいじらない。そして甘釘台をまた何台か作る……日々そういう作業が行われているんだ」

そこまでいうと竹さんは、俺の目を見て何かを訴えてきた。俺はなるほど、と得心したので言ってみた。

「……ってことは、打ち止めにならなくてもそこそこ出る台が何台かあるってことですか？」

「おお、なかなか冴えてるじゃねえか」

俺が鼻の穴を膨らませると、男はさらに話を続けた。

「釘師は様子見ってことで保留にしておいた台のことなんて、何も気にしてねえんだ。あくまでも打ち止め台が出たら釘を閉めるだけのこと。それともう一つ……打ち止め台が出たので、釘師はその台の利点である左サイドの命釘を閉める。だが本当の利点がヨロイ釘から左サイドに流れる道釘にあるということに気づかない、なんてこともあるんだ。すると当然またそれなりの玉が出てしまう。

　そう考えるとパチンコっていうのは、打ち手側の技術と釘師の技術が融合し出る台出ない台を生み出しているんだ」

　俺は恍惚《こうこつ》として聴き入っていた。

「明日から必ず九時四十五分に行きます」

「俺に合わせる必要はないが、開店前に来ることは必須条件だ。それもなるべく早く来て先頭へと並ぶことが勝利への近道となる」

（心得ておこう）

　結局俺は竹さんの指示により、今日一日釘とにらめっこをし、ポイントとなる釘の状態を逐一メモしておくことを仰せつかった。俺は渋々ボールペンとメモ帳を買うため店を脱出した。

　晴れ渡る空を見上げ茫然と立ち竦《すく》む。入道雲を目で追い深いため息をつく。何やってんだ俺は……と、自己嫌悪を覚えずにはいられなかった。

確か北中のそばに文房具店があったはずだ。俺は両手をポケットに突っ込み、暗い雰囲気を漂わせながら歩き始めた。すると前方から「ねえ、見て……」と、陽気な声が聞こえてきた。俺は項垂れた首をちょこっとだけ上げ、上目遣いでそのほうを見ると、可愛らしい女の子が道端に咲く可憐な花を指差していた。女の子は花に近寄ると膝を抱えるようにしてしゃがみ込み、じっと花を眺めていた。母親も一緒にしゃがみ込み花を眺めていた。強い日差しが二人を照らしていた。母親は娘の幼稚園行きのカバンを持っている。こんな時間に幼稚園に行くのか、または早帰りなのか。

俺はカバンにぶら下がっているクマのぬいぐるみを見つめていた。両手を上で広げ、まるで体操でもしているかのようだ。よく見ると色が白と黒なのでパンダなのかもしれない。母親が娘にしゃべりかけた時、きれいに並んだ歯が太陽の光を受け、一瞬眩しく輝いた。だが視線がこっちに向けられると、唇は真一文字に結ばれ、敵を威嚇するような表情に一変した。まるで一流の役者を見ているようだ。俺は慌てて目をそらし、自分の靴先を見つめながら歩き始めた。そして徐々に二人へと差しかかると、母親は娘の手を「グイッ」と引き寄せた。おそらくこの変質者から愛娘を守らなければ……と、咄嗟に思ったのだろう。それほど今の俺はうらぶれた姿をしているということだ。娘は口を大きく開け、今にも何かを言おうとしていた。

十分ほど歩くとようやく北中のグラウンドが見えてきた。グラウンドではサッカー部の練習試合が行われている。主審のホイッスルの吹く音が遠くから聞こえてきた。俺はホイッスルを吹く男の姿に目を凝らした。三年の時、担任だった神崎に間違いない。俺が高校に入学が決まった時、神崎は右手を振り上げ喜んでくれた。今でも一生懸命野球をやってると思ってるに違いない。なのに俺は……。

虚無感に襲われたままボールペンとメモ帳を購入し、パチンコ屋に戻ることにした。扉を開け中に入るが、虚無感は消え去るどころか益々募るばかりだ。そもそも俺は何故竹さんに盲従《もうじゅう》してるんだ。今だってわざわざボールペンとメモ帳を買って、パチンコ屋に戻って来る必要などなかったんだ。

確かにパチンコに興味を持ち、竹さんに釘読みを始め様々なことを教えてもらった。でも俺は竹さんとは違うんだ。やっと仕事にも慣れてきたというのに……。

人生の転機は必ず訪れる。この俺にも人生を左右する転機が数回訪れた。偶然とも必然ともとれる転機……。俺が初めてパチンコ屋に入り、今この状況に至るまでにも偶然と必然が幾度となく繰り返された。

偶然パチンコ屋に入る若いカップルを目撃し、誘われるように中に入ると、一人の青年がたくさん玉を出していた。観察していたら必然と自分もパチンコがしたくなり、やってみた。だが負けるのは必然で、帰ろうとした時、偶然一人の男に声をかけられ、そして抽選に並ばされた。すると偶然にも赤い玉を引き当て渋々パチンコを始めると、偶然玉は思いの他よく入った。しかしこれは偶然ではなく必然だということがあとでわかった。

そして翌日、夕方パチンコ屋に行くもののパチンコはせず、やきとり屋に連れて行かれる。そして今もこうしている。これらは明らかに必然的に生じていることで、自分の意思、行動そのものだ。俺はこの現実に悶々《もんもん》としていた。

この状況を冷静に考えようとすればするほど、俺の呼吸は乱れ鼓動が激しくなる。まるで出口のない迷路をさまよってるみたいだ。俺は突然「クソッ」と叫び、扉の外へと自らを追いやった。そして駐車場を囲んでいる膝ほどの高さのブロック塀に腰を下ろし、目を閉じ、静かに竹さんの言動を回想してみた。

(常識のない行動をとった時に注意してくれた男)

(パチンコ論を語る時の真剣な目)

そして今日、今日だって……。一度突き放したものの、朝イチで並ぶことの重要性を熱く語り、そして釘をチェックすることを指示してくれたのだ。

俺は野球に熱中していた中学生の頃を思い出していた。弱小チームをなんとか強くしたく、先頭を切って練習に励んだ。気がつくと仲間達も俺に従い必死になって練習をし、やがて弱小チームは変貌を遂げた。

俺は自分の生きざまと竹さんの生きざまとを照らし合わせてみた。するとどこか類似しているところがあるような気がしてならなかった。何かを貫こうとする意志……そう、それは『信念』だ。やっと見えない出口に光が差した。

海釣りにもバーベキューにも誘われなかったのは、偶然か必然かわからない。だがそれ故に、俺はパチンコという未知の世界に足を踏み入れることになってしまった。しかし未知のものと出会ったからこそ得られるものがあるのかもしれない。そんな世界から抜け出すかどうかは、この先じっくり決めればいい。

俺は再びパチンコ屋の扉を押した。そして釘の状態を端からチェックし、気になるポイントをメモ帳に書き込むことにした。

1番台と2番台とを見比べ相違点を見つける。そしてその相違点を3番台と比較する。俺は右に移動したり左に移動したりして、カニのような姿で台とにらめっこを繰り返した。しかしどの台を見てもさほど差は感じられない。たまにこの台のほうが命釘が開いているとか、風車の傾きが良いとか感じることがあるが、ヨロイ釘や道釘に至っては判然としない。それでも根気よくにらめっこを繰り返していると、いつの間にか竹さんが座ってる列へと差しかかった。

俺はさっきまで竹さんに盲従する自分を否定的に捉え、苦痛すら感じていた。しかし今、その否定的な考えは緩やかに晴れ、苦痛は完治された。だが心の片隅に小さな不安がわだかまりとなって残っている。俺は竹さんにかける言葉が見つからず、静かに背中を通り過ぎようとした。その際、ガラスに映った竹さんの顔が少しだけ上に動いた。だが言葉を発することは俺達にはなかった。

全ての台を点検し時計を見ると二時を過ぎていた。思わず俺の腹は「グーッ」と音を立てた。その音を聞きつけ現れた竹さんは、「よく頑張ったな……ところで良い台はあったか？」と、訊いてきた。

俺は釘の状態をメモ帳に書くには書いたが、どの台が出るかという思考がまったく働かずにいた。

「どの台も微妙に違うのはわかるんですが、どれが出るかまでは……」

「まあ釘の違いがわかれば初日としては十分だ。それにお前、86番台の時ボールペンを使ってたな……あの眼力はたいしたもんだぞ」

おいおい、86番台は竹さんが座ってる列とは全く違う列だぞ。俺はこの男に驚愕《きょうがく》した。

俺は86番台に直面した時、落としの向きが他の台と明らかに違うのに気づいた。ハカマと命釘との相対関係だ。俺はボールペンを持ち出しそれを定規に見立て、ハカマと命釘が垂直な平行線を保っているかどうかチェックしていたのだ。

「じゃあ俺、86番台で打ってみます」と、能天気に言ってみた。

「そう慌てるな……何事も繰り返し行うことが大切だ。俺はメシを食ってくるからお前はもう一度釘をチェックし、今度は勝てそうな台の番号を書いておくこと。その理由もだ。それが必ず明日に繋がる」そう言って俺の空腹を置き去りにしたまま、男は涼しい顔で出て行った。情け容赦もない。

俺は再び端から台を見て回ることにした。大分店も活気づき半分以上が埋まっている。当然人が座ってる台は、釘のチェックが大まかにしかできない。5番台、6番台とチェックが終わり7番台に差しかかると、先ほどとは違う男が座っていた。まったく出てないが、この台の人気度はかなりのものだ。

俺は次々と台をチェックしていった。すると最初は気づかなかったが、二回目だとある部分の変化に気づくことがある。172番台がまさにそうだ。最初見た時は決して良い台とは思わなかった。天穴の命釘はやや広めだが、ブッ込みはさほど広くはない。左サイドの命釘もその他の命釘もみな平均的な広さだ。しかし二回目に見ると、左サイドに通じる道釘が非常に良いことに気づいた。まるで命釘へと誘導してくれるようにバランス良く開いている。

俺はそこを見落としていたのだ。

そして次の列へと足を運ぶと、竹さんが座っていた２０７番台が見えてきた。調子良さそうだ。この分だと打ち止め間違いないだろう。どれどれ……そもそもブッ込みが閉まっている。これじゃ玉が通りそうにない。左サイドの命釘も道釘もそれなりだ。俺はどこか見落としてるところがないか、もう一度よく確かめてみた。すると天穴左下の直接役物《やくもの》に飛び込む命釘が、少しだけ広がっているような気がした。この部分の広がりはどれも微妙で、正面からだけではなく、斜めから覗き込まないとハッキリとわからない。両隣の台と比較してみたが、やはり多少広めのようだ。だがブッ込みがこれだと……。

俺は空き台となっているすべての台のチェックを終え（二回目）、一人佇んでいた。竹さんはいつの間にか食事を終え、２０７番台で玉を弾いている。時計に目をやると釘のチェックに二時間以上も費やしていた。

それから一時間ほど、俺は店内をぶらぶらしたり小休憩できる椅子に座ってコーヒーを飲んだりして、時を過ごしていた。しばらくして何気なくカウンターのほうへ目を向けると、竹さんが玉を運んでいるではないか。……あれ、おかしいな。打ち止めになる時は必ず放送があるはずだ。

俺は２０７番台に駆け寄ってみた。するとヨレヨレ背広の小太り男が、ハンカチ片手に玉を弾いている。ご苦労なことだ。世間は休みでも営業の仕事に休みはないらしい。骨休みに涼むがいい。

俺は透かさずカンターへと駆け寄り、「竹さん、打ち止めまで粘らないんですか？」と、訊いてみた。すると妙な答えが返ってきた。

「あと一時間も打ってりゃ打ち止めになるだろう……だからやめたんだ」

「……」

「俺は帰るからあの台を頼んだぞ」そう言って、竹さんは姿を消した。唖然とする俺。

「打ち止めになるからやめた」と「あの台を頼んだぞ」……その意味。

「打ち止めになるからやめた」は、言葉の使い方からして間違っている。思考を巡らせてみたが、一年かけてもわかりそうもないのでやめにした。それと「あの台を頼んだぞ」の意味だ。そもそもあの台を頼まれてもすでに人が座っている。手段を選ばず、あの台で打てというのか、まさか……。それに百歩譲ってあの台で打ったとしても、「頼んだぞ」の言わんとするところが理解できない。一生かけてもわかりそうもないので、こちらも考えるのをやめにした。

そうこうしているうちに、打ち止め台のアナウンスが数回流れ、いよいよ抽選開放の時が訪れた。そういえば、俺は昨日も今日もパチンコ屋に足を運んだものの一度も打っていない。……よし、期待を胸にカウンターへと突き進む。そしてつまみ上げたピンポン玉は、普通の色をしていた。

四

翌日、八時半に起床した俺は、食事を済ませるとソファーに寝ころび読書に勤しんでいた。電話帳ほどの分厚い本だ。活字はやけに少ないが……。

しばらくして時計を見ると九時三十二分を示していた。しまった……今日から九時四十五分に行くと啖呵を切ったばかりだ。俺は、腹筋だけで体を起こすと、タンスから靴下を取り出しすぐに戻した。履いてる暇などない。俺は素足でスニーカーを履き、玄関を飛び出した。その時、右足の脛《すね》の部分に小さな電気が走った。

なんとか間に合った。すでに五、六人の客が並んでいるが、その中に竹さんの姿はない。ホッとした俺は列には並ばず、駐車場を囲っているブロック塀に腰を下ろし、竹さんが来るのを待つことにした。

入口付近、先頭に並んでいるのは若い男だ。直立不動のまま文庫本を広げている。俺はこの長髪男に見覚えがある。最初は大学生かと思っていたが、これを生業《なりわい》としている雰囲気がプンプンしてきた。三十秒ほど眺めていたら、一度だけページを繰《く》る指先が動いた。

その後ろにいるインテリ風のメガネ男は空を見上げている。俺も見上げてみたが、なんの変哲もない青い空だ。メガネは胸ポケットから手帳を取り出し、そこに何かを書き留めた。ここで一句詠むつもりじゃあるまい。メガネは目の前にいる青年の肩をポンと叩いた。いよいよ嫌な予感がする。だが青年は微動だにせずマネキンを貫いていた。何はともあれホッとした俺だが、今度は奇妙な光景を目の当たりにした。

クリーム色のワイシャツを着たきれいな白髪の爺さんが、若い女と手を繋いでやって来た。爺さんの職業は、ヤミ金か質屋のいずれかに相違ない。花柄のワンピースに身を包んだ女は、繋いでいる手の上にもう片方の手を乗せ、腰をくねくねさせている。爺さんは孫娘との約束を交わす時のような品の良い笑顔を見せていた。

俺は探偵団の一味と化し、さらに調査を続けた。

次は季節を先取りした半ズボン男とジャージ姿の男が、通学路を歩く小学生のように、はしゃぎながら現れた。半ズボンがワンピースに「よおっ」と片手を挙げると、ワンピースも手を振りかえしていた。三角関係ってことらしい。

さらにその後ろを歩いている男はスポーツ新聞を広げ、首を傾げながら列に従う。耳の上には赤鉛筆が見える。どうやら来るところを間違えてるようだ。

さらに頭部から光を……あ、竹さんだ。俺はすかさず駆け寄り「おはようございます」と、学生の時の魂で挨拶した。

「おっ……」まともな返事が返ってきた。時計を見ると開店五分前だ。

「竹さん、今日は遅いんですね。俺、ちゃんと九時四十五分に来ましたよ」と、すまし顔で言った。

「今日はそんなに早く来る必要がないんだ」

竹さんの言葉には常に哲学的要素が含まれている。理解するにはまだまだ修行が足りないらしい。

「それより何でこんなところにいるんだ。そんなに早く来たんなら、さっさと先頭のほうに並んでりゃいいだろう」

俺は置物のような姿で「俺、竹さんが来るのを待ってたんです」と、呟いた。すると竹さんは「バカか、お前……昨日言ったこと忘れたのか?」と、声を尖らせた。

決して忘れたわけではない。俺は恩師を敬う気持ちで待つことにしたんだ。なのに男は「まあいい……」といった。そこで俺は話題を変えた。

「竹さん、昨日帰る時に打ち止めになるからやめたって言ってましたよね。あれってどういう意味ですか？」

「聞きたいか？」

（ぜひとも）

「その前に昨日の台、あれからどうなった？」

どうなったと言われてもわかるもんか。俺はあのあと抽選開放に並んだが、はずれたので帰ってしまった。しかしこれを口にすれば男は激昂《げっこう》するだろう。俺の口からは思わずでまかせが飛び出した。

「サラリーマンの人が打ってましたけど、それなりに出てたみたいです。打ち止めになったかどうかまで確認しないで俺も帰ってしまいました。スミマセン」

言い終えた俺は「サラリーマンの人」ってなんだか変だな、と思いながら、竹さんの反応を待つことにした。

「ほお、そうか……」無機質な声が返ってきた。俺は二の句が継げず視線を落とした。まるで母親の財布から紙幣を抜き取った時のような、後ろめたさに浸っていた。

「まあいい……」

二度目の「まあいい」を合図に一同は店内へと突入した。各々がいそいそと隅々に散らばる中、竹さんは中央奥へと静かに歩き始めた。俺はあらかじめ決めておいた台に向かって歩き始めた。そしてその台に座るや否や釘をチェックした。当然の如く道釘のバランスが優秀だ。他の連中はカニ歩き行進中だが、俺は高まる気持ちを抑えながら早速打ち始めた。……やはり俺の目に狂いはなかった。

二時間が経過し、まずまずの勢いで出玉を獲得した俺は、小休止を取ることにした。まるで研究に没頭する科学者のような気分だ。大きく息を吐き立ち上がると、竹さんを捜しに歩き出した。

あれ、その台、昨日の……。俺は冴えない表情の竹さんに話しかけた。

「竹さん、その台、釘が閉まったんじゃないんですか？」

「……」

俺は竹さんが無言の時は、その後必ず挑発的な言葉が返ってくるのを知っていたので、退散することにした。すると「おい、どうだ……」意に反して竹さんは、俺の質問とは関係のない答え、いや質問をぶつけてきた。

「え、何ですか」と、無関心を装う俺。

「出てるのかって訊いてんだ」

決まってるだろう。俺が昨日どれだけ苦労したと思う。その苦労は受験勉強や慣れない仕事の比ではない。だが俺は「まあ、そこそこ」と、しらっと返答した。

「そっか、なら良かった」

俺は竹さんの出玉を一瞥したがさほどでもなかった。いずれ弟子が師匠を追い越す時が来るのかもしれない。だが昨日の今日だ、早過ぎる。

その後、席に戻り打ち続けること四時間……遂に場内放送により打ち止めが告げられた。快挙の達成である。俺は米俵に匹敵する重量の玉を一気に持ち上げ、カウンターへと歩き出した。そして玉を換金し透かさず竹さんのところに歩み寄ると、そこには似ても似つかぬボサボサ頭が座っていた。俺は不安を隠せないまま外に出た。するとブロック塀に腰かけ、物思いに耽っている竹さんを発見した。そんな竹さんに、俺は話しかけた。

「竹さん、どうしたんですか。急にいなくなっちゃって……」

「いなくなんかなってねえ。さっきやめたところだ。お前さんの打ち止めコールちゃんと聞こえたぞ」

「それはそうと、竹さん儲かったんですか？」

「まあな、昨日ほどではないが……」

「でも、昨日も今日もどうして途中でやめちゃうんですか？」

「聞きたいか？」

この言葉は今朝も聞いた。質問の趣旨は同じだったような気がする。俺はか細い声を絞り出し、「教えて下さい」と言った。すると「お前、今朝言ったこと覚えてるか？」と、男はずしりと言った。どうもこの言葉には甚《はなは》だ参ってしまう。仕方なく「スミマセン」と、微笑んでみたが、右の眉根はピクピクしていた。

「俺が打ってた台の話だよ。昨日サラリーマンが結構出してたって……？」

その話か……やっと思い出した。

「いや、それなりにです」と言ってみたが、右の眉根は相変わらずだ。

竹さんは「フン」と最大限に人を見下し、「お前の目を見りゃすべてがわかる」と、哲学を述べた。俺は冷水を顔に浴びたような気分になっていた。すると「開放台の抽選にでも並んで、ハズレたもんだからさっさと帰ったんだろう」と、男は言った。俺の驚きは頂点に達していた。こうなったら取るべき道は素直に謝ることだ。

「スミマセン」これで何回目だ……。

「竹さんの言ってた『頼んだぞ』の意味がまったくわからなくて……教えて下さい」と、素直にいや、とりあえず言ってみた。俺はなんて卑怯者なんだろう。

「なら教えてやる」意外にも素直に応じてくれた。

「俺がそれなりに出してやめた台だから一目散に誰かが座り、しばらく打ち続けるだろう。その時どのくらい出たのか、あるいはさっぱり出なかったのか、その辺のところを観察してもらいたかったんだ」

「竹さん、でも打ち止め寸前まで出た台が急に出なくなるなんてこと、あるんですか？」

「だが、現実としてそうだったようだな。その証拠に釘は昨日のままだ」

　俺は竹さんの考えが少しだけ読めてきた。

「……ということは、わざと打ち止めにしないで他の人に打たせたってことですね」

「ほお、なかなかいい読みしてるじゃねえか」

（フン、長いつき合いだ）

「でも腑に落ちない点が二つあります」

「なんだ、言ってみろ」

「何故、打ち止めになるまで打たないんですか？　それと他の人が負けるなんてことが何故わかるんですか？」俺は当然たることを平坦な口調で述べた。すると「お前はまだパチンコというものの半分も理解していない」と、男は言った。

（当たり前だ）

「俺達、いや俺は何のためにパチンコをしてるかわかるか？」

　迂闊な答えは命取りになるおそれがある。俺は熟考した。まさか生活のためなんていうありきたりの答えではあるまい。哲学か、芸術か、いったいなんだ。もしかして……。竹さんは俺の心をよく読み取っていた。多分そうだ……。

「パチンコを通して人の心理を研究してるんですか?」そう訊いてみた。

すると薄汚い野良犬を見るような目で俺を睨み、「お前、筋金入りのバカだな」と言った。そして「決まってるだろう……生活のためだ」と、男はさらに言った。俺の頭のネジは完全に外れ、どこかへ飛んで行ってしまった。そんな俺を歯牙《しが》にも掛けず、「生活のために一番大切なのはなんだかわかるか?」と、訊いてきた。筋金入りのバカは言葉を失っていた。

「わからねえようだな……この際、教えてやるからよく聞け」

『この際』の主体となる部分がどこにあるのか知らないが、男はとつとつと語り出した。

「生活のために一番大切なのは安定なんだ。よく公務員は安定してるなんていうだろう」

俺もそこは納得する。

「一方、商売人や芸術家は収入も時間もバラバラだ。自由業に至っても当然一緒だ。これらの仕事はすべてギャンブル的要素を含んでいるので、安定とは言えないのさ。ではパチンコはどうだろう。いうまでもなくギャンブルだ。だが技術介入があるため、それを習得できればギャンブルではなくなる。

競馬や競輪にだって予想を的中させる人がいると思うだろう。だがそれは予想するセンスが他の人より少し優れているだけで、技術介入とはまったくかけ離れているんだ。ギャンブルってのは、勝つか負けるかわからないからギャンブルなんだ。しかし常勝が期待できるようになれば職業として成り立つ」

俺は目を瞬《しばたた》かせた。

「パチンコには釘読みとストロークという技術介入がある」男の話はさらに続く。

「では釘読みとストロークを習得できれば必ず勝てるのか……そんなことはない。店に出す気がなければそれまでだ。そこでこれでメシを食ってる連中は、いろいろ考え行動するんだ。と言っても、本気で考えてる奴はほんの一握りだけで、ほとんどの人間がその日儲かれば満足してしまう。だがそれじゃダメなんだ。『安定』が見えないからだ。ではこの安定を築くためにはどうしたらいいのか……。

さっきも言ったように公務員は景気に左右されず、安定した月給を貰うことができる。だがパチンコとなるとそうはいかない、と誰もが思ってしまう。しかし……。

パチンコ屋は意外にも景気に左右されにくい商売なんだ。労働者の景気が良ければ小遣いをパチンコにつぎ込むし、労働者の景気が悪ければ一儲けなどと考えパチンコに身を注ぐ。なので閑古鳥が鳴いてるような店はほとんどない。どの店も釘の開け閉めをバランス良く行い、バランス良く客を獲得してるんだ。このバランスってのが俺達にとって都合がいい。一日何百人という客が訪れる中、数人の客が勝ち続けても負け続けても、店にとってはどうでもいいことなんだ。要するに利益が上がればそれでいい。毎日勝つ人、負ける人がいてもそれはバランスの範疇に含まれてるってことなんだ。

さて……では毎日勝ち続けることができるのか？　そうはいかねえ。何故ならパチンコ屋は必ず回収日を設けているからだ。その目的は経営者や上層部の考えなので俺達にはわからねえ。だがそんなことはどうでもいい話なんだ。その日パチンコ屋に行ったら、どの台も釘がガチガチだったとしよう……お前ならどうする？」

選挙演説の百倍の関心度を持って聞き入ってた俺は「諦めて帰ります」と、蚊が鳴くような声で言った。

「それじゃダメなんだ」男はあっさり否定し、さらに話を続けた。

「例えば、保険の外交員がよく得意先回りをするよな。あれはお得意先の家に何か変化はないかと、観察してるんだ。家族が増えたりしてないか、子供はどのくらい成長したか、など……。それにより、今後の保険の見直しプランを立てているんだ」

この話がどこに向かっているのか、見当もつかない。

「釘がガチガチだったら、俺達も営業回りをしなければいけない。他の店を隈なく見て回り、釘のチェックを行うんだ」

俺は営業回りという言葉が滑稽に感じたが、黙って話を聞くことにした。

「そして優秀だと思われる台があればそこで打ってみればいい。儲かれば拠点を移したって構わない。引き出しをたくさん作っておけば出し入れに困らないだろう。だがこれでメシを食ってる連中のほとんどが、その日、勝つことだけに貪欲になっている。そんなのはパチプロという才覚とは程遠い偽ヤローだ。本物のパチプロはたとえ儲からない日があったとしてもきちんと状況を把握し、次に繋がる行動をとる。また打ち止めにすることができても決して浮かれたりせず、店内を一周し再度釘のチェックをしてから店を出る。さらに他の店にも立ち寄り、釘のチェックをすることも怠らない。こうしてようやく一日が終わるんだ。地道な努力がなければ『安定』は構築されない」

話し終えた竹さんは真摯な眼差しを天に向け、「さてと……」と言って腰を上げようとした。その時、俺は何かを忘れているような感覚に見舞われた。そしてそれに気づいた。

「竹さん、安定を築くことが大切だということは俺にもわかりました。けど207番台を途中でやめた理由が……」

「安定のためさ」竹さんの哲学がまた始まった。

「あの台は昨日釘が開いた。開いた箇所は、直接役物へと飛び込む命釘だ」

（それはわかってる）

「しかしこの台はブッ込みの調整が悪過ぎるため、ほとんど玉が通らねえ」

（それも確認済みだ）

「ブッ込みが開いていれば、天穴と役物への入賞が狙え一石二鳥だが、これだと両方叶わねえ。だがこの台は谷釘の調整が抜群にいいんだ。谷釘の入口が大きく広がり、裾は右へと寄っている。勿論風車も時計回りなるよう調整されている。後はストロークの問題だ。

ブッ込みが閉まっているのにそこを狙って打つと、玉は大きく暴れてしまう。狙いは当然谷釘ということになるのだが、そのストローク加減がなかなか難しいんだ。それは微妙にバネが変わったりすることがあるからなんだ。常に神経を尖らせ玉の行方を注視する必要がある」

なるほど……俺にも安定の意味がだんだん読めてきた。

「それじゃ、ストロークがいい加減だと玉を出すのは難しいってことですね」

「難しいどころか、まず出せない」

「竹さんはそれを承知の上で、途中でやめたんですね」

「安定のためにな……」

俺は竹さんの言おうとしていることがそれなりに理解できるのだが、果たしてそんなことをする必要などあるのか、考えあぐねていた。だってそうだろう……打ち止めになる台なら打ち止めまで粘ったほうが利益が増す。それにより釘が閉まったとしても、また他の台の釘が開けば問題ないはずだ。だから最大限に玉を出したほうがよさそうな気がする。そこで俺はこう言った。

「竹さん、でも釘の調整は毎日やってるわけだから、途中でやめる必要などないんじゃないですか?」

「まあ、たいていの人はそう考える。打ち止めにして釘が閉まっても、次の日、他の台の釘が開けばいいんだからな。しかしそれじゃダメなんだ。その先を見据えてこそ、これでメシを食っている証なんだ。

さっき回収日の話をしただろう。回収日ってのは、前日打ち止めになった台の釘はしっかり閉め、新たに甘釘台を作らねえってことだ。そこそこ出た台はそのままにしておく。そうしねえと、経営悪化を引き起こすおそれがあるからな。それにもう一つ……今日は甘釘台を三台しか作らなかったとする。すると開店前から並んでいても、先頭のほうに並んでいた連中にその台を抑えられてしまうことも当然あるのさ。どっちにしても207番台はそんな時のための『保険』なのさ」

マーケティングリーダーとしての才覚をも認めた俺は、真顔で頷いた。

竹さんは「さてと」と言って両膝をポンと叩くと、今度こそブロック塀の椅子から立ち上がった。すると「お前、よく頑張ったな……たいしたもんだぞ」と、いきなり褒めてきた。

俺の心は薄汚い野良犬から一瞬にして愛犬になった気分だ。愛犬になったよしみで「また明日もいろいろ教えて下さい」と言った。すると男は小さく息を吸ってから「明日か……」と、おもむろに唇を動かした。

「俺、パチンコのこと少しずつわかってきました」

「ほお、そうか。だが釘を何度でも繰り返し見ることだけは忘れるな。その時、命釘にとらわれず全体をよく見るんだ。そうしねえと肝心の獲物を取り逃がしてしまうぞ」

「木を見て森を見ず……ですね」

「その通り」

竹さんはシワに埋もれた目で遠くを見つめていた。そして「じゃあな……」というと、踵を返しゆっくりと歩き始めた。いつの間にか太陽が沈みかけ、街をだいだいいろに染めていた。

第二章

——ターボX——

一

「アトムも凄かったよ。一時間前から並んだものの新台にはありつけなかった」そう話しかけてきたのは、太陽ホールの常連である川柳《せんりゅう》さんだ。

実は最近パチンコ屋に異変が起きている。春日部市に隣接する越谷市や岩槻市といったところで、連日のように新装開店が行われている。新聞の折り込みを見るたびに、こんなのが本当にパチンコなのか、と疑いたくなるような写真と、本日新装オープン六時開店の文字が飛び込んでくる。越谷市にあるパチンコアトムも昨日六時に新装オープンされ、川柳さんが様子を見に行ってきたようだ。

「そんなに人気があるんですか?」と、俺は訊いてみた。

「人気っていう言葉が相応《ふさわ》しいのかどうか……とにかくみんな躍起になってその台を打ちたがるんだ。おそらくパチンコ屋という組織がマインドコントロールを使うようになったんだと思う」川柳さんは顔色ひとつ変えず、そう言った。

この太陽ホールの常連になって早いもんで二年になる。川柳さんとは二年前から顔見知りだったが、話したことは一度もなかった。

今から三ヵ月くらい前だと思う。開店前に並んでいたら、俺の後ろで俳句を詠む声が聞こえてきたので、「なかなかうまい俳句ですね」と、心にもないことを言ってしまった。すると「若いのに感心ですね。だけどこれは俳句ではなく川柳なんですよ」と、メガネは言ってのけた。

俺は俳句と川柳の違いを訊くのも面倒なので、ただ「そうなんですか」とだけ言っておいた。メガネは「俳句は何かと面倒で……川柳のほうが気が楽なんですよ」と言った。おそらくメガネも俳句と川柳の違いなんて知らないんだろう。その後メガネは俺の顔を見るたびに「君、君……」と、話しかけてくるようになった。

最初に話しかけられて四、五日してからのことだ。

「君、君……君が昨日帰ったあと、思わぬ美人が現れてね……」メガネは突然言い出した。

「その美人がどうかしたんですか、せんりゅうさん？」

俺はメガネのことを皮肉って、川柳さんと呼んでみた。だがメガネは何の反応も見せなかった。おそらく自分の名前も地名もたばこの銘柄も重要視される位置づけが一緒なんだろう。

「僕の隣に座ると、百円だけ玉を弾いてこう言ったんだ。『今夜、遊びに来て』って……」

「それで川柳さんはなんて答えたんですか？」

「でも高いんだろう」って言った。

「それで……」

「すると彼女は『その玉で平気よ』と言って、髪をかき上げたんだ。僕の呼吸は三分間くらい止まったままだったよ」

川柳さんは「ほらっ」と言って、俺に名刺を見せてくれた。そこには『イメージサロンムーミン』と、書かれていた。俺の経験則からはマンガの主人公しか思い浮かばず、そこがどんな類《たぐい》の店なのか想像することはできなかった。

最近、太陽ホールの釘の状態は頗《すこぶ》る悪い。今日も優秀台がなく昨日のままだ。俺は早々と切り上げ、他の店を見て回ることにした。すると突然川柳さんが現れ「ワイワイランドも今日だね、様子を見に行かないか」と、言い出した。

ワイワイランドとは、春日部市の郊外に半年前に建設された大型のパチンコ店だ。機種も豊富だし、くつろげる空間もあるということで、年齢層の高い人達も多く訪れるようだ。

「でもあそこまで歩くとなると、かなりの距離がありますから……」

俺は気乗りがしなかったので無難な断りを入れた。だが男は「僕の車に乗ればいい」と言って、お守りのついたキーを指にからませ、くるくる回してみせた。

俺と川柳さんはまだ四時前だというのに、ワイワイランドに向け出発することとなった。四月のこの時間はまだ日が高い。車に乗り込むとムーッとした空気が顔面を覆った。俺は窓を全開にしたが川柳さんは涼しい顔をしていた。

川柳さんの運転は、路上を走る教習所の車のように慎重でイライラした。だが川柳さんはイライラどころか始終鼻歌をうたっていた。そして目的地に着いた。その瞬間、俺は目を見張った。なんだ、この長蛇の列は……。

「川柳さん、確か開店は六時ですよね」俺から話しかけたのは三ヵ月ぶりだ。

「ああ、まだ二時間はある。恐ろしいことだよ。百人は優に超えている。どうする、並ぶかい」

俺は最初から並ぶ気などなかったので、「ここで待たせてもらいます」と言った。川柳さんもこれじゃ新台に座るのは無理だと思ったらしく、「僕も諦めたよ」と言って、カーラジオのスイッチを入れた。ラジオからは最近よく聴くへたくそな歌が流れていた。そのへたくそな歌が終わるのを見計らってから、俺は川柳さんに話しかけた。

「川柳さん、ここ一週間、毎日この近辺で新装開店が行われているけど、この現象はいったいどういうことなんですか？」

「君はまだこのセブン機を見たことがなかったよな」

川柳さんは眉間にシワを寄せ、このセブン機がまるで化け物でもあるかのような曇った表情を見せた。そして「今日見ればその凄さがわかるよ」と、つけ足した。

どうも川柳さんはセブン機とやらの凄さに脳波が乱れてしまい、俺の質問の意味がわかってないようだ。

「川柳さん、この時期に連日新装開店が行われるのと、セブン機の凄さと何か関係があるんですか?」

「大ありだね」川柳さんはメガネをちょいと持ち上げ、こっちに顔を向けてきた。

「もうすぐゴールデンウィークが始まるだろう。それに合わせ、どの店も新台を入れているのさ。とてつもない新台をね……そして派手に出す。店は赤字でも屁のカッパさ。その分はゴールデンウィークにきっちり色をつけて回収する。半端じゃない額になるだろうな。多分、店の幹部は挙《こぞ》ってベンツを乗り回すんじゃないかな」

川柳さんの飛躍的な考えに曖昧に頷き、俺は別のことを考えていた。ゴールデンウィークといえば、俺がパチンコをしたのもまさに二年前のその時だった。ということは、竹さんが忽然《こつぜん》と姿を消してからもう二年が経つのか……。

俺は二年前のゴールデンウィークの最終日、途方に暮れていた。あの時のことは今でもはっきり脳裏に焼きついている。どうしても竹さんに会いたい。そして俺の進むべき道を教えてもらいたい。それだけを思っていた。だが竹さんは姿を見せなかった。駅前にあるパチンコ屋をすべて探してみたが、どこにもいなかった。

俺はその日、一日中悩んだ。そして結論が出せないまま朝が訪れた。俺は毛布をすっぽりかぶり体をエビのように丸めた。その時、竹さんの言葉が頭に浮かんだ。ブロック塀に腰を下ろし、熱く語ってくれた『安定』の意味。俺は毛布から顔を出すとまっすぐに天井を見つめ、その時のことを思い浮かべてみた。竹さんはパチンコでも安定を構築することができる、と俺に教えてくれた。もしかすると竹さんは、そのことをなんとしても伝えたくて外で待っていたのかもしれない。

俺は意味もなく、天井の染みをじっと見つめていた。するといつの間にかその染みが、パチンコの「ハカマ」に見えてきた。俺は決断を下すとベッドから飛び起きた。念入りに髭を剃り、髪を整え、そして作業服にアイロンを掛けた。初めてのアイロン掛けに四苦八苦したが、それなりにうまく仕上がった。

スポーツバックを押し入れから引っ張り出し、作業服をたたんでそこに入れた。退職願は書く暇がなかったので、諦めて家を出ることにした。あの時の決断が正しかったのかどうか、今でもわからない。でも竹さんが教えてくれた安定を二年間保ち続けてきた。そういう意味では正しかったと言えるのかもしれない。

「おい、あれを見ろ」

いきなり俺の耳に大きな音が飛び込んできた。川柳さんが指差す方向に目を向けると、中年の男が若い男に胸ぐらをつかまれ、締め上げられているところだった。中年男が苦しそうに顎を突き出すと、野球帽を後ろ前に被った別の男が中年男の横腹に蹴りを入れた。中年男は腹を抱え、うずくまった。さらに追い討ちをかけるように、銀縁メガネが中年男の背中を蹴飛ばした。俺は傲慢《ごうまん》で卑劣な行動を最も忌み嫌うのだ。俺の鼻息はしだいに荒くなってゆく。

「川柳さん、助けに行きましょう」俺はドアに手を掛けた。

「バカかね、君は……奴らと喧嘩したってかないっこないさ、チンピラ三人だぜ」

チンピラ三人だろうが、チンドン屋五人だろうが関係ない。俺はあのオッサンを助けてやりたいだけだ。

「俺、助けに行きます」左手で勢いよくドアを開けたが、右手を川柳さんに引っ張られ、ドアだけが虚しく開け放たれていた。

「そんなに心配しなくても大丈夫だよ、ほら見てごらん」

奴らはたばこに火をつけ、すまし顔で煙を吐いていた。それを見て俺は車のドアを閉めた。川柳さんは「本気で蹴った感じはしなかったしね」と言って、奴らの真似をしてたばこを口にくわえた。

「でもひどいですね。あのオッサンが何か悪いことをしたとは思えないけど……」

「僕が見ていた時、最初は角刈りしかいなかった。胸ぐらをつかんでた白いジャンパーの男だよ。でも気がつくといつの間にか帽子と銀縁が現れ、中年男と言い争っていたんだ。多分あの二人が順番を割り込んできたんだと思う」

「するとオッサンはそれを注意したってわけですね」

俺は川柳さんの言葉を待った。川柳さんは時間をかけて煙を吸い込み、ため息と一緒に盛大に吐いた。オッサンの横には冴えないオバサンが立っていた。オバサンはオッサンのズボンと服をポンポン叩きながら、何かしゃべっている。口の動きから「バカだね、まったく」と、言っているような気がした。

まさしくバカだね、まったく、この俺は……とんだ場違いなところへ来てしまったようだ。俺はシートを少しだけ倒し腕組みをした。川柳さんはたばこをもみ消すと「ちょっと様子を見に行かないか?」と、言ってきた。様子を見るもクソもない。俺は早くここから逃げ出したい気分だ。だんまりを貫いていると川柳さんは、「まあ、ゆっくり休んでてくれ」と言って、キーを抜いて飛び出して行った。エンジン音と共にラジオも消え、急に静かになった。

駐車場には車が次々と入り込み、空きのスペースがなくなってきている。これはいったいなんなんだ。まるで人気グループのコンサート会場のようだ。それにしても人間というものは不思議な生き物だ。何かを求め何かを得ようとする時、必ず卑《いや》しさ、ずるさ、傲慢さが表に現れる。これが野生で生きる動物ならどうであろうか？

当然弱肉強食の世界で生き抜くためには獲物を倒し、それを食する必要がある。だがそれは自然の摂理に適ったもので神聖とも言える。人間に例えるなら、仕事をしなければ生きてゆけないのと同じだ。だから貪欲に狩りをする。だがそれ以外では、結構のんびりと謙虚に生活しているような気がする。それに引きかえ人間は、狩りをする必要などない。何故なら人間は他の動物より著しく脳が発達したため、あらゆる物を築き上げてきたからだ。そのためいつでも自由に物を食することが可能になった。だがそれ故に卑しさ、ずるさ、傲慢さを身につけてしまったとも言える。

オイルショックの時には商品を買い占め、バーゲンセールでは商品を奪い合い、そして新装開店で見せるあの躍起な姿……どれも人間特有の醜さだ。自分だけが得をしたい、自分だけがいい思いをしたいという気持ちが働く時、知らず知らずのうちに醜さが露呈してしまう。その点野生の動物は、同じ群れの中で自分だけ得をしようなどと考えないような気がする。人間も遠い昔、狩りをしていた時代があったように野生の動物の生き方を見習ったほうがいい。そんなことを真剣に考え、そして考えが無事にまとまると眠気が襲ってきた。

「ドンドン……ドンドン」

まどろんでいた俺は「ひいっ」という自分の声と共に上半身を起こした。ドアの外には神妙な顔つきで川柳さんが立っている。俺は半分だけ窓を開け「どうしたんですか」と訊いてみた。すると川柳さんは「三十分切り上げて開店するそうだ」と言った。まったく並ぶ気などない俺は「またなんでそんなことになったんですか」と、上の空で訊いてみた。すると川柳さんは「裏口にも客が並んでいる。この分だと店内に客が入りきれなくなるので、その前に開店するんだそうだ」と言った。

「でも今から並んだところで、新台どころかどの台にも座れそうにないですよ」

「でも新台を見ることはできるぜ。何しろ開店時間が過ぎたら入場を制限するらしい」そういうと、ドアを開け俺の手を掴んだ。

「ちょっと待って下さい。その卑しい傲慢な態度が人間の醜さなんです。野生の動物を見習って下さい」俺の口が勝手に動いた。

「何言ってんだ、君……」

川柳さんが俺の手を引っ張ったので抵抗するのも気の毒だと思い、外に出てしまった。そして最後尾に向かって歩き出した。目的地に到着するや否や軍艦マーチが大音量で鳴り響き、店内に人が流れ込んだ。俺たちは押されることもなく、一歩一歩ゆっくりと前進して行った。

ややあって「キャー」という悲鳴と、「オー」という叫び声が聞こえてきた。俺は列からはみだし前方を覗いてみた。すると入口付近で大勢の人が倒れている。

「止まれ止まれ……押すな押すな」大きな声が飛んできた。

「バカヤロー、押すなって言ってんだろう」ヤクザのように怒鳴っているのは、おそらく定員だ。

「下がれ下がれ……邪魔だ」ヤクザのように怒鳴っているのは、おそらく別の定員だ。二人とも同じネクタイをしている。

取り残された客は、うまい具合に倒れている山をすり抜け侵入して行った。倒れている山はしだいに小さくなり、みんな歩き始めた。まっすぐ店に向かって歩いて行く者と、腰を押さえながら俺たちのほうへと歩いて行く者とに分かれた。だが一人だけ動けないでいる者がいるようだ。五、六人の定員に囲まれているのではっきりとはわからない。

俺と川柳さんは歩くのをやめ、様子を見ていた。しばらくすると遠くから救急車のサイレンが聞こえてきた。俺と川柳さんは顔を見合わせ茫然と立ち尽くしていた。救急車のサイレンがどんどん近づいてくる。店員の一人が駐車場の入口に向かって歩き出した。そしてその店員により、救急車は倒れ込んでいる人のもとへと誘導された。

新聞にはこう書いてあった。

『昨夜五時三十分頃、埼玉県春日部市のパチンコ店ワイワイランドにおいて、市内に住む吉田妙子さん（六十八歳）が店内入口付近に倒れており、救急隊員によって病院に搬送されたが約一時間後に死亡が確認された。肋骨が三本折れており、死因は胸部圧迫による窒息死とみられる。

ワイワイランドでは昨日新装開店の準備が行われ、午後五時三十分に営業を開始した。オープンと同時に大勢の人が店内に流れ込み、吉田さんを含む十数人の客が将棋倒しにあったとみられる。

目撃者Yさんの話によると、吉田さんは先頭から五十番目くらいのところに並んでおり、入口付近まで進むと「早く歩けクソババア」という声が聞こえてきたという。その後「キャー」という声がし、将棋倒しが始まったと話す。Yさんも将棋倒しの巻き添えになったが、幸い怪我はなかった。

警察は客を入場させる時の安全管理に問題がなかったか関係者から詳しく事情を聞くと共

に、業務上過失致死も視野に入れ捜査を進めて行く方針だ』

いったい何が起こってるんだ。体のたがを外してまで何故パチンコに熱狂する。冷静に考えてみろ……どんなに魅力があっても結局負けるのはお前らなんだぞ。どうしてそれがわからない。考えれば考えるほど深みにはまっていく。まるでどろどろした沼地を歩いているようだ。俺はパチンコ業界がグルになって、とてつもない画策を企てているように思えてならなかった。

憂鬱な気分のまま出かけることにした。外に出ると四月の下旬とは思えぬほど肌寒く、ねずみ色のどんよりとした空が広がっていた。普段なら犬や猫と遭遇するのに、その日はいっさい姿を見せなかった。まるで世界全体が静寂に包まれているようだ。

太陽ホールに到着すると川柳さんは新聞を読んでいた。俺がその後ろに並ぶと、川柳さんは新聞に鏡でもついているかの如く振り向き、こう言った。

「君も読んだだろう……間違いないよ」

「間違いないって、何がですか？」

「ここだよ、ここ……」川柳さんは力を込め新聞を叩くと、ゴクリと唾を飲み込み話し始めた。

「被害者は先頭から五十番目くらいのところに並んでいた、と書かれている。あのチンピラ達も五十番目くらいのところにいたはずだ。『早く歩けクソババア』なんていうのはあいつらしかいない」

川柳さんは新聞を丸め、天を仰ぎ嘆息を漏らした。そしてさらにこう言った。「多分、チンピラの誰かがバアさんの背中を押したんだよ」さすがにその言葉に俺は驚き、身震いを起こした。

昨日あのあと、俺たちはバアさんが担架に乗せられるところまで見届けていたが、バアさんはピクリともしなかった。俺が帰りましょうというと、川柳さんは君の家まで送ってやるよ、と言った。川柳さんの車で送ってもらい車から降りると、「店内の様子だけでも見ておくよ」と言って、川柳さんはワイワイランドに引き返していった。俺は川柳さんの気持ちがさっぱり理解できずにいた。

「そういえばワイワイランドはどうでしたか?」急に思い出したので訊いてみた。

「例の場所は立ち入り禁止になっていたが、店内は普通に営業していたよ」

俺は人が一人死んだにもかかわらず、普通に営業しているのが不思議でならなかった。

「警察の人は、事情を訊いたりはしなかったんですか?」

俺の質問に対し、川柳さんは顔を曇らせながらこう言った。

「何人かの店員が警察に事情を訊かれていたが、簡単なもので五分もすると解放されホールを走り回っていた。とにかく店は人でごった返していて、あちこちで怒号が飛びかっていた。何しろ全体の三分の一にあたる百二十台もセブン機を導入し、驚いたことに完全無制限の営業だ」

興奮気味の川柳さんに俺は訊いてみた。

「セブン機っていうのは、スリーセブンが揃うと、どのくらい玉が出るんですか？」

「ずっとだよ……」

「えっ……」

「店がストップをかけない限りずっとだ。だが通常なら五千発か一万発で打ち止めにする。だがワイワイランドはそれをしない。閉店の九時まで出し続ける」川柳さんは眉間にしわを寄せ、ますます顔を曇らせた。

「じゃあ、もし開店と同時にスリーセブンが揃ったらどうなっちゃんですか？」

「そうだな……アトムで見た時は五千発で打ち止めだったけど、かかった時間は二、三十分だったと思う。……ってことは、三時間打ち続けると三万発から四万発の玉が出ることになる」

俺の想像を遥かに超えていた。でもそれだと一つ問題になることがある。閉店間際にスリーセブンが揃った場合だ。残りの時間が五分しかなかったら客が怒り出すかもしれない。

俺は川柳さんにそのことを訊いてみた。すると川柳さんは平然とした顔で「その時は保障するのさ……一分前に出ても五千発の保証はちゃんとついてますよって具合に……」と言った。

俺がその手口に感心していると、開店時間を告げる軍艦マーチが聞こえてきた。ここ一週間太陽ホールは釘の開け閉めをしていない。俺は昨日三千発出した62番台に向かった。そして目を剥いた。釘がガチガチだ。仕方なく他に出そうな台を探すことにした。だがどれをどう見ても半端じゃない。今まで見たことのないガチガチ状態だ。

俺は諦めて外に出た。すると川柳さんはブロック塀に座ってたばこを吸っていた。俺の顔を見るや否や「今日あたりかなって、思ってたよ」と言った。俺は「半端じゃない釘でしたね」と言った。

「ああ、半端じゃない。だがある意味あたり前で予想していたことだ」

「予想って……こんな釘になるってことをですか?」

「君はその辺の事情を飲み込めていないようだが、新装開店の前日は釘を閉めまくるんだ、どの店もね」

「じゃあ、いよいよ明日ってことですか?」

「間違いない」

しばらく沈黙が続いたあと、俺は川柳さんに別れを告げ家に帰ることにした。

「明日はどうするんだ？」という言葉が背中に届いたが、返事はせずまっすぐ歩くことにした。アスファルトが黒く染みていた。いつの間にか雨が降り出したようだ。

二

ゴールデンウィークも明け、そろそろ店も落ち着くんじゃないかと思い、俺は久しぶりにパチンコ屋に出かけてみることにした。太陽ホールが新装開店して以来、俺はパチンコをしていない。一度だけ散髪に行った帰りに駅前のパチンコ屋を見て回ったがすごい熱気だった。その時初めてセブン機にお目にかかったが、こんなのが本当にパチンコなのか、と目を疑った。どちらかというとスロットマシンに似ていた。一般台の釘の状態を確認したが、途中で目を伏せてしまった。

俺が今日何故アトムに来たかというと、以前川柳さんがアトムは五千発で打ち止めだ、と言ってたからだ。まあ、なんていうか……他の店が一万発だったりする中で五千発ってことは、もしかすると一般台もそこそこ出す気があるのかも……と、思ったわけだ。だがその予想は見事にはずれた。とにかくどの店もセブン機しか頭になく、一般台はただの飾りだ。座ったものがバカを見る。いよいよ竹さんの「安定」の言葉も虚しく響くだけだ。

この店のセブン機は、他の店のセブン機と構造がまったく違っていた。三つのデジタルが横に並んだものだった。俺はそのセブン機のシマを何気なく見て回った。すると台の左枠の部分にボタンのようなものがついているのを発見した。最初このボタンが何を意味しているのかわからなかった。だがある時、若い男がそのボタンに手を触れると回転しているデジタルが止まったのだ。

俺はそのシマを三回見て回った。ボタンを押してる人は数人しかいなかった。ボタンを押さなくても数字は勝手に止まるようだ。

俺は再びその若い男がボタンを押してる場面に出くわした。若い男は真剣な表情でストップボタンを押していた。その時俺は何か不吉めいたものを感じていた。男の左手は下皿の上に置かれている。デジタルがスタートすると下皿の上でリズムをとるように中指を動かしている。約〇・五秒刻みで……。その動きを数回繰り返した後で、「ポン」とストップボタンに手をかける。

俺はその男の様子を通路の脇でしばらく見つめていた。わずか五分くらいだったと思う。突然青年の台がキラキラ光り出した。そして定員がドル箱を持って現れた。どうやらスリーセブンが揃ったようだ。青年は喜びの表情を見せるどころか、何かを考えているようにさえ見えた。それは経験によって裏打ちされた平静さのように思えた。俺の胸はざわつき体温がしだいに上昇していった。

俺は二週間ぶりにパチンコ台に座った。そして玉を買い打ち始めた。玉がデジタル表示の下にある入賞口に入った時、デジタルが回り出した。俺はそのデジタルを凝視したが、ひたすら高速で回転するデジタルでしかなかった。

俺は二千円その台に投資し、デジタルを目で追った。何かがあるんだ。どんなことでもいい。ヒントとなる何かが……。だが高速で回り続けるデジタルには、人を見下すだけの崇高さが漂っていた。気がついたことは一番左側のデジタルは超高速で回っており、まるで数字が停止しているかのように見えたということだけだ。

俺は二千円分の玉がなくなる最後の回転の時、ストップボタンを押してみた。押すのと同時に左側のデジタルは停止し、中央、右と規則正しく止まった。

次の日、俺は十一時にアトムへ行ってみた。もちろん奴の存在が気になるからだ。奴は昨日と同じ台に座り表情一つ変えず玉を弾いていた。俺は今日こそ奴がどうやってスリーセブンを揃えているのか、そのヒントをなんとしてでも探り出さねばと思い、思い切って隣に座ることにした。奴はその時、右の唇を器用に吊り上げキザな表情をこっちに向けた。

俺は玉を買いハンドルを回したが、目線は隣の台に注がれている。なんて入りの悪い台なんだ。俺の台はさっきからぐるぐるデジタルが回っているが、奴の台はなかなかデジタルがスタートしない。……やっとスタートした。キザ男は約三秒後にストップボタンを押した。出た数字は「８９７」だった。今度はすぐにデジタルが回った。キザ男はさっきと同じようなタイミングでボタンを押した。出た数字は「８９８」だった。

しばらくしてデジタルがスタートすると、今度もまた三秒くらいでボタンを押した。出た数字は「７８５」だった。そして次もまた三秒くらいでボタンを押した。出た数字は「７８６」だった。そして次の数字は「７７５」……さらに次は「７７６」俺の心臓の鼓動がしだいに激しくなってゆく。なかなかデジタルは始動しない。耳の裏から汗がしたたり落ちた時、デジタルは始動した。キザ男は綺麗な手つきでストップボタンを押すと、画面には実に美しい数字が並んでいた。キザ男はにやけた狐のような表情を俺に向けてきた。俺の心臓は大きく跳ねた。

キザ男がドル箱に玉を収めている間、俺の頭は混乱していた。あの美しい数字がきらびやかに点滅しているのを見つめていると、まるで流れ星が突然方向を変え、こっちへと向かってきたかのようだ。そしてその流れ星は俺に確信を運んでくれたのだ。

キザ男が打ち止めにすると、すかさず別の男がその台に座った。セブン機は一般台と違って、即連続開放するようだ。男は俺に「この台よく出るんだよな。さっきの兄ちゃんが必ず打ち止めにするんだ」と言った。

俺は思わず顔をそむけてしまった。口から下水道の匂いがしたからだ。男は五分もしないうちに「ちっとも回りゃしねえ」と言って、怒って席を立った。この男のいう通り命釘は大分悪そうだ。しかしキザ男は好んでこの台に座り必ず打ち止めにする。……ってことは、この台自体に何らかの欠陥があるのかもしれない。俺はその167番台に座り検証してみることにした。

打ち始めてからまもなくして、デジタルは回った。三つのデジタルが同時に始動し、相変わらずの高速回転だ。だがデジタルが自動停止する間際に、何かがおかしいと思った。そして次の回転を待った。玉がなくなりかけた時、やっとデジタルが始動した。俺はじっくり左のデジタルだけを見た。遅い……それもかなり。まん中と右のデジタルも見た。早い……特に右は超高速回転だ。俺が今まで座っていた台とまったく逆であった。

キザ男は一番左側の遅いデジタルを目でとらえ「7」を出していたんだ。しかしいくら遅いとはいえ、デジタルはそれなりのスピードで回転しており、決して数字が止まって見えるようなことはない。どうやって狙っていたんだ。必ず何らかの手掛かりがあるはずだ。

俺は三十分ほど目を凝らしデジタルを見つめていた。しかし変化たるものを発見することはできなかった。俺の目はかなり疲労していたので、休憩を挟み左デジタルの回転の遅い台がどのくらいあるのか見て歩くことにした。

設置台数二十六台のうち、左デジタルの遅い台は五台あった。キザ男はその一台に座っていた。俺はキザ男がストップボタンを押す時の情景を思い浮かべてみた。中指を下皿の角に当てリズムを取っていた。あれは紛れもなくデジタルを見てリズムを取っていたんだ。必ず何かがあるはずだ。デジタルに隠された秘密が……。

俺は167番台に戻り心を落ち着かせることにした。さっきまではただじっとデジタルを見つめていたが、それではダメなんだ。約〇・五秒刻みでリズムを取っていたキザ男……俺はその意味を確かめるため、〇・五秒刻みで集中してデジタルを見ることにした。

心の中で〇・五秒刻みで1、2、3、4……とカウントし、そのタイミングに合わせデジタルを集中して見る。だがデジタルが自動停止するまでその動作を続けることは意外に難しく、途中でリズムがずれたり視点が変わったりしてしまう。だいたい七回か八回カウントしたところで数えられなくなり、自動でデジタルが停止するのを待つ。だがある時、八回を過ぎても9、10、11……と数えることができた。気がつくと俺はデジタルのある一点を見つめ、その光をカウントしていたのだ。間違いない……この点滅こそがデジタルにおける「カギ」となる部分だ。

俺は今度は、この点滅のタイミングでストップボタンを押してみることにした。点滅を頭の中で1、2、3、4……とカウントし、五周目丁度でボタンを押した。すると「6」という数字が画面左側に表示された。次も同じタイミングでボタンを押した。するとやはり「6」という数字が表示された。その時俺は、少しだけタイミングを遅らせてボタンを押せばひょっとしたら「7」が出るかもしれない、と思った。

さっきと同様に点滅を数え、五周目の時、少しだけ「ため」を作ってボタンを押してみた。すると「9」という数字が表示された。ここで俺は少し考えた。……おそらくこの「ため」を作るという動作が間違っているのかもしれない。それだけタイミングは微妙なのだ。

俺は「6」が出た時とほぼ同じタイミングで、ボタンを押してみることにした。すると今度は「7」という数字が表示された。俺の心の中に荒波が押し寄せてきた。よし、これが本当かどうか検証してみることにしよう。今のタイミングで十回ボタンを押して、半分以上「7」が出れば間違いないだろう。

慎重に光をカウントし、ストップボタンを押した。そしてようやく十回のデータが取り終えた。「7」が出現したのは六回、その他はいずれも「6」か「8」だった。俺は確信し、心の中で絶叫した。

光の正体がわからない。数字がデジタルということは、数字は回転しているのではなく点滅しているのだ。

何年ぶりだろう。今俺は、勉強机に向かって腰を下ろしている。とにかくデジタルを0から9まで書いてみることにしよう。机の引き出しを開けると、幸いにも方眼紙が出てきた。

俺は定規を使って、同じ大きさ、同じ角度で数字をきれいに書き始めた。

デジタルには七本の線があることがわかった。この七本の線が点滅し数字を構成しているのだ。そして七本すべての線が点灯している時「8」の数字が現れる。俺はこの「8」の数字の右上の部分を見て光をカウントしていたのだ。
七本の線に番号をつけてみることにした。

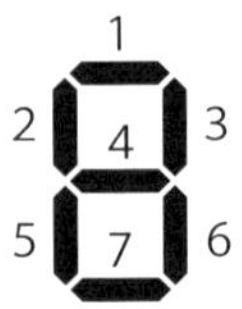

俺が光をカウントしていた部分は3番にあたる。0から9までのデジタルで3番の部分に何か特徴があるのか、順番に確かめてみた。すると数字を構成する上で、3番の部分を必要としない数字は「5」と「6」だということがわかった。だがそれにどういった意味があるのか……。

俺は「7」から順番に、3番の部分だけを注視してデジタルを追ってみることにした。なるべく一定のリズムで、流れるように……。

十数回繰り返したその時……一閃《いっせん》。「7」からスタートした数字は「4」まで3番の部分は点滅、いや点灯しているわけだ。そして「5」の数字の時3番の部分は消え6の数字の時も消えたまま「7」の数字の時、再び点灯する。あの3番の部分の点滅は「7」という数字の出現する瞬間を表していたのだ。

デジタルが一周するスピードは〇・五秒くらい……ってことは、デジタルが一コマ進むスピードは〇・〇五秒ということになる。こうなると正確にストップボタンを押しても、前後の数字が出てしまうのは仕方がない。けど昨日の時点で六割「7」が出せたってことは、これから練習を積めば、八割いやそれ以上「7」が出せるようになるに違いない。これだけで勝利は保障されたようなものだ。だがキザ男は、中央のデジタルも「7」を狙っていた。偶然とは思えなかった。

俺は今、草加駅から徒歩十分のところにあるパチンコ「いずみ」にいる。キザ男が稼いでいる越谷のアトムには、左側のデジタルが遅い台はおそらく五台しかない。俺がそこに参入するだけで台の奪い合いに発展する恐れがある。そんな理由で俺は東武沿線を隈なく見て歩くことに決めたのだ。だがどの店を渡り歩いても、ドラム型のスロットマシンのような機種ばかり入っていた。

電車が草加駅に到着すると、俺は重い足どりで駅前の店をすべて見て歩いた。予想通りの機種ばかりが入っていた。俺は落胆の色を浮かべたままその機種から目を離そうとした時、右下にラベルのようなものが貼ってあるのを見つけた。そこには製造会社……三共。機種名……フィーバーと記されていた。

俺は店を出て駅へ引き返そうとした。その時、三百メートルくらい先に国道四号線が走っているのに気がついた。俺はちょっと足を延ばし、国道四号線を左に曲がってみた。するとそこに「いずみ」というパチンコ店があったのだ。店に入ると三つのデジタルものが導入されていた。ついに平安時代の遺跡を発掘したような気分になっていた。その機種は四シマに渡り導入されていた。合計五十六台だ。

俺は早速、左側のデジタルの遅い台がどのくらいあるのか調べてみた。すると八台あった。空き台も数台あるので、もう少しあるのかもしれない。そしてその機種の右下のラベルには、製造会社……西陣。機種名……ターボXと書かれていた。

俺は一台の空き台に座り、百円だけ玉を買ってデジタルのスピードを確認することにした。デジタルはすぐに回り出し、同時に俺は目を見張った。左デジタルが遅い。早速この台でデータを取ることにしよう。本来デジタルは点滅なので回転はしていない。だが0から9までの点滅で一周と定義することにする。手始めに三周目の7でストップボタンを押してみることにした。左デジタルと中央デジタルの十回のデータは次の通りだ。

75　73　83　79　77　75　61　71　79　77

次は四周目の7でボタンを押してみることにした。十回のデータは次の通りだ。

71　75　81　85　77　71　75　67　73　77

さらに五周目の7でボタンを押した時のデータがこれだ。

７７　７７　７７　８９　７７　６６　７６　７７　７７、背筋がぞくっとした。そして
次の瞬間、

７７７

初めてのスリーセブンだ。だが俺は別段驚きも興奮もしなかった。

一万発は結構な時間だ。そろそろ十五分が経過しようとしていたが、玉はようやく三千発を超えたところだ。俺は打ち止めになるまで呆然《ぼうぜん》と打ち続けるのは時間の無駄だと思い、さっきのデータのおさらいをしてみることにした。

三周目の時に確認された７９　７７　７５の変化。
四周目の時に確認された７７　７１　７５の変化。
五週目の時に確認された７７　７７　７７の動き。

俺はこの三つのデータから左側のデジタルと中央デジタルとのスピードの比率を計算してみることにした。ちなみに肉眼で見た場合、中央のデジタルは左側のデジタルのおよそ一・

五倍から二倍のスピードで動いているような気がした。

三周でストップボタンを押した時の数字の変化から、左側のデジタルが30コマ動くと中央デジタルは48か58か68コマ動いたことになる。何故下一桁が８かというと、７９から７７、７７から７５と変化したのだからプラス８コマ進んだことになる。それが48コマなのか58コマなのか68コマなのか、この時点ではわからない。

四周でボタンを押した時の数字の変化から、左側のデジタルが40コマ動くと中央のデジタルは64か74か84コマ動いたことになる。下一桁が４の理由も７７から７１、７１から７５と変化したからだ。すると30コマ進んだ時に予測される三つのパターンと、40コマ進んだ時に予測される三つのパターンを比率で考えた場合、おのずと答えが出てくる。

左側のデジタルが30コマ進んだ時、中央デジタルは48コマ進み、左側のデジタルが40コマ進んだ時、中央デジタルは64コマ進む。何故なら比率が一致するからだ。……一・六倍のスピード。

やっと一万発終了のアナウンスが流れた。今日は稼ぐことが目的ではない。おそらく台によって個体差があるに違いない。俺は一日かけ八台分のデータを集積した。スリーセブンは三回揃った。それで十分だ。家に着くと早速机に向かい、大量のデータを取り出した。

Ａ台のデータの一部

三周目　７５　７７　７９

四周目　７５　７１　７７

五周目　７７　７７　７７

Ｂ台のデータの一部

三周目　７２　７７　７２

四周目　７２　７２　７２

五周目　７７　７２　７７

Ｃ台のデータの一部

三周目　７０　７８　７６

四周目　７０　７４　７８

五周目　７９　７９　７９

Ｄ台のデータの一部

三周目　７５　７６　７７
四周目　７５　７３　７１
五周目　７６　７１　７６

その他のデータはこの四つのデータと重なるので省くことにした。そしてこの四つのデータをもとに、それぞれの回転比を計算してみることにした。まずはA台のデータからだ。三周目の時の数字の変化から、中央デジタルは42コマ進んでいることがわかる。四周目で56コマ、五周目で70コマ進んでいる。よってこの台は左側のデジタルに対し、中央デジタルは一・四倍のスピードで進んでいることが確認された。

このようにしてそれぞれの台の比率を計算してみた。結果は次の通りだ。

Bの台は左側のデジタルに対し、中央デジタルは一・五倍のスピードで進んでいる。Cの台は一・六倍。そしてDの台は一・七倍だ。俺はここで一息つき、今日一日を回想してみた。

A台のデータを取っている時だ。五周目でストップボタンを押すといきなり７７が現れた。その後、続けざまに７７が現れたが不思議なくらい落ちついていた。あれはいつかは訪れるであろう確固たるものが、今ここで実現されているだけのこと、と自ら理解していたからに違いない。そしてスリーセブンが揃い画面がキラキラ輝き出しても、俺の頭は数字の計算に追われていた。
明日からはスリーセブンが嵐のように押し寄せてくるだろう。妄想でも幻想でもない。立証はされている。俺の心臓の鼓動はしだいに激しくなってゆく。興奮は頂点に達しようとしていたが、まだやるべきことがたくさん残されていた。
A、B、C、D、四つのパターンをデータ化したが、実際試したのは三周、四周、五周目だけだ。デジタルが自動で停止するのは十三周から十四周の間だ。六週目以降のデジタルの動きも計算し、いち早くゾロ目が出せるようにする。またゾロ目が崩れた時にもすぐ戻せるように、さまざまな周期を計算しておく必要がある。
周期計算は夜明けまで続いた。脳は疲れきっているはずなのに、意味のない不安めいたものが心を掠《かす》め、俺を怯えさせていた。

パチンコいずみには左側のデジタルが遅い台は九台ある。俺はその一台に座った。この台は昨日データを取った台……一・七倍のスピードだ。　停止している数字は「208」……まずは左側に7を出そう。「781」……「78」から「77」を出すのには七周目で押せばいい。何故なら70コマ進めばそれの一・七倍……119コマ進むことになるからだ。朝から研究した成果が問われる時だ……「770」……「77」を維持するゾロ目の周期は十周だ。

７７６

７７１

７７７

たった五回のスタートでスリーセブンが揃った。確信はしていたが、ここまで見事に自分の描いたストーリーが具現化されると夢ではないかと疑ってしまう。だがこれは決して夢なんかではない……現実そのもの。

まさに地下に埋没された宝物を掘り起こした気分だ。だが一抹《いちまつ》の不安が音を立て、俺の背後から忍び寄ってくる。それは宝物を独り占めしようとする不安と似ていた。自分だけが利益を得ることを考え、他を蹴散らす。そしてそれはのちに、人々の憎悪の連鎖として身に降りかかる。そんな恐怖心が俺の内部で巣食っていた。すでに五千発の玉が排出されたが、俺の頭は軽い混乱を起こしたままだった。夜八時、七回目のスリーセブンを揃えた。これで最後にするつもりだ。

パチンコいずみの換金率は二円五十銭だ。一万発定量なので、一回の打ち止めで二万五千円の収入になる。一日の儲けが十五万、いや二十万以上だって可能……漠然とした恐怖のようなものがそこにあった。そんな恐怖が現実としてガラスに写し出された。

一人の男が通路の脇から俺を見ている。やはりあの男だ。実は五回目のスリーセブンを揃えた時から、誰かに見られているような不穏な気配を感じていた。だがこっちがその視線に気づくと、男はマジシャンのように瞬間移動していた。だが男は今俺をじっと見つめている。小太りで真ん中から髪を分けているそいつは、目を丸くし口を尖らせていた。俺は『ふくろう』を連想してしまった。

三

俺は東武伊勢崎線の準急電車に乗っている。ドアが閉まり電車が走り出すと、次は西新井のアナウンスが流れた。草加駅では下りず次の駅で降りることにした。目的はもちろんターボXを探すためだ。

電車は埼玉県から東京都に入り、しばらくすると西新井駅に到着した。準急電車が停車するくらいの駅だから街はさぞかし賑わい、パチンコ屋もたくさんあるものだと思っていたが意外だった。小さなロータリーの先に一軒見えるだけだ。

パチンコ「冒険島」に入ると、ここだけは賑わいを見せていた。そして驚いたことにターボXが二シマ入っていた。俺はそのシマをゆっくり歩き、左デジタルの遅い台がどのくらいあるのか確認してみた。するとさらに驚いたことに約半分該当する台があった。俺はそれらの番号をすべて手帳に書き留めた。

現在空き台は三台しかないが、かなり期待ができそうだ。座った台は期待通りの回転だった。十分足らずでおおよそのデータは取り終えた。あとはスリーセブンを揃えるだけだ。十五回転ほどでスリーセブンが揃った。実に呆気ない。その後、もう一台打ち止めにして店を出た。

俺はここに来るまで電車の中で、一軒の店で打ち止めにするのは二台までにしようと決めていた。昨日のように七台も打ち止めにした日には目立ち過ぎて、神様が天罰を下すような気がする。きっとあのふくろうは神様のお告げによって現れたのだ。

俺は再び電車に乗り、今度は北千住を目指した。西新井から準急でひと駅だ。

北千住で下車し辺りを見渡すが、病院、銀行、オフィスビル、飲食店があるだけでパチンコ屋はどこにも見当たらない。そんな中アーケードになった商店街を見つけた。近づくと入り口付近に一軒のパチンコ屋があった。しかしそこには目当ての機械は入っていなかった。

商店街の長さは結構なものだ。しかしどの店も活気があるどころか、仕方なく営業しているといった感じだ。商店街の中央まで歩いたところで二軒目のパチンコ屋を見つけた。中に入ると店は閑散としていた。だがそこにターボXは入っていた。しかしそのシマも閑散としていた。

この店の名前は「桃太郎」だ。パチンコ屋の名に相応しくない。商店街の一部とあって店もこじんまりとしている。短いシマが二つ……設置台数は十六台だ。左デジタルの遅い台は確認されない。客が三人しかいないからだ。仕方がないので片っ端から試し打ちをして、デジタルの遅い台を探すことにした。釘の状態を一応チェックしてみた。命釘は大きく一見良さそうに見えるが、ジャンプ釘が上を向いている。究極のマイナス調整ってやつだ。

二百円分の玉を買い打ち始めた。その玉がなくなりかけた時、ようやくデジタルが始動した。これじゃせっかくのスペシャル新台が、変速ギアを搭載した錆びついた自転車のようだ。隣の台に移動し試し打ちをしたが、二台とも左デジタルは超高速回転だった。

これで六台目だ。試し打ちだけで千五百円も投資してしまった。ため息をつくのと同時にデジタルは始動した。そしてやっと見つけた。いつものようにデータを取り、そのデータをもとに回転比を割り出す。そしてゾロ目を狙いそれを維持する。ゾロ目が崩れたら、回転比からゾロ目に戻す周期を計算し、ゾロ目に戻す。スリーセブンを揃えるのにそれほど時間はかからなかった。むしろ定量数まで玉を出すのに時間を要した。

桃太郎の定量数は五千発だ。俺はその玉を換金するため大量のハンカチを受け取った。そのハンカチをよく見ると、季節を彩った独特の模様が施されている。そこでこれはハンカチではなく手ぬぐいだと判断した。

実は出玉を現金に換えるには一旦玉を商品化し、その商品を換金所と呼ばれるところで買い取ってもらうシステムになっている。要するに賭博を免れるためにワンクッション置いているというわけだ。

俺はその手ぬぐいの量に戸惑った。三つに分けて置かれた手ぬぐいの高さは三十センチくらいある。その手ぬぐいを横一列にしてみた。長さは約一メートル弱といったところだ。それを両手を広げ抱え込むと、俺は慎重な足どりで歩き出した。

換金所は店を出て左に進み、最初の路地を右に曲がったところにある、と説明を受けていた。しかし最初の路地がなかなか見つからない。手ぬぐいの中央部分が崩れかけている。これはまずいと思い、駐車してある車のボンネットに手ぬぐいを置き、態勢を整えることにした。

きれいに並べた手ぬぐいを両手を広げ持ち上げようとした時、何の前触れもなく大きな音が俺の心臓を直撃した。俺は「ひいっ」という声と共にのけ反った。手ぬぐいはボンネットからすべて地面へと滑り落ちてしまった。すると突然車のドアが開き、「お前そこで何やってんだ」と言って、丸坊主の男が降りてきた。俺は何をどう説明したらいいのかわからず、ただ「すいません……すいません」と何度も謝った。男は「ボケ」と言って、車の中へと消えた。路上に散らばった手ぬぐいを一目散に集め、きれいに一列に並べると、慎重且つ一気に持ち上げた。

再び歩き出すとすぐに路地は見つかった。右に曲がると換金所の前に三人の男が並んでいた。俺は列に従い順番を待つことにした。

二、三分待っただろうか、ようやく一つ順番が進んだ。手ぬぐいはまたたるみかけている。すると前にいる男が振り向きこう言った。「そんな持ち方で大丈夫かい」大丈夫もクソもない。他にどんな持ち方があるのか教えてくれ。男はさらに「袋下さいっていえばもらえるよ」と言った。よく見ると他の連中は、大きなレジ袋の中に手ぬぐいを入れている。

「でもそれなら最初から袋をくれればいいのにね」と、俺は言ってみた。

「袋だってただじゃないからね」

「えっ、袋一枚ケチるなんていくらなんでも……」

「とは言ってもね、桃太郎は個人経営だし、客つきもあまり良くないから厳しいと思うよ」

たとえ経営が厳しくとも、それを袋一枚に換算するのは次元のずれた悲しい考えだ。

「ところでなかなか前に進まないけど、いったいどうなってるんですか？」

俺は手ぬぐいを抱える手が少しだけ震え出してきた。

「平均寿命に届きそうなバアさんがやってるもんで遅いのなんの……それに手ぬぐいの量も半端じゃないからね」

確かに年寄りじゃなくても、手ぬぐいの量を考えると時間はかかりそうだ。やっと前に進んだ。一人にかかる時間は約三分といったところだろう。俺は腕に力を入れ、順番が来るのを待つことにした。

桃太郎に戻りもう一台打ち止めにするつもりだが、その前に左デジタルの遅い台を見つけなくてはならない。しかし今度は運良く、二台試しただけで見つけることができた。だがスリーセブンを揃えるのに三千五百円も投資してしまった。

今度はカウンターで「袋下さい」と言ってみた。店員のオバサンは「ちゃんと返すんだよ」と言って、袋をくれた。冗談には聞こえなかったので、ちゃんと返すことにした。

俺は電車に乗りパチンコいずみを目指した。店に着くと左デジタルの遅い台が二台空いていた。俺はまだデータ取りを行っていないほうの台に座った。約十分ほどでデータを取り終えると、一人の男が話しかけてきた。

「やっぱりお前か……昨日バリバリにスリーセブンを揃えてる奴がいるって、情報が入ってな」

話しかけてきたのはキザ男だった。そしてその情報屋とは、ふくろうに違いない。

「アトムに一度現れたきり姿を見せなかったので、おそらくどこかでやってるとは思っていたよ、牧……」

俺の呼吸は一瞬止まった。デジタルは自動停止を続けている。

「何で俺の名前を……」変に声が上擦った。

「まあ、その辺の話はあとでしよう。それよりスリーセブンを揃えるところをちょっと拝ませてくれないか、頼む……」

まったく変なことをいう奴だ。スリーセブンを揃えるのはお前さんの専売特許じゃないか……まあいい。俺もキザ男がスリーセブンを揃えるのを見たのがきっかけで、この攻略に取り組んだのだから……。

「あまり目立つのは嫌なので、揃っても揃わなくても見学は十回転だけにしてくれ」

「わかった」

まずは左側に7を出そう……730。この台は中央デジタルが一・五倍のスピードで動いているので、スリーセブンを揃えるのがもっとも難しい。とりあえず三周で押してみた。

……786。予想通りの数字だ。

一・五倍の周期には78から77に戻す周期が存在しない。しかし最近気がついたんだが、ゾロ目が五回以上続くことは滅多になく、大概三、四回で崩れてしまう。もちろんプラスマイナス1の範囲で。

　俺は78から77が出るのを期待してゾロ目の周期、四周で押してみることにした。781……786……795．中央デジタルがプラスしてしまった。こうなったら大きく崩すしかない。

　四周と五周の中間くらいでボタンを押すと287という数字が出た。俺はここでハンドルから手を離し、じっくり考えた。頭の数字が7から2になったということは、四・五周で押したってことだ。そして出た数字が287……また四・五周で押せば計算上779が出るはずだ。

　2からスタートするので、○・五周目の7を1とカウントし五周で押す。すると779……よしっ。俺はここでもハンドルから手を離し考えた。786から四周目でボタンを押した時、781、786と続いた。一番右のデジタルは回転がもっとも速いので、規則正しい動きを見せるとは限らない。だが779から四周で押し続け、スリーセブンを揃えるのは到底無理だ。俺は他のゾロ目の周期六週で押してみた。すると771という数字が出た。これなら期待できる。

　六週で押すことをさらに二回続けた。

７７３

７７５

いよいよだ。中央デジタルが崩れないでいてくれ。汗ばむ左手をズボンで拭っているとデジタルは始動した。慎重に点滅をカウントし、六週目ピッタリでボタンを押した。

７７７

今までで一番美しいスリーセブンが揃った。

「すげえな、お前」

デジタルに集中していたのでキザ男の存在を忘れていた。

乾杯と声を発したのはカクテルバー「黒とんぼ」のホステス。名前は知らない。

「本当にすげぇんだよ、こいつ」

「羨ましいな、私にも教えてよ」

「無理無理。リエちゃんはおつりの計算だってできないんだから」

「鮫島さんたらいじわる。でも本当に計算なんて必要なの？」

二人で大いに盛り上がっている中、俺は片えくぼの可愛らしいホステスがリエで、キザ男が鮫島という名前だと知った。

この店に来る前、キザ男が見ている中スリーセブンを揃えると、知り合いがやってる店がすぐそこにあるんだ。ちょっと飲みに行かないか、とキザ男が言ってきた。俺が黙っていると、心配するな俺のおごりだから、と男はさらに言った。俺は自分の名前がどうしてキザ男に知られているのか気になったのでおごられることにした。

「牧、スリーセブンを揃える時、何度かハンドルから手を離して考えてたよな、あれはいったい……」

「計算してたんだ、周期を」

鮫島は眉間にシワを寄せ、リエの顔を覗いている。リエは何故か呆れたような顔つきで鮫島を見ていた。

「牧さん、教えてあげたらこの人に」と言って、リエは俺にグラスを向けた。

俺は唐突に二つの疑問を切り出した。

「鮫島、どうして俺の名前を知ってるんだ？」

「そのことか……お前、里村を知ってるだろう……」

「知らん」

「二年くらい前に、太陽ホールで稼いでいた背の高いモデルみたいな男だ」

「髪の長い文学青年のことか？」

「あの頃は浪人中だったので髪を伸ばしていたが、文科系ではないはずだ」

俺はあの文学青年が夏頃からピタリと来なくなったので、どうしたんだろうと思っていた。

「それでその男が何か……」

「俺と里村は高校の同級生なんだ。里村は野球をやってたんだが、どうやらその時お前のことを知ったらしく、二年前の夏に突然アトムに現れこう言ったんだ。『太陽ホールですげえ野球の上手い奴が、毎日稼いでる。けど奴はまだ高校二年のはずなんだ』とね。

俺はどうしてそいつのことを知ってるんだ、と訊いてみた。すると一回戦であたった甲子園常連校のレギュラーだと言っていた。何しろ一年でレギュラーだから名前だって知ってると言って、お前の名前を教えてくれたんだ。

でもなんでそんなすげえ奴がパチンコなんかしてるんだと訊いてみたんだが、それには答えず、明日から夏期講習が始まるんだと言って帰って行ってしまった。俺は次の日、朝イチで太陽ホールに行ってみた。すぐにお前だとわかったよ。何しろ若いのは他にいなかったからな」

俺はあの高校一年の時の光景を思い浮かべてみたが、里村らしき人間はいなかったように思う。もっとも坊主頭じゃ印象が違い過ぎるけど……。とにかく鮫島が俺の名前を知っている理由がわかった。

「もう一つ俺の疑問に答えてくれないか？」

「ああ」

「アトムで見事にスリーセブンを揃えたお前が、何故俺に計算方法なんて訊いてくるんだ？」

「あの１６７番台は変わった機械でね。五回目の音でストップボタンを押すとゾロ目が続くんだ。たまたまお前が見ている時、そのツボにはまってスリーセブンが揃ったのさ」

「ちょっと待て……今、音って言ったたな。そいつはいったいなんだ？」

「デジタルが回転している時に聞こえる『ボボボボ』っていう音さ。ちなみに左側のデジタルが高速回転の台は『ボボボボ』のスピードが速過ぎてカウントなんかできやしない」

鮫島の話を聞く限りでは、どうやら左デジタルのスピードと音とは同調しているようだ。

「ところで他の台でも五回目の音でストップボタンを押しているのか？」

「大体そうしてる。五回目が一番タイミングが取りやすいんだ」

「それで結果はどうだ？」

「どうだと言われても……１６７番台のように変にゾロ目が続かない分、むしろいつかは揃うんじゃないか、と期待してしまうところがある」

そうだったのか……鮫島は左デジタルに7が出たら、音を頼りに7を狙う……いわゆる単独7狙いだったのだ。たまたま１６７番台が五周目で押すとゾロ目が続く台だったというわけだ。

「ここのチーフがお前のこと天才だと言ってたよ。ほとんどゾロ目しか出さないって……」

俺がチーフの肩書きについて考えていたら、鮫島がカウンターのほうへ目を向けたので、俺もそっちを見た。そこには蝶ネクタイをしたふくろうが立っていた。

「わかった。お前に出くわさなかったら、この攻略にたどり着いたかどうかわからない。今から攻略法を教えてやるが、一つだけ守ってもらいたいことがある」

「……」

「一軒の店で打ち止めにするのは、二台までだ」

「……わかった、約束は守る」

鮫島はハッキリそう言ったが、表情と言葉が微妙にズレているのを俺は見逃さなかった。

リエがペンと紙を取りに席を立っている間、俺は薄くなった水割りを一気に飲み干し、グラスに氷を入れた。ボトルは細長い高級そうなものだった。遠慮なしでグラスに半分ほど注ぎ、そのまま飲んでみた。やはり高級な味がした。

リエが戻ってくると、俺の前にペンと紙を丁寧に置いた。まるで何かの儀式のようだ。俺はまずデジタルの構造から説明し、点滅により「7」が狙えることを教えた。次に三周、四周、五周のデータを十回以上取り、そこから左デジタルと中央デジタルとの比率を求めることを教えた。そしてその比率により六週目以降の周期も計算し、ゾロ目が崩れた時にすぐに対応することが肝心だと言った。俺がしゃべってる間、二人は口を挟まなかった。一度だけリエが「全然わかんない」といったが……。

「どうだ、理解できたか?」

「たいしたもんだ。デジタルがこんな構造になってたなんて……」

鮫島は理解できたともできなかったとも言わなかった。だが俺が教えることはこれ以上ない。

朝十時に北千住に到着すると駅前で鮫島が待っていた。昨日鮫島に店を回るルートまで教えてやったのだ。北千住の桃太郎から始まり、西新井の冒険島、草加のいずみ、越谷のアトムの順番だ。換金率や定量数はまちまちだが、合計八台打ち止めにすれば十万以上は確実に儲かる。

桃太郎に入る前に、俺は鮫島に助言をした。「明日からレジ袋を持ってくるのを忘れるな」そう言って、ズボンのポケットからレジ袋を取り出し、鮫島に渡した。鮫島はきょとんとした顔でそれを受け取った。

さらに店に入るのと同時に俺はこう言った。「左デジタルの遅い台は58番台と61番台だ。裏のシマはまだ調べていない」すると鮫島は「じゃあ、俺は58番台に座る」潜在意識の中でそう言った。俺は何も言わず裏のシマを全部調べてみた。使える台は二台あった。その一台に座りデータを取り始めた。そして間もなくスリーセブンが揃った。時間も金もかなり費やしてしまった。

俺は66番台を打ち止めにすると、大量の手ぬぐいを袋にパンパンに詰め、景品交換所に向かった。そして長蛇の列でもないのに十二分も並び、再び桃太郎に戻ると61番台に座った。するとと隣の隣から鮫島がこう言ってきた。

「どうなってんだ、この店は……ちっとも回らないぞ」

「そんなことはない。千円で十回程度は回る」

鮫島の舌打ちする音が聞こえたが、俺は目の前の61番台に集中することにした。すでにデータは取ってあったので、ほどなくスリーセブンを揃えることができた。そしてようやく打ち止めになろうとした頃、鮫島の台にもスリーセブンが揃った。

俺は冒険島、いずみと順調に店を回り六時にアトムに着いた。丁度夕方の混み合う時間帯なので空き台が一台もなかった。だが五分もしないうちに１６７番台が空いた。俺は透かさずその台に座りデータを取り始めた。予想通り一・四倍の比率だった。

１６７番台を打ち止めにすると時間は七時を過ぎていた。鮫島が気になるがアトムに姿を現すことはなさそうだ。

最後の一台……すぐに空き台は見つかった。俺はその台に座り、データを取りスリーセブンを揃えた。

翌日、北千住に着くと鮫島は俺を待っていた。

「昨日はどうだった」と、俺は訊いてみた。

「どうもこうもない。こんなひどい店があるもんか」鮫島は眉をひそめ怒っている。

「景品のことか？」

「景品もそうだがその他いろいろだ」

俺は桃太郎に着くまでの間、鮫島の話を聞きながら歩いた。

「カウンターで大量の手ぬぐいを渡された時は驚いたぜ。だがこれで袋の意味がわかった。手ぬぐいを袋に詰め景品交換所に着くと、三人客がいた。すぐに順番が来るものだと思っていたら十分以上待たされたぜ。そして換金率を計算してみたら、二円五十銭より少しだけ安いんだ。こんなのあるのか……」

てっきり二円五十銭だと思っていたが、鮫島のいう通りだとしたら腑に落ちない。だが、バアさんの手間賃だと思えばいい、と俺は鮫島に言った。鮫島は腑に落ちない、といった顔をしていた。

「ところで昨日は何台打ち止めにしたんだい」と、俺は訊いてみた。

「四台半だ」と、鮫島は答えた。

「半……」

「桃太郎を出たのが三時、冒険島を出たのが八時、そしていずみでスリーセブンを揃えたのが九時四十分だ。いずみでは九時半以降にスリーセブンが揃った場合、五千発保証するシステムになっている」

あまりにもペースが遅すぎる。

「鮫島、周期計算はできてるのか?」

「それが……データは一応取ってるんだが、回転比の答えが出てこないんだ。それにやっぱりデジタルを目で追うのは難し過ぎる。音で慣れてしまったからな……」

こいつは努力という言葉を知らないようだ。勝手にすればいい。

桃太郎に着き、いつものペースで打ち止めにすると、俺は次へと移動を開始した。そして次の日も桃太郎から行動を開始したが、そこに鮫島の姿はなかった。昼過ぎに冒険島に移動すると、鮫島は何食わぬ顔で玉を弾いていた。俺は三時間かけて二台打ち止めにし、景品交換所に向かった。するとそこに鮫島が立っていた。

「俺も今終わったところだ」鮫島は俺の反応を窺うようにたばこに火をつけた。そんな鮫島に俺は訊いてみた。

「相変わらず五周で押してるのか？」

「ああ、一番タイミングが取りやすいからな。それに周期計算は面倒くさくて……」

こいつは箸にも棒にも掛からないダメな奴だ。

「一ついいこと教えてやる。ゾロ目が出たら十周で押せ」

こんな簡単なことに気づかないなんて……どうせデータなんか取ってないに違いない。俺は鮫島には一切関わらないことにした。俺たちは同じ電車に乗っていずみに向かった。明日からは一緒に行動することも少なくなるだろう。

日中の下り電車はガラガラだった。俺は座席には座らずドアのそばに立っていた。鮫島も俺の近くで立っている。電車が走り出すと、車内に次の駅名を告げるアナウンスとマナー向上をお願いする文句が流れた。座席がこんなに余っているのに、譲り合って座って下さいと言っていた。

アナウンスが終わるのを待っていたかのように鮫島が話しかけてきた。

「牧、さっきゾロ目が出たら十周で押せって言ったよな」

俺は黙っていた。

「でも台によって周期はバラバラなんだろう……どの台でも十周でいいのか？」俺は「そうだ」とだけ言った。

「よくわかんねぇけど、それならデータなんか取る必要ないいんじゃないのか？」

鮫島には一切関わらないと決めたばかりだが、「お前、本当にデータ取ったのか？」と、無意識にしゃべっていた。

「取ったさ……そんなにたくさんじゃないけどな」

「そのデータを見て、十周が特別の周期だと気づかなかったのか？」

「悪いが十周目はまるで無視していた」

こいつの脳ミソに俺の説明が届くかどうか微妙だが、粛々《しゅくしゅく》と話し始めることにした。

「例えば左デジタルに対し中央デジタルが一・五倍の台なら、左が四十コマ進めば中央は六十コマ進むよな。四十コマとは四周のこと、六十コマとは六周のことだ。要するに四周でボタンを押せば下一桁の数字が同じ「0」なのでゾロ目が出るということだ。五十コマ進めば七十五コマ、六十コマ進めば九十コマ進む。このように六周目にもゾロ目の周期がある。じゃあ、一・七倍の台ならどうだろう。四十コマ進めば六十八コマ、五十コマ進めば八十五コマ、六十コマ進めば百二コマ進む。ちなみに七十コマ、八十コマ進んでもゾロ目の周期はない。だが百コマ進めばどうだ……」

この時ばかりは鮫島も真面目腐った顔をしていた。眉間にシワを寄せ唸り声を上げているが、それほど難しいことは言ってない。

「百七十コマだ」

「そうだ……これでもうわかっただろう」

「お前はやっぱり天才だ。比率が何倍の台でも百コマ動けば下一桁は同じ数だけ動くってことか」

こんなことで天才呼ばわりされるとは思ってもいなかった。

四

今日でこの攻略を始めて二週間が経った。鮫島とは冒険島か、いずみかのどちらかで顔を合わせるが、会話はしていない。

さあ出かけるか。今俺はセカンドバックを小脇に抱え歩いている。この中には現金、通帳、印鑑が入っている。実は太陽ホールで稼いだ金は毎月七万ずつ貯金をしていた。このセカンドバックに入っている金はターボXで稼いだものだ。俺は驚いた。太陽ホールに通い出し二年間で貯めた金は百六十万だが、ターボX二週間で貯めた金はなんと百七十万だ。

銀行は意外とすいていた。すでに貯金してある金と現金とを合わせ、三百万を定期にしてもらうことにした。窓口のお姉さんが不思議そうな面持ちで俺を見ていた。

北千住で降り桃太郎に着くと、今まで見たことのない若い男がお目当ての台に座っていた。その男はストップボタンを押している。さらに後ろの列でもストップボタンを押している男がいる。通路からだと数字までは確認できないが狙っているのは間違いない。素人がストップボタンを押すのをたまに見かけるが、すぐにわかってしまう。リズム感がまったく感じられず、いきなりボタンを叩きつけるからだ。だが奴らは違う。手首を柔らかく使い、瞬発性に富んだ押し方をしている。

俺は心の中で密かに思っていたことがあった。この攻略が俺達だけにしかできず、五年も十年も続いたとしたらいったいどうなってしまうんだろう。だが本当の俺の心は怯えていたに過ぎなかった。こんな攻略は全国にあっという間に広がりすぐに終わってしまう。そしてパチンコで稼ぐ時代は二度と訪れない。今その兆候とも思える場面に出くわしたのだ。

この店には攻略できる台は四台しかない。その内二台が若者によって占拠されている。さらに一台は長靴を履いた男が粘り腰で戦っている。俺は残りの一台に座る決断をした。だがその台は若者と隣り合わせだ。

デジタルは珍しくすぐに回った。俺は軽くボタンを押し頭に7を出した。すると隣の男がこっちに目を向けてきた。その後わずかな時間で俺はスリーセブンを揃えた。定量数の五千発を出し終える頃、ようやく男はスリーセブンを揃えた。俺は平静を装い玉を運び出し、面倒な換金を済ませると冒険島に行くことにした。

店に着くと見慣れない顔ぶれの男が数人いた。そいつらはみんな揃ってストップボタンを押していた。真剣な表情といい、手首から指先にかけての動きといい、まるでオーケストラの指揮者のようだ。それにしても不思議な現象だ。昨日までは攻略している者はどこにもいなかったのに、今日になってこんなに現れるなんて……。

空き台に座り打ち始めると、わずか数分でスリーセブンが揃った。すると隣のオヤジがこう言った。

「さっきから出てるのは若い兄ちゃんばっかりだ」

渋面を俺に向けてきたので、仕方なく話を振ってみた。

「今日はいつもより出てますね」

「なんだか知らねえが朝から大学生みてえ奴がいっぱいいやがる。今あそこで出してる兄ちゃんなんか四台目だぞ」

その言葉は俺の心を奈落の底へと沈めた。これは尋常ではない。この時間で四台目だなんて。単独7狙いではなく周期を使い分けているに違いない。俺はすみやかに二台目を打ち止めにし、いずみへと向かった。そういえば鮫島はいなかったな……。

いずみに着いたが俺の心は不安でおどおどしていた。使える台九台すべてが若者で埋め尽くされているかも……。だが意に反して若者は鮫島一人であった。

俺はひっそりスリーセブンを二回揃え外へ出ると、日はまだ明るかった。景品を現金に換え駅に向かって歩いていると、一人の男に呼び止められた。

「あのー……」

最初俺は「あのー」の言葉が自分に向けられているとは思わなかったので、まっすぐ前を見て歩いていた。

「あのー、すいません。ちょっとお願いが……」

そんな言葉が俺の背後から規則正しく聞こえてくるので、後ろを振り向くとそこには見覚えのある小さな男が立っていた。

「別のところへ行くんですか？」

訛《なま》りのあるしゃべり方で、この男がいずみの店員だとわかった。

「どこへ行こうと俺の勝手だろう」ありきたりの台詞《せりふ》を吐いていた。

「僕も連れてって下さい」思わぬ台詞が返ってきた。

「何言ってんだ、お前いずみの店員だろう。さっさと戻って仕事しろ……」

「今日は早番なんで五時に終わったんです……というか、辞めてきたんです」

「ちょっと待て……辞めてどうするつもりだ」

全然関係ないまったくの他人の去就を心配する義理など全然まったくないのだが、嫌な予感がしたので訊いてみた。「僕を弟子にして下さい」予感は的中した。俺は体を駅の方へ向け歩き出した。どんどん歩いた。一直線に、脇目も振らず。

ホームで電車が来るのを待っている時、周りを見渡したが男の姿はなかった。きっと諦めたのだろうと思い、俺は「ホッ」と一息ついた。電車は学生でいっぱいだった。俺はやっとの思いで電車に乗ることができた。車掌の鳴らす笛の合図でドアが閉まった。と思ったが、またドアが開いた。すると一人の男がそこに滑り込んできた。俺は目を剥いた。

「みつお、そんなに甘くないぞ。それにこの攻略はそんなに長く続かないかもしれない」

「わかってます。僕は先生みたいになりたいんです。だからお願いです、僕を弟子にして下さい」そう訴えるのは、夕方俺につきまとってきた小男だった。

俺はいずみを出て駅へ向かう時、その男に声をかけられあとをつけられた。アトムに入る時も「お願いします、僕を弟子にして下さい」と、何度もせがまれた。だが俺は一切関わらず店に入った。二時間後、店を出て駅へ向かうと男はどこからともなく現れ、「お願いします、僕を弟子にして下さい」と、涙ながらに訴えてきた。俺は男を手で振り払い電車に乗った。

春日部駅で降り改札口を出ると、男は俺の前に立ちふさがり膝まづいた。そして「お願いします、お願いします、お願いします」と、三回言った。周りが俺達を見ている。つい「わかった」と言って、歩き出すと男もついてきた。すぐ近くに『パブ&喫茶ドゥー』という店があったので仕方なくそこに入ったのである。男は入口でも「僕、みつおって言います。何でもしますから弟子にして下さい」と言った。

「まあいい、とにかく食べよう」

日焼けした植木職人のような小さな男は、鼻水を啜りながらナポリタンを食べ始めた。俺はこの男に訊きたいことが山ほどあるが、ナポリタンを食べ終えるまで待つことにした。

「ごちそうさまでした」

「みつお、荷物はそれだけかい」

「はいっ」

一泊で温泉に行くのに適した大きさだ。

「今日の寝床はどうすんだ?」

「心配いらないです。それより僕を弟子にしてくれるんですよね……」

「でも何で店を辞めてまでこんな世界に入りたがるんだ」

「僕は先生みたいな生き方がしたかったんです。今まで何をやっても上手く行かず、結局パチンコ屋の店員に納まってしまいました。でも先生を見た時、目が覚めたんです。僕の理想は先生のような生き方なんだって……」

「おいおい、俺の生き方が立派だなんて思ってるんじゃないだろうな。定職にも就かないただの遊び人だぞ」

「そんなことありません。先生は立派な自由業の人です。誰にも迷惑をかけてないし、分別もわきまえてます」

「だがな、先の見えない仕事だし、世間的に考えてもあまり感心できないぞ」

俺は自分で吐いた言葉が滑稽《こっけい》過ぎて、頬が紅潮《こうちょう》するのを感じていた。相手はずっと年上だ。

「世間体なんて気にしません。誰にも縛られない自由な生き方がしたいんです」

俺にはその向こうにあるものが何なのかまったくわからなかった。

「ところでこの仕事をする前は何をしてたんだい」と、俺は訊いてみた。

話が長くなりますが聞いてくれますか、と言って男は水を一口飲み話し始めた。


「僕は中学を卒業すると、左官屋の見習いとして住み込みで働きました。あっ、その前に僕には両親がなく叔母の家で育てられたんです。三年間頑張って働きましたが、不器用なせいでいつも親方に怒られていました。ある日親方が酔っぱらって帰って来た時、おかみさんにこう話をしてたんです。『あいつは使いものにならねえ、近いうちに出て行ってもらおう』僕はすぐに荷物をまとめ家を飛び出しました。そして行く当てもなくそこら中をさまよっていました。

日が暮れかけた時、ふと古ぼけたビルの上に目を向けると『警備員募集寮完備』と書かれた看板を見つけました。電話をすると今日から寮に入れます、と言われたんです。

寮に入ると先輩達はみんな優しくしてくれました。しかし車の免許がなかったので仕事は限られてしまいました。そんなある日、会社で免許を取らせてやるって言われたんです。僕は本当にラッキーでした。

免許を取得するのとほぼ同時に大きなレジャー施設が開業し、僕はそこの誘導整備の仕事を任されるようになったんです。駐車場に入る車と駐車場から出る車がたくさん行き来し、そのたびに大通りを走る車を止め誘導していました。ある日、駐車場から出ようとした車と大通りを走る車とがぶつかってしまい、駐車場から出ようとした車の運転手が怪我をしてしまったんです。それは僕の不注意によるものでした。この事故で僕はクビになり、免許を取る時にかかった費用は全部返さなくてはならなくなったんです。

僕は路頭に迷い街をうろついていました。二日間野宿し三日目の夜、僕は繁華街を歩いていたんです。すると『兄ちゃん、今なら可愛い子つけるよ』と、声をかけられたんです。僕は立ち止まりその人の顔を覗くと、優しく微笑んでくれました。僕は思わず仕事がしたいんです、と口が勝手に動いてしまいました。するとその人はしょうがねえな、ちょっとこっちへ来いと言って、歩き出しました。建物の中に入ると若い女の子がたくさんいました。僕はそこを通り抜けると、病院の診察室みたいなところに入れられました。そこにはちょっと怖そうな人がいて、いきなり変なことを訊いてきたんです。前科持ちか？　って……。僕はそんなもの持ってませんというと、男は鼻で笑っていました。でもその男はサバサバした口振りで、今日から店の清掃と女の子の送迎をしてもらう……そう言って僕を雇ってくれたんです。その店は老舗のグランドキャバレーで、常連客がたくさんいました。

二年が経つと広いホールを歩き回り、お酒やおつまみを運んだりする仕事に代わっていました。そんなある日、僕がこの店で一番高いお酒を運びに行くと、そこに座っていた品の良いお客さんは、『君はまだ若いね、こんなところで働くのはやさぐれた人間くらいなもんだよ』と言って、僕に名刺をくれたんです。

それから二、三日してお店で喧嘩が起きたんです。最初はお客さん同士の喧嘩だったんですが、止めに入った先輩が殴られたので、先輩も豹変して殴り返したんです。そしたらただの喧嘩じゃなくなってしまい、パトカーが三台も来て大騒ぎになってしまいました。先輩から殴られた客は口から血を出し動けなくなっていました。次の日、その客は死んだと店長から聞かされ、さらに店が営業できるようになるまでしばらく寮にいろ、と言われたんです。

僕は二日間じっと寮に閉じこもっていました。そして三日目の朝、ワイシャツの胸ポケットに名刺が入っているのを見つけたんです。そこには『アミューズメントプラザいずみ』と書かれていました。僕はあの品の良いお客さんの顔を思い出し、電話をかけてみることにしたんです。受話器から女の人の声が聞こえてきたので驚きましたが、名刺に書かれている代表取締役泉重治の知り合いだというと、すぐに電話を繋いでくれました。

　僕は何を話したのかよく覚えてませんでしたが、相手はお店で起きた事件のことをよく知っていて、こういうんです。やさぐれたらダメだぞ……って。

　僕は今まで働いてきた左官屋とか、警備会社などでは味わったことのない人情の機微っていうのに触れたような気がしました。そして……」

　長い話が途中で切れた。みつおは鼻を啜っている。

「そしてパチンコいずみで働くようになった」と、俺が言った。

　みつおは唇を真一文字に結び黒い瞳を俺に向けてきた。情に流されたといえばそれまでだが、この男の誠実さに惹かれたのかもしれない。物置として使っている部屋がある。少しかたせば布団を敷く分くらいのスペースは確保できそうだ。


「先生、起きて下さい。もう八時ですよ」

　ドアの向こうで誰かが叫んでいる。寝惚けまなこをこすりながら起き上がると、変な男が立っていた。あっ……そうだった。

　夕べ俺はみつおを家に連れて来て四畳半の物置部屋に通した。そして寝ようとしていたおふくろと話をした。「実は昔世話になった人がしばらくここに泊まることになった。優しい人だから何も心配いらない」おふくろは頬杖をつきながら「ふーん」と言った。

その後みつおを俺の部屋に呼び、トイレ、お風呂、洗面所の使い方やその他の決まり事を一通り説明した。みつおは大丈夫です、何も心配いりませんと言って、悠々としていた。その言葉で俺は尚更心配になった。我が家のしきたりの説明が終わると、いよいよ本題に入らなくてはならない。俺がこいつを養うわけではないからだ。

俺はターボXのデジタルの構造を説明した。数字の「7」はある一点を見ていればわかる……そう言って、その部分を紙に書いた。するとみつおは「なるほど、それはすごい発見ですね」と言って、鼻の穴を膨らませてみせた。それから回転比の求め方や周期計算の方法などを教えたのだ。みつおは素直に頷いていた。


服に着替え下に降りると、みつおは台所で皿を洗っていた。そして「先生は毎日パンと目玉焼きって聞きましたけど、それでいいですよね」と言った。

(誰に聞いたんだ)

「あっ、さっきお母さんに会いました。化粧品の販売をしているだけあってキレイな人ですね。コウちゃんをよろしくって言ってました」

こいつもこいつだが、おふくろもおふくろだ。俺はみつおが焼いてくれたパンと目玉焼きを食べ、みつおが淹れたコーヒーを飲んで朝食を済ませた。そして二人揃って家を出た。俺は何故か気が気ではなかった。

駅に着くまでの間、パチンコ屋の状況を順を追って説明した。そして最後に昨日から攻略する人が急に現れ出した、と伝えた。するとみつおは「その情報は僕のところにも入ってきました」と言った。

話によるとパチンコいずみは草加市にだけあるのではなく、都内にも数件店舗を構えているのだそうだ。みつおも最初は荒川区の町屋店で働いていたのだという。みつおがいうには、いずみ町屋店では一週間くらい前からストップボタンを押してスリーセブンを揃える大学生が、数人現れたんだそうだ。メーカーの西陣に問い合わせたところ、今それについて対策を検討しているので、しばらくの間そういうお客さんに対しては、打ち止めは一台限りと制限を加えるように、と言われたらしい。いずみ草加店でも近々大学生が押し寄せて来るかもしれないので、注意して見守るようにとの連絡を受けた、とみつおは言った。

俺はこの話を聞いた時、自分だけが卓越した能力を持っているのかも……と、思っていたことに恥じらいを感じた。よく考えてみればこんなのが特別な能力のはずがない。大学生ならこのくらいのことはすぐに考えつきそうなものだ。そして攻略なんてものはあっという間に伝播《でんぱ》する。おそらく都内では打ち止めは一人一台きりという規制がかかってしまったため、融通の利かない大学生は地方へと目を向けてきたのだろう。

俺とみつおは電車に乗り西新井の冒険島に向かった。ここなら使える台がたくさんあるので、すべて大学生によって占拠されてしまうようなことはなさそうだ。

店に入るとやはり大学生が大勢座っていた。俺とみつおは空き台を見つけそこに座った。俺がほどなくスリーセブンを揃えると、いつものように店員が箱を持って現れた。そしてこう言った。

「ストップボタンを押してスリーセブンを揃えるお客様はプロとみなしますので、当店での打ち止めは一台限りとさせていただきます」

「どうだ……」

俺は素直に頷いた。打ち止めにして外に出る時、みつおに話しかけた。

「はい、左側には7が結構出ます。けどまん中はちっとも出ません」

「計算はできてるのか？」

「はい、けどきっと間違ってるんでしょうね」

「ゾロ目が出たら十周で押せ」

「はい」

「それと、お前はいずみでは打てるのか?」

「打てません。そういう規則です」

「四時にアトムで」そう言って、みつおと別れた。

いずみに着くと鮫島がいた。おそらく奴はここに根付いているに違いない。不思議なことに大学生は一人もいなかった。冒険島には昨日も今日も大学生が五、六人はいた。いずみにだっていてもおかしくないはずなんだが……。

俺は何か解せないまま打ち始めた。そしてスリーセブンが揃った。店員が「おめでとうございます」と言って、箱を置いた。俺はまだやってもいいのか訊きたくなったが、こっちから訊くのも変だと思いやめた。

俺は景品を換金し店に戻ろうとした時、鮫島が若い男二人と話をしているところを見つけた。鮫島は両手をポケットに突っ込み、威嚇するような態度をとっている。何かがおかしい。ふとした疑念が頭をもたげた。まさか、そんな汚い真似までして……おれの鼻息は少しずつ荒くなってきた。

鮫島が一方的に捲《まく》し立てると、二人は店から離れて行った。俺はその二人に近づき話しかけてみた。

「ねえ君達、今キザな男と話をしてたよね。どんな話をしてたんだい」

お互い顔を見合わせている。

「別にどうってことない話だよ」痩せてるほうの男がぶっきらぼうに言った。

「もしかしたらこの店に来るな、とか言われた？」

小さいほうの男が顔を曇らせ「あんた誰？」と言った。

「警察官だよ。今日は非番なので警察手帳は持ってないけどね」

「そうなんですか……」

急に態度が良くなったので、今がチャンスとばかりに追い討ちをかけてみた。

「最近大学生から店を追い出された、という相談を受けてね。話を聞くと、常連客にここの店は俺の縄張りだとか、ストップボタンを押して出すとヤクザが出てくるだとか言われ脅されているみたいなんだ。それで常連客と店との繋がりを調べてるんだ」

すると二人はすぐに口を開いた。

「俺達も言われた。店には縄張りがあるんだ……って」

「困った人だね……みんなが楽しく遊べるよう注意を喚起してみます。ありがとうございました」俺は右手を微妙な角度でおでこに近づけた。

店に入ると鮫島は一人の店員と話を交わしていた。その店員は確か主任と呼ばれていた。

状況は大体把握できたが対策を講じるには及ばない。鮫島と店とが施した画策は人類に於いて最も醜いものであり、必ずや天の裁きを受けるであろう……と思う。

店が鮫島みたいな奴と組んで大学生を追い払うなんて本末転倒も甚だしい。俺はパチンコをするのが嫌になってきた。ひと足先にアトムに向かいみつおが来るのを待つことにした。

中に入ると攻略できる機械が二台空いていたが放っておくことにした。奥まったところに自動販売機が設置されており、その横に椅子が置かれている。俺はそこに座りうたた寝をすることに決めた。


「先生、先生……起きて下さい」

「あっ、みつおか。スリーセブンは揃ったのかい」

「はい、三回も」

「……一回で終わりじゃなかったのかい」

「はい、学生さんは何か言われて一回で帰ってしまいましたが、僕は何も言われませんでした」

「それはおかしな話だね」

「はい、ただスリーセブンが揃った時、ひとことだけ言われたんです。『学生さんじゃないよね』……って。僕は夜の仕事をしているので昼間こうして運試しをしてるんです、って笑顔で答えたんです。ただそれだけです」

なるほど……店は攻略してるのは大学生だという認識が強いので、まさかこんな変な男が攻略してるなんて思わなかったんだろう。

「先生、それより変な噂を聞いたんです。ワイワイランドで毎日大儲けしている人がいるって……」

ワイワイランドといえばあの痛ましい事故が起きた店だ。

「みつお、ワイワイランドにはターボXは入ってないんだ。だからその噂はデマだよ」

「先生、それが変なんです。ストップボタンを押して揃えるんじゃないそうです」

「じゃあ、何を押すんだい」

「何も押しません。箱で隠すんだそうです」

「いったい何を隠すんだい」

「絵柄をです」

「まるで手品だね」

「はい……」

俺達は手品を見にワイワイランドへ行ってみることにした。

店は熱気でムンムンしていた。ここには三共のフィーバーが百二十台も設置されている。俺達は時間をかけ店内の様子を観察してみることにした。

作業ズボンの男の台に打ち止めのコールがかかると、透かさずそこに見覚えのある男が座った。銀縁ヤローだ。もしかするとこいつらがイカサマをしてるんじゃないか、と俺は咄嗟に思った。店内をもう一度見て回ると、帽子と角刈りもフィーバーのコーナーに腰を下ろしていた。その時帽子は大当たり中だった。

俺はみつおに奴ら三人が引き起こした事件についての経緯を説明した。するとそいつは怪しいですねと言って、みつおは腕組みをした。だが数秒後には他にも怪しい人がたくさんいますよと言って、みつおは顎をしゃくってみせた。

「あいつらは何をしてるんだい」

「何かのおまじないみたいですね」

俺とみつおはそのおまじないをしばらく眺めていた。そいつらは出玉を入れる長さ二十センチくらいの小箱を台の中央に押し当て絵柄を隠している。

三共のフィーバーは、スロットマシンのようにドラム式の絵柄が回転している。その絵柄の中に7も含まれており7が三つ揃えば大当たり、と思いきやそうではない。ドラムの上に一桁のデジタルが回転していて、そのデジタルも7で止まらなければ大当たりは発生しない。奴らは小箱でドラムを隠しデジタルだけを見ている。そしてデジタルが7で止まると小箱をどかし、ドラムの絵柄を確認する。「ああ、ダメか……ずれちまったよ」と言っている。まったくわけのわからない光景だ。

俺達はわけがわからぬまま、しばらくそんな光景を眺めていた。すると銀縁が呼び出しランプに手をかけた。スリーセブンが揃ったのかと思ったがそうではなかった。何かのトラブルのようだ。若い店員が駆け寄り銀縁の台を開けた。普通のトラブルならガラスの部分だけ開ければ事は解決するはずだが、台を枠ごと開けている。店員は上半身をのけ反るように突っ込み何かをし始めた。ものの五、六秒で作業は終わり、台を元通りに閉めた。俺はこの時、確信めいたものを感じた。きっと何かが起こる……だが五分経っても十分経っても銀縁の台には何も起こらなかった。

するとみつおが俺のところにやって来てこう言った。

「さっき打ち止めにした作業ズボンの人、また出ましたよ」

みつおが指し示すほうに目を向けると、間違いなくさっきの男だった。

「みつお、あの男に何か変わったことはなかったかい」

「はい、ありました。途中から目隠し作戦に変えたら大当たりが出ました」

どういうことだ。待てよ……銀縁の台は列の中央付近だ。そしてあの作業ズボンの台も隣の列の中央付近だ。俺は二人の台の位置を確認してみた。すると両方とも手前から数え八台目だった。二人の台は背中合わせになっている。やはりあの時、何かが起きたんだ。店員が銀縁の台を開けたのは、銀縁の台に用があったのではなく作業ズボンの台に用があったんだ。そして何かを仕掛けた。

今度は角刈りが席を立った。俺は角刈りが座っていた台に近づいてみた。するとドラムにスリーセブンが揃っていた。角刈りは若い店員に近づき何かを囁いた。俺は店員の行方を追った。店員は角刈りが座っていたシマに近づき、呼び出しランプを見つめている。その時、一台の呼び出しランプが光った。そこに座っていたのは中年の女だった。俺はその女の台と角刈りの台との位置を確認してみた。背中合わせだ。

角刈りは間もなく自分の台に戻り打ち始めた。目隠し作戦だ。ドラムは小箱で隠されているので回転しているのかどうか確認できない。確認できるのは上のデジタルだけだ。角刈りはデジタルが止まるたびにわざとらしいジェスチャーで周りを惹きつけている。そしてついにデジタルが「7」で止まった。角刈りは「どうだ」と言って、小箱をどけた。そこにはスリーセブンが揃ったままだった。周りの人間は「すげえ」と言って驚いている。

……そしてみんな真似するようになった。ドラムにスリーセブンが揃ったら数分台を放置する。その後、小箱でドラムを隠し打ち始めるという行為を……。

どうやら信者達は数分台を放置することにより、科学では解明できない特定の要素がドラムに入り込み、スリーセブンが形を崩さず回り続けてくれると思っているらしい。そしてその条件として、小箱で絵柄を隠すことが必須なのである。オカルトマックスだ。

信者達にとっては、自分の台だけがいつもズレてしまうなんていう認識などない……やれやれだ。俺はみつおを呼んでイカサマの手口を説明した。

「みつお、すべてがわかったよ」

「さすが先生……手品を見破るのも早いですね」

「このイカサマに関わっているのは、客六人と店員一人だ。この七人で取り分を分け合っていると見て間違いない。客の六人は二人一組になってるんだ。そしてこの組は必ず台と台とが背中合わせになるような形で座っている。

例えば角刈りの台のドラムにスリーセブンが揃ったとする。実際今も揃っているけどな……すると角刈りは台を離れ、背中合わせに座っている中年の女の台の番号を店員に告げる。さらに角刈りは女に呼び出しランプを点けるように指示する。店員は女の台に駆け寄り台を開ける。そして背中合わせに設置されている角刈りの台のドラムの配線を抜く。これにより角刈りの台はスタートチャッカーに玉が入ってもドラムは回転せず、デジタルだけが回り始める。ドラムとデジタルの配線は別々なんだ」

「それで他の人に見られちゃまずいんで箱でドラムを隠してるんですね」

「まったくの子供騙しだよ。不正は許せないが真似をしている人が気の毒とは思わないね」

「先生、見て下さい。あそこのお兄さん、箱で台を叩いてますよ」

「熱くなるのはわかるが脳ナシの自分がいけないんだ。さあ帰るぞ」

その時、若い店員が台を叩いた客に詰め寄り手首を捻り上げた。客は「離せ離せ」と喚いているが、店員は容赦なく捻り上げると顔面に頭突きを入れた。「ボコ」という鈍い音と共に血がフロアーに滴《したた》り落ちた。客は「何しやがる」と言って、鼻を押さえている。

これはいくら何でもやり過ぎだ。俺は若い店員に詰め寄り口を挟んだ。

「暴力行為だ。警察を呼ぶぞ」

若い店員はポケットに手を突っ込み、俺のつま先から頭のてっぺんまで観察し始めた。

「兄ちゃん、お前、堅気だろうが……誰がこの店をやってるのか知ってんのか？」

「知らん……それに一介の市民のどこが悪い？　みつお一一〇番しろ」

「なんだこの餓鬼……頭が鼻にぶつかっただけだ。それにこいつが台を箱でブッ叩いたんだ。器物破損で訴えるのはこっちのほうだ」

「店長はいるか？　話がしたい」

「店長は午前中しかいねえよ、何の用だい？」

「どうやらお前らの悪行を店長は知らないみたいだな」

「何のことだ……」

「まあいい、外で話そう。それともみんなの前でしゃべってもいいのか?」

「だから何のことだって訊いてんだ」

幾分顔が青ざめてきたのがわかる。

「配線のことだよ、ドラムの……」

俺とみつお、そして店員と客の四人が外に出た。俺は店員に「お前は客六人と組んで不正を行っている」と言った。

「不正……いったい何の事だ」しゃべったのは鼻血の男だ。

「ドラムにスリーセブンが揃ったらドラムの配線を抜く。それもわざわざ裏の台に回ってな……」

男は鼻を押さえていたハンカチを見詰め、「そんな汚ねえことしてたのか」と言った。

「証拠はあんのか?」しゃべったのは当然店員だ。俺は欺くように言った。

「今大当たり中の角刈りの台は配線が抜かれている。大当たりが終了したら俺があの台に座る。そしてみつお、お前はその背中合わせの台に座れ」

「はい、でもあの台には女の人が……」

「心配するな。女は次に実行する台を見つけている。それよりその台を絶対店員に開けさせるな」

「わかりました。指一本触れさせません」

「そして俺は箱でドラムを隠さずに打つ」

俺とみつおと鼻血は店員を睨みつけた。店員は鼻から深いため息は漏らした。

「ちえっ、わかったよ……どうすりゃいいんだ」

「三十万……鼻の骨が折れてるかもしれないからな。治療費だと思えば安いもんだ」

店員の顔に一瞬狼狽の色が走ったが、すぐに「店長には絶対言わないでくれ」と言った。どこまで姑息《こそく》な奴なんだ。店員はすぐに戻ると言って二階に消えた。ここの二階は寮になっている。戻ってくると店員はポケットから金を出し、俺に渡した。その時、三十万あると言った。俺はそんなものどうでもいい。その金を鼻血に渡し歩き始めた。みつおは先生と言って、俺について来た。店員はホールに戻り、鼻血だけがその場に立ち尽くしていた。

ここへはタクシーで来たが帰りは歩くことにした。空はどんより曇っているが、時より吹く南風が心地よい。日が暮れるまでには家に着くだろう。

俺とみつおは国道十六号線を東に向け歩いていた。信号が青から赤に変わると俺は立ち止まり空を見上げた。するとポツリと水滴が落ちてきた。信号が青に変わり歩き出す頃には水滴は激しさを増し、たちまちアスファルトを真っ黒に染めた。その時、背後からクラクションの音が響いた。俺とみつおが同時に振り向くと、セダンの助手席の窓が自動で開いた。

「さっきは助かったよ。この金を俺が全部貰うわけにはいかない。とにかく車に乗らないか？」

鼻血がいつの間にか車を運転していた。

「いやっ、その金はお前のもんだ。気にするな」

「そうはいかない。それに金だけの話じゃない。これだけ世話になったんだから何か礼をさせてくれ」

「……あのな、はっきりいうがお前のことなんかどうでもいいんだ。俺はあの若い店員が許せなかっただけなんだ」

雨は激しさを増し容赦なく俺達の体を叩きつけた。

「益々気に入った。そこの小さいの、さあ乗れ」

「はい……」

みつおは後ろのドアを開け、すばやく車に乗り込んだ。

「みつお降りろ」

「嫌です、先生」

俺はみつおの頭にげんこつを食らわした。

「さてと……この先に旨いラーメン屋がある。腹も減ったことだしそこで話をしよう」

俺達は鼻血のあとに従いラーメン屋に入った。間もなくして、ふっくらとした女性が水を運んで来ると、「船田さん、お友達連れて来るなんて珍しいじゃない」と、女は言った。鼻血が「ああ」というと、女は鼻血の鼻を見て「どうしたの、それ」と言った。鼻血はそれには答えず、「ここのチャーシューは絶品なんだ。チャーシューメンでいいだろう？」と言った。もちろんそれで構わない。

みつおは「ここの常連なんですか、船田さんは」と訊いた。

「まあな、ところでお前がみつおだったよな……そっちの先生はなんていうんだい」

「先生は先生です。パチンコの先生です」

「みつお、余計なこというな」

「ほう……パチンコの先生か。でも俺は助けてもらったし、気風のいいところに惚れ込んだので兄貴って呼ばせてもらうよ」

「船田さんはいつもあそこでパチンコをしてるんですか？」と、みつおが話しかけた。

「ああ、セブン機が入る前は一般台で結構稼がせてもらった。だがあの機械が入ってからはどの店もおかしくなっちまってる。俺もバカだったよ。箱で隠して出しているのはいつも決まった連中だ。何でもっと早くおかしいって気づかなかったんだろう」

「いや、気づいてたんだよ。だがその不思議な現象が自分のところにも起こらないか、と期待してたんだ。人間の欲ってやつだよ、醜い……」

俺は鼻血、いや船田の顔をまじまじと見た。船田は部活の顧問に叱られた時のような顔つきで、唇をぎゅっと結んでいた。
二、三分の沈黙のあと、「兄貴は今でもパチンコで稼いでるんですか？」と船田が訊いてきた。
「バカな質問しちゃダメですぜ、船田さん」と、みつおが口を挟んだ。

「まさかあの『フィーバー』に攻略でもあるのかい」

「西陣の『ターボX』って機械ですよ」

「もしかしてデジタルが三つのやつかい」

「そうです。入ってる店、知りませんか？」

「おいおい、その台なら俺の実家の近くで何件も見かけたぜ」

船田が興奮したところにチャーシューメンが運ばれてきた。俺達は船田の話を後回しにし、チャーシューメンを食べることにした。みつおはチャーシューの厚さに感激したらしく目を丸くしている。

「ここのチャーシューは絶品ですね、先生」

俺が黙っていると船田が口を開いた。

「ここのチャーシューは秘伝のタレで浸けてあるんだ。だから他のとは違う」

チャーシューメンを半分ほど食べたところで、「船田さんの実家はどこなんですか？」

と、みつおが言った。いきなり本題に入ったようだ。

「宇都宮だ。ゴールデンウィークに同窓会があったんで実家に帰ったんだ。そのついでに市街地を見て回った。確か三軒入ってたと思う」

「宇都宮といったらちょっとした旅行ですね」何故かみつおが嬉しそうにしている。

「なあに、わけない。東北自動車道で吹っ飛ばせば二時間とかからない」

（おい、誰が宇都宮に行くと言った）

「明日から俺が兄貴の家に迎えに行く。ところでみつおの家はどこだ？」

「先生の家です」二人で話がまとまったようだ。

俺達はラーメン屋でターボXの話をした。と言っても、みつおが得意気になってデジタルの説明をし、船田が感心しきった顔で俺の顔を覗き込む。みつおは「ゾロ目を出すのは難しいです。でも左側に7を出していればそのうち揃います。しかし先生はほとんどゾロ目しか出しません。船田さんも周期計算ができるようになればゾロ目が出せますよ」と、見下すような視線を船田に向けていた。

船田は「バカだなみつおは……周期計算よりも肝心なのは7を精度よく出すことだよ。それに今の説明だと、十周で押せばどの台でもゾロ目が出るんじゃないのか」と言った。どうやらみつおより船田のほうが何かと使えそうだ。

船田は三十万を三人で分けようと言い出した。だがそれを俺ははねつけた。すると船田は金を引っ込め、その代わり兄貴のお供を地獄の底までします、とわけのわからぬことを口にした。やれやれだ。

店の支払いを船田が済ませると、俺とみつおは家まで送ってもらうことにした。車が家に着くと「それじゃ明日九時に迎えに来ますので」と言って、船田は立ち去った。


船田は九時きっかりに迎えに来た。みつおは先生来ましたと言って、勝手に外に飛び出した。俺が部屋の戸締まりを済ませ車に近づくと、船田はハイヤーの運転手みたいにボディーの埃をはらっていた。まあいいか……宇都宮まで連れてってくれるんなら甘んずるに越したことはない。こうして俺達三人を乗せた高級セダンは、高速道路を軽快に突っ走った。

宇都宮は県庁所在地だけあって栄えていた。船田は車をコインパーキングに入れ、俺達をパチンコ屋に案内した。確か三軒あったはずだと言って、記憶をたどりながら店に入って行った。船田の記憶はなかなかなもので、三軒入ったすべての店にターボXは入っていた。俺達はそれぞれに分かれ攻略を開始することにした。俺はその時「待ち合わせ場所は喫茶ピノキオ八時ということで」と告げた。

　俺は順調に店を回り六時にピノキオに着いた。そして週刊誌を読みながら二人が来るのを待つことにした。一週間そんな日が続くと読む週刊誌がなくなってしまい、今では文庫本を持ち込み、毎日二時間読書を楽しんでいる。


　宇都宮に来て早いもので二ヵ月が経とうとしていた。一軒につき打ち止めにするのは二台までという制約を二人は堅実に守っている。だが六台打ち止めにすることは滅多になく、四台か五台で終わってしまうそうだ。それでも儲けは十分なはずだ。

　都内のターボXはどうなったのかというと、基盤に修正が加えられ、左デジタルはすべて超高速回転になったらしい。そしていずみとアトムも数日後には超高速回転になっていたという。これは船田が仕入れてきた情報だ。内容に一貫性があるので、俺はこの情報を信じることにした。

　最近ここ宇都宮でも攻略している大学生をちらほら見かけるようになった。考えてみれば宇都宮にだって大学はあるし、学生はいくらでもいる。

みつおと船田が揃ってピノキオに現れた。二人がカレーライスを注文すると、船田は眉間にシワを寄せ、こう言った。

「兄貴、あいつら分別も何もない。大勢ではしゃいでいやがる。追い出しますか？」

俺が黙っていると、「船田さん、卑しい心、醜い心を先生は一番嫌うんです」と、みつおが言った。

「船田、みつお、心配するな」

二人は顔を見合わせている。そこにカレーライスが運ばれてきた。

「さっきここでスポーツ新聞を読んでいたんだ。そこにパチンコ業界の記事が載っていた。九月一日からパチンコの法律が変わる。今までセブン機は無制限取り放題だった。と言っても、店側が勝手に定量数を定めていたけどな。だが今度は法律の下で出玉が制限される。アタッカーが開くのは三十秒で最大十回までだ。要するにアタッカーは五分しか開かない。新聞には一回の大当たりでおよそ千五百発の出玉って書いてあった」

俺が話し終えると船田は「それじゃあ」と言ったが、その後の言葉が見つからないようだ。その時みつおはカレーを平らげていた。

帰りの高速道路は大渋滞だった。今日は八月十六日、お盆を地方で過ごした人達が我が家に帰るいわゆるUターンラッシュである。船田の握るハンドルの人差し指が小刻みに動いている。それは渋滞でのイライラなのか、それともターボXに対する不安なのか俺にはわからなかった。

五

「これがニューターボXか」

「派手な機械ですね」船田とみつおは目を輝かせている。

俺達三人は山手線の高田馬場駅で降り、一軒のパチンコ屋に入ったところだ。都内ではお盆休みに合わせ、数日前から新機種を続々と導入した。もちろん九月一日から規制される出玉制限に対応した機種だ。

ここ高田馬場にはパチンコ屋が多く、すでに一ヵ月前から新機種に入れ替えられている、と船田がどこかから情報を入手してきた。俺は念のためデジタルのスピードを一台一台見て回った。何の変哲もない超高速デジタルだ。大学生らしき人物が何人か座っていたが、ストップボタンを押してる者は一人もいなかった。

「先生どうします」

みつおは退屈しのぎに扇子で顔を扇ぎ出した。そこに船田がやって来て、「兄貴、今から宇都宮に行きましょう。新幹線でひとっ走りですぜ」と言い出した。

　二人は宇都宮で八月いっぱいまで稼ぐつもりでいたようだが、俺がそれを断念させ新台の偵察にあたると言い出したのだ。

「お前らはこの近辺のパチンコ屋を見て回ってくれ。ニューターボXを見つけたら、ボタンを押して攻略している人がいるかどうかも見といてくれ」

「兄貴はどうすんですか？」

「俺はちょっと調べておきたいことがあるのでここに残る」

　二人は浮かぬ顔つきで外に飛び出した。

　俺はニューターボXの空き台に座り、玉を弾いた。すぐにデジタルは回った。左は超高速回転、中央もそこそこ速い。だが右側はそれほどでもなかった。ちゃんと7の点滅は確認できる。カウントできるかどうか試してみたが、なんとかカウントすることもできた。

　俺は早速データを取ることにした。右デジタルの7の点滅を四周で押す。これを十回行うことにした。そのデータが次の通りだ。


216番台……293　713　554　774　072　892　133　732
353　694

２３０番台……７７８　５３６　９４７　７２７　７３８　１０７　４０８　５７７
　　　　　　　７３６　３４７
２３７番台……１９９　３２８　７２０　５７９　４８８　６０８　７７９　００８
　　　　　　　２８９　７１０

「いらっしゃいませ」

出迎えてくれたのは色気のある四十代の女性だ。「パブ&喫茶ドゥー」は、夜七時を境に喫茶店からパブに変わる……と言っても、マスターの他にこの女性がカウンターに現れるだけでメニューはそのままだ。年の差がちょっと気になるが夫婦なのかもしれない。

「コーヒー」

「フルーツパフェ」

「ビールとピスタチオ」

まとまりのない注文に戸惑う女性の仕草が色っぽい。

「これを見ろ……すべて同じ周期で押したものだ」俺は三台分のデータをテーブルの上に置いた。二人は身を乗り出し、それを眺めている。

「先生、数字がバラバラですよ」と、みつおが言った。

「兄貴、これじゃ無理ですね」と、船田も言った。

「いいか……三台あるデータの最後の数字をよく見てみろ」

二人はそれぞれのデータに目を注いでいる。そして船田がピスタチオの殻を「パチン」と割ると、口を開いた。

「兄貴、三桁目の数字には偏りがありますね」

「そうだ、俺は三桁目のデジタルの7を狙ってボタンを押した。ここにあるのは毎回四周目の7で押した時のデータだ。216番台は2と3と4しか出ていない。この台は平均値から3が出ると考えてよさそうだ。

230番台の三桁目には6と7と8しか出ていないので、7でボタンを押すと7が出ると考えていい。237番台も同様に考えると9が出る。これらは何を意味していると思う？」

みつおは細長いスプーンでパフェの底に沈んでいる物体をほじくっている。船田はビールを一口飲みこう言った。「230番台は7が狙えるんじゃないですか？」

「まあ、確かにそうなんだが、俺は全体的なことを訊いてるんだ。230番台に限らず、右側に安定した数字を出すことは可能だ。

ストップボタンを押すと左から順にデジタルは停止し、最後に右のデジタルが停止する。その時間が常に一定だということを証明しているわけだ。ただ台によってデジタルのスピードに個体差があるので、さまざまな数字が出てしまうのさ。それと中央デジタルも規則正しく動いている。だから周期を計算すればゾロ目は狙える」

「本当ですか、先生」みつおは口の端にクリームをつけたまま驚きの表情を見せていた。

「みつお、このセブン機の大当たり確率はどのくらいだと思う?」

「人が悪いな、先生も……僕は中卒ですよ」

(だからなんだ)

「表面的には千分の一ですね」しゃべったのは船田だ。

「船田、デジタルを千回転させるのにはどのくらい時間がかかると思う?」

「そうですね……二、三時間ってとこですかね」

「多分その倍はかかるだろう。そうなると当然金もかかる。だがこの機械は一回の大当たりで千五百発しか出ないんだぞ。すき好んでこんな機械で打つ奴は本来いないと思わないか?」

「先生、でもみんなそんなことわかっちゃいないんですよ、僕と同じで……」

お前は黙ってろ。

「三つのデータの左デジタルをよく見てみろ」

「……7の出現率が高いですね」しゃべったのは船田だ。

「この新台は旧ターボXよりゲージ構成が良い。それと左デジタルは7が出やすい仕組みになっている。今日打ってわかったんだが、２３０番台のように7で押すと7が出る台があったとしても、６、７、８が平均的に出てしまうんじゃないかと思う。それは右側に7を出す場合いくら正確にボタンを押しても、左、中央、右の順にデジタルが止まるのでその分時間がかかってしまう。その時間の流れが最終的な誤差として、数字に現れるんじゃないかと思う」

「なるほど……」と言って、船田はピスタチオをきれいな音で割った。

「だがゾロ目が出せるようになれば効率は数段にアップする。明日からは右のデジタルが6か7か8で止まる台を探して打つ。そして周期を計算し、ゾロ目を出す練習だ」

俺達は明日から高田馬場へ行きニューターボXが設置されている三軒の店にそれぞれ分かれ、攻略を開始することにした。

三日後……俺達は再び「パブ&喫茶ドゥー」に集まっている。俺は順調にゾロ目が出せるようになり、二日目には三万、三日目には五万の稼ぎを得ることができた。だがみつおと船田は負け続けている。

「先生、ゾロ目を出すのは難しいです」

「まったくだ。中央デジタルのほとんどがプラス1かマイナス1になっちまう。周期計算は間違っていないはずなんだが……」

二人は俺に顔を寄せてきた。

「船田、ちょっとデータ帳を見せてみろ」

船田はポケットから手帳を取り出した。そこにはこう書いてあった。

175番台　6周……ゾロ目　4周……マイナス1　8周……プラス1

「船田、例えば中央と右に『56』って数字が出たら何周で押す？」

「『56』だとプラス1させればゾロ目になるので8周です」船田は自信に満ちた口振りで言った。

「それだと多分『87』が出てしまう」

「……プラス2、するってことですか？」

「お前のデータだと8周がプラス1だ。だがそれは『56』から8周で押すと『66』が出るってことで、『77』になるとは限らない。むしろ『87』になってしまうほうが多いんだ」

「兄貴、俺にはよく……」

「いいか、回転比は右デジタルよりも中央デジタルのほうが大分高いんだ」

船田は渋々頷いた。

「デジタルは当然整数で表れる。だが自分の頭の中ではもう少し細かく区切って考えるんだ。同じゾロ目でもプラスしやすいゾロ目なのか、マイナスしやすいゾロ目なのか、見えない部分を見るようにするんだ。プラスマイナス1の周期の場合も同じようにな……」

なるほどね……っとみつおが言ったが、船田は唸り声を上げていた。そんな船田に俺はさらにこう言った。

「さっきの場合だが、6周がプラスしやすいゾロ目の周期であれば6周で押せば確実にゾロ目になる。明日からはもっと綿密にデータを取ること」

俺は二人にデータの取り方を教えてやった。


それからさらに三日が経った。俺達は再び「ドゥー」に来ている。

俺は夕べ、机に向かいデジタルを方眼紙に書いてみた。そして新たな発見をした。それを今日試してみた。結果は……。

「どうだみつお、少しはゾロ目が出せるようになったか?」

「はい、気まぐれですけど……」

こいつのことは放っておこう。

「船田はどうだ？」

「大分いい感じになってきました。兄貴のいう通りプラスしやすいゾロ目とマイナスしやすいゾロ目を使い分けてます」

船田はどうやら大丈夫そうだ。

「だが兄貴、台が確保できない。７で押して６か７か８が出る台を探すのが大変だ」

「それなんだが新たな発見をした」

俺は手帳を一枚引きちぎり、デジタルを０から９まで丁寧に書いた。さらにデジタルの８を大きく書き、それぞれの線に番号をつけ説明を始めた。

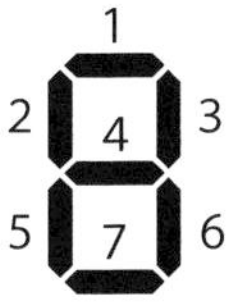

「俺は昨日、7以外に何か特徴のある数字がないかどうか調べてみたんだ。すると一つだけ他の数字にはないある部分を見つけた。そしてその数字が実際狙えるのかどうか今日試してみた。結果は思ってた通りだったよ」

「わかりませんね」

「ああ、俺もさっぱりだ」

首を傾げる二人に俺はヒントを与えた。

「7の裏側の数字が狙えたら楽になるとは思わないか？」

「7の裏側って2ですか？」珍しく答えたのはみつおだ。

「そうだ、よく見てみろ」テーブルの上に長い沈黙が流れた。それを引き裂いたのは船田だった。

「あっ、この部分がない」

「やっと気がついたか……2だけ点滅しないんだ」

デジタルを構成している6番の部分が2だけ欠けているんだ。

「ここが欠けてる時にボタンを押せば2が出るんですね」

「みつお、2を出してどうする」

「はい……」

「まずは7で押してみる。その時2が出てしまったら、2で押せば7が出るってことになる。要するに7で押して6、7、8が出る台なら7狙いでOK。7で押して1、2、3が出る台なら2狙いにすればいいんだ。これで約半分以上の台が攻略できることになる」

「先生……」

「兄貴……」

二人は共犯者のような顔をしていた。そんな表情を見事なまでに俺は曇らせた。

「だがな、点滅が消えるのはほんの一瞬、それもほんのわずか暗くなるだけだ」


九月一日を迎えた。お盆を境に相次ぎ新装開店が行われ、いよいよ新基準によるパチンコがスタートした。だが都内ではすでにほとんどの店で新基準対応の新台が設置されており、俺達も二週間前から高田馬場で打ち始めているわけだ。しかし経営の厳しい店や地方の店では旧台のまま今日を迎えている。当然メーカーが基盤を取り換え、新基準に対応した使用に変更されている。どちらにしてもこれで熱くなって大金を注ぎ込む客が減ってゆくというわけだ。まあなんていうか、俺達はパチンコで稼がせてもらっている身分なので、大負けをしている客を見るのはちょっとばかり忍びない……そんな慈悲の心が体内を駆け巡っているのである。

新基準を迎えて一週間が経過した。俺達は昨日、都内の店を見て回った。みつおと船田は高田馬場があるんだからここで打ちましょうよ、と寝惚けたことを言っていた。まあみつおだけはどこで打とうが影響はなさそうだ。だが俺はせっせとスリーセブンを揃えてしまうので、高田馬場の三軒の店だけでは少し物足りなく感じてきたのだ。それに船田もそれなりに利益を上げているのでそろそろ上手く立ち回らなきゃまずいな、と思っていたところだ。

俺達は電車に乗り、高田馬場とは違う方向を目指した。二人は何も言わず俺について来た。俺は山手線の神田駅で降り店を探した。そして二軒ニューターボXを見つけた。今度は中央線に乗り、お茶の水と水道橋で降りてみた。それぞれ一軒ずつニューターボXが入っていた。そして水道橋から神保町方面へと歩き、また神田駅まで戻って来た。途中で一軒ニューターボXを見つけた。

こうして俺達は神田周辺だけで五軒の店を確保することに成功したのである。

「いいか……今日から神田で散らばり店を回る。あくまでも打ち止めにするのは一軒の店で二台までだ」

俺達はそれぞれの代金を済ませ「ドゥー」をあとにした。

九月半ばに初めて攻略している人を見かけた。ボタンダウンがよく似合う真面目そうな青年だった。そいつは7で押すと7が出る台に座ってストップボタンを押していた。

　ここ神保町にある『人生劇場』は名前からしてちょっと風変わりな店だ。まず店内が頗る静かである。普通パチンコ屋では軍艦マーチや流行の歌謡曲が響き渡っているのだが、人生劇場ではクラッシックが流れていた。さらにパチンコ内部から放出される派手な演出音は最大限に絞られている。そしてトイレに入ってみると便器はピカピカに磨かれており、洗面台は大理石になっていた。

　そのボタンダウンの青年は、三回スリーセブンを揃え打ち止めにするとどこかへ消えた。人生劇場の換金率は三円で定量数は四千発だ。いいペースでスリーセブンを揃えると丁度三回で打ち止めになる。

　そして十月に入ると攻略している人がだんだん増えてきた。人生劇場にはニューターボXが五十二台も設置されている上、換金率も釘調整も良いときている。おまけに店員のマナーもだ。

「兄貴、昨日は人劇に攻略している人が五、六人はいました」

「船田、人劇には何時から何時までいたんだ」

「店に入ったのは五時頃だと思います。二台打ち止めにするのに手こずってしまい、八時半頃までいました」

俺が人劇にいた時間は二時から四時の間だ。その時も攻略している人が五、六人いた。もしかするとそいつらは同じ人物で朝から晩まで打ってるのかもしれない。

「みつお、太陽ホールはどうだった？」

「三十分前に並んでいたらちゃんと座れました」

太陽ホールは三日前に新装開店し、ニューターボXを導入した。みつおは都内へ行っても店を渡り歩くことはなく、一軒の店で奮闘している。昨日の朝みつおは「先生、今日は太陽ホールは行ってみます」と、突然言い出したのだ。

「みつお、ニューターボXは何台入ってたんだい」

「二十八台です。三共のフィーバーがそっくりなくなっていました」

太陽ホールは新基準スタートの際、新台に入れ替えず旧フィーバーのまま基盤だけを取り換え営業していた。だが急に客つきが悪くなったため新装開店に踏み切ったようだ。俺はあのワイワイランドの目隠し作戦が変な噂となり、客離れに拍車をかけたのではないかと思っている。いっそのこと不正が明らかになったほうが、他の店にまで影響を及ぼすことなどなかったような気がする。

「みつお、今日はどうすんだい？」

「はい、今日も三時開店なので太陽ホールに行ってみます」

「そうか……」

「ところで先生、そのカバンには何が入ってるんですか?」

「金だよ……他の銀行でも口座を開いておこうかと思って三百万ほど持ってきたんだ。ところがうっかりハンコを忘れてしまってな……銀行へは明日行くことにするよ」

「先生、そんな大金持ち歩いて大丈夫ですか。何なら僕が預かっておきますよ」

「心配するな。それにこんな汚いカバンに大金が入ってるなんて誰も思いやしないよ」

「そうかもしれませんが、トイレになんかに忘れてきたりしないで下さいね」

俺と船田はみつおを「ドゥー」に残し、出かけることにした。神田駅に着くと俺達はそれぞれに分かれた。俺は人劇が気になったので真っ先に様子を見に行くことにした。

やはり思っていた通りだ。昨日見たメンバーがそっくり朝から打っている。どれも7狙いが可能な台だ。店員が奴らに目を光らせている。俺はしばらく様子を窺うことにした。

奴はこれで三回目の大当たりだ。店員がその男の台に近づき、これで終了ですよ、と言わんばかりに打ち止めの札をガラスに貼った。そして店員は笑顔を絶やさず客に話しかけている。俺はだいたいのことが想像できた。店員も優しそうなのでとりあえず打ってみるか……。

座り始めて四十分で三回目の大当たりを引き当てた。さあ、いよいよだ。俺がちょっとだけ身構えているとそこに店員がやって来て、こう言った。

「おめでとうございます。これで終了となります」店員は打ち止めの札をガラスに貼りつけ、さらにこう言った。「失礼ですがお客様はプロの方ですか？」

なんて答えたらいいんだ。プロの認定書など持っていない。俺が黙っていると、「ストップボタンを押して狙っている方は当店ではプロとみなしますので、打ち止めは一台限りとさせていただきます」店員は深々と頭を下げた。以前もどこかで聞いたセリフだ。反論の余地などない。

俺はなんだか気勢をそがれてしまったので、今日は家に帰ることにした。途中で昼メシを済ませ春日部駅に着くと、時刻は二時半になっていた。あっ、そういえば……俺は急に思い出した。

太陽ホールには大勢の人が並んでいた。先頭のほうへ目を向けるとみつおの姿があった。みつおは迷子になった子供のように辺りをキョロキョロさせていた。

「あっ、先生……」みつおはチアガールのように両手を振っている。俺は素知らぬ振りを貫いていたが、みつおは「こっちこっち」と言って、手招きをして叫んでいる。底抜けに能天気な男だ。割り込みがとんだ暴力に発展することは立証済みだ。

「先生、ひとが悪いな。来るなら来るって言って下さいよ」

「お前、列に戻れ」

「平気ですよ、ここでも……ニューターボXより他の新台のほうが人気があるんです」そうみつおは言った。

「いったい何が入ってるんだい」

「一般台でもセブン機でもないです。その中間です」

なんだか自転車とオートバイの中間のような気がした。

「先生、カバン無事でよかったですね」

何故かそこだけは気の利く男だった。

いよいよオープンを迎えた。みつおが言ってた通り、大半の客がニューターボXじゃない新台へと流れて行った。俺とみつおはゆっくりとニューターボXに座ることができた。

「ついてるな……この台、昨日打ち止めにしたんです」そう言って、みつおは陽気に振る舞っている。

俺の台は7で押したら3が出てしまった。何回か試してみたが2、3、4しか出なかった。やはり3が出る台で決まりのようだ。俺は2狙いに変え、データを取り始めることにした。そしてようやくある程度のデータを取り終えたところで、みつおの台にスリーセブンが揃った。

「先生、どうしたんですか、僕より遅いなんて……」

この言い草と目線が本心であることを物語っている。こいつほど突き抜けたアホは見たことがない。

やっとデータを取り終えた俺は、ゾロ目を狙ってみることにした。感触のいい数字が出た。そして数分後、スリーセブンが揃った。その時、背後で悲痛な叫び声が聞こえてきた。

「キャー、やめて……」

「お前、こんなところで遊んでたのか」

後ろを振り向くと、三十歳前後のスーツを着た男が女の髪を引っ張っている。女も同じくらいの年だ。

「いいからこっちへ来い」男は女の腕を取って無理やり歩かせた。

「先生、いったいどうしたんですかね……」俺に訊かれてもわかるはずがない。

「ちょっと見てきましょうか？」

「やめとけ、内輪喧嘩だ」

「でも可哀想なのでちょっと見て来ます」

大当たりが終了したのを機に、みつおは席を立った。そして二、三分して帰って来ると「先生、大変です、女の人が殴られています。ちょっと来て下さい」と俺にいう。

夫婦喧嘩は犬も食わない……夫婦かどうかちょっと微妙だが、俺は事態を安閑と放置することにした。

「先生、先生ったら……」みつおは俺の腕を引っ張る。まるでさっきの男のようだ。

「いいから放っとけ」

「そうはいかないです。女の人は死んでしまいます」

まるで包丁で下腹部を刺されたかのようなことを言っている。仕方がない……大当たりも終了したことだし、様子だけ窺うことにした。

外に出ると何人かの人だかりができていた。男はしゃがみ込んでいる女の後頭部をカバンで殴ったり、背中を蹴飛ばしたりしている。さすがにこれはひどい。男は右手に通帳のようなものを持っている。それを開いて女のほっぺたを「ピシィ」と叩いた。

「アサコ、百八十万だぞ。いつからパチンコにはまってんだ。お前みたいな女は出てけ」

男はわざとみんなに聞こえるように大声を出した。見物人はただ腕を組んでいるだけだ。

「みつお、行くぞ」

事情が事情だけに他人が介入する問題ではない。俺は踵を返し歩き出した。すると「おお……」という見物人の吠える声が聞こえてきた。

「みつお、どうした?」

「男が女の腹を蹴ったんです」

女は地面に倒れうずくまっている。俺は女の様子を見に近づいて行った。女は涙を流し虫のようになっていた。

「おいっ、余計なことかもしれないが、これ以上の暴力は看過できない」

「なんだてめえ、こいつは俺の女房だ。ふざけたことしてるから説教してやってんだ」

「とても説教には見えないな。とにかく誰かが警察を呼ぶ前に帰ったほうがいい」

「ふん、構うもんか。こいつは俺の金を百八十万も使い込んだんだ。だから許さねえ……金は返してもらう」

「ちょっと待て、金は夫婦で貯めたものだろう。それに許さねえっていうけど。あんたにだって何らかの問題があるはずだ」俺は余計なことを口走っていた。

「何寝惚けたこと言ってんだ。俺が必死に働いてる時に、こいつはパチンコなんかにはまって百八十万もの大金を使い込んだんだぞ。間違ってるのはどっちだか明白だろう」そう言って、女の背中をまた蹴った。

「暴力はやめろと言ったはずだ」俺は大声を出していた。

「お前みたいなガキには百八十万の重みがどれだけのものか、わかりゃしねえんだよ。暴力なんかよりもよっぽど痛いんだよ」

俺は無意識のうちにカバンに手を突っ込んでいた。そして輪ゴムで括った一センチほどの束を二つ男の足元に放り投げた。男は二つの束を拾い上げ目を丸くしている。

「これで金の問題は解決だ。女は俺が連れて行く。文句はないな……」男は札を一枚引き抜くと天にかざしていた。

「みつお、玉は流しといてくれ」

みつおが歩き出すとやじ馬も離れて行った。俺は女に近づき「立てますか」と言って、手を差し伸べた。女は俺の手を握り、何かにすがるような眼差しを向けていた。

下に降りるとみつおは皿を洗っていた。

「先生、お母さんには話さなかったんですか?」と、みつおはいきなり言った。

「ああ、あまり心配かけたくないからな」

「けど、話さないと余計心配しますよ」

みつおのいう通りだ。女物の靴をそのまま玄関に脱ぎ捨ててあるので、おふくろは気がついてるはずだ。

「みつお、お前はおふくろに会ったのかい」

「もちろんです。久しぶりに朝ごはんをいただきました。お母さん、誰か来てるみたいだね、って言ってました」

「それでなんて答えたんだい」

「先生の友達の彼女、って言っておきました。先生の友達とその彼女が喧嘩をして彼女が殴られたので先生が助けたんです……そう説明しておきました」

「へえ、なんだか本当っぽい話だね」

「それでアサコさんって言いましたっけ……どうしてるんですか?」

「まだ寝てるよ。夜中に泣き声が何回も聞こえたが、明け方になったらスースー寝息を立てていた」

「なんだか気の毒ですね」

アサコっていう女を自分のベットに寝かせ、俺は床にマットレスを敷いて寝た。

「みつお、ちょっと頼みがあるんだ。女が起きたらアパートを捜しといてくれないか」

「誰が住むんですか?」

「女……と、俺も住むことになるかな」

「僕はどうなるんですか?」

「お前も来るかい」

「はい」

俺はとりあえずドゥーに行き、船田と会った。そして神田周辺の様子を訊いた。船田は三軒の店で打ち止めは一台限りと言われた、と俺に話した。俺はアサコという女のことを手短に説明した。船田はもし面倒なことが起きたら俺に任せて下さい。それと今日から車で行動しましょう。探せば近くにもありますよと言って、豪傑ぶりを発揮した。


「先生、起きて下さい。朝ごはんできてますよ」

最近みつおは早起きだ。そしてアサコもだ。アサコがここに来て一週間が経った。みつおにアパートを探しといてくれ、と頼んだのはこの俺だがマンションを探しといてくれと言った覚えはない。みつおは丁度三階の角部屋が空いていたのと、白を基調としたリビングが気に入ったので決めてきました……と言った。

「おはよう、すっかり良さそうだね」

「ええ、もう大丈夫。顔の腫れも大分ひいたわ」

蒼く腫れ上がった右目をアサコは冷たいタオルでよく冷やしていた。三日前から家財道具が次から次へと運び込まれて来るので、塞ぎ込んでいたアサコも何かと動き回らなきゃならなくなった。だがそれがきっかけで精神的にも安定してきたようだ。

「先生、今日はソファーが届くんです」

みつおにしてみれば嬉しい言いわけなんだろう。アサコが来て以来パチンコはしていない。

「みつお、パチンコは落ち着くまでしなくても構わないが、少し買い過ぎなんじゃないのかい」

「でもこのリビングにソファーがないのはちょっと変ですよ」

リビングは十三畳あるとみつおは言っていた。ちなみにこのマンションの間取りだが、リビングの他に六畳の洋室と和室が一部屋ずつある。みつおは洋室でベットを置いて寝たい、と分別のないことを言い出した。みつおの要望を素直に受け入れたわけじゃないが、俺とアサコが洋室だとちょっと困ってしまうことがある。シングルベッドを二つ置くには狭過ぎるからだ。結局俺達二人は和室を選び、布団を敷いて寝ることにした。もちろん布団をくっつけたりはしない。

「みつお、ソファーは大きいのかい」

「家族三人と犬が座れるくらいです」

頭が痛くなってきた。俺はアパートいやマンションを借りるのと、家財道具を揃えるための資金をみつおに渡した。カバンの中にあった百万全部だ。だが今ではちょっと後悔している。この分だと一円残らず使ってしまいそうだ。

「おいみつお、犬を飼うのはやめてくれよ」

「やだな先生、犬は飼いませんよ」

犬じゃなきゃ飼いそうな気配を感じていると、「コウちゃん、お味噌汁よそっていいかしら」と、アサコの声が聞こえてきた。俺のことをそう呼ぶように仕向けたのは、誰だかいうまでもない。

「先生、いいから早く座って下さい」

俺は顔だけ洗って着替えはあとにすることにした。

「今日もご馳走だね」とアサコにいうと、「先生はいつもパンと目玉焼きでしたからね」と、みつおが言った。俺はアジの干物に箸をつけ「おいしいよ」と、アサコに言った。アサコは「やだ恥ずかしい」と言って、ほっぺたを片方だけ膨らませた。年齢に似合わないことを平気でする。あっ、年齢は知らなかった。

みつおは「アサコさんはのんびり屋さんなんです」と、突然言い出した。「お湯が沸くまでその場から離れないんですから」すると、「だって心配なんだもの……それよりみつおさんこそのんびり屋さんなんです。食器をかたす時、柄の向きまでわざわざ揃えるんですもの」と、アサコも言った。

「それで僕は、アサコさん……もしかしたら丑年ですかって訊いたんです。そしたら、うんそうよって答えたんでびっくりしました。僕も丑年なんです」

治りかけてた頭痛がぶり返した。俺も丑年だ。

朝食を済ませ出かける支度をした。俺はみつおに「アサコのことを頼んだよ」と、声をかけた。するとみつおは「心配いりません。僕とアサコさんは気が合いますから」と、言ってのけた。俺の脳は軽い混乱を起こしていた。

ドゥーに着き扉を開けると、船田はコーヒーを飲んで俺を待っていた。ここ数日前からこのパターンが続いている。俺がその場で目配せすると、船田は立ち上がり歩き出した。

「今日は川越まで行ってみましょう」と、いきなり船田が言い出した。

俺達は昨日まで国道十六号線と十七号線で三軒ターボXを見つけ、そこを梯子していた。だが今日は川越まで足を延ばすようだ。店の前に停めてある白いセダンに乗り込むと、船田は軽快にアクセルを踏んだ。俺は助手席でぼんやりアサコのことを考えていた。

川越の市街地に着くと、船田は迷うことなくパチンコ屋の駐車場へと車を滑らせた。

「ここに三十六台入ってます。プロらしき人間が一人いるようですが、さほど儲けてはいないようです」

そこまでの情報を入手するには相当たる情報網を張り巡らせておく必要がある。

店に入ると一人の男が椅子を目一杯後ろにスライドさせ、足を組んでハンドルを握っていた。すると突然左の手が動きストップボタンを捉えた。こいつが船田の言ってたプロらしき人間なのかもしれない。紺色のブレザーを着た三十歳後半の真面目そうな男だ。髪をきちんと七、三に分けているのがどことなく目立つ。

俺と船田は時間をかけ二台打ち止めにし、店を出た。すると船田は「他にも入ってる店があるかもしれません」と言って、勝手に歩き出した。俺も仕方なくあとを追った。

大きな交差点には歩道橋がかけられており、船田は律儀にそこを上り始めた。歩道橋のてっぺんを歩いていると、「あそこに見えます」と言って、百メートルほど先の建物を指差した。まるでここが地元であるかのような土地勘だ。

店に入ったがそこにニューターボXは設置されていなかった。船田は次に行きましょうと言ったが、俺はもう十分だ……行こうと言って歩き出した。店を出ると今度は船田が俺についいて来た。歩道橋を上がって、てっぺんを歩いていると爽やかな秋風が吹いてきた。俺は立ち止まり歩道橋の下を走る車の流れを見つめていた。

この攻略を始めてもう半年になる。その間にいろんな人と出会った。鮫島、みつお、船田、そしてアサコ……と。俺はこいつらと自分との関係がいったい何をもたらしているのかあれこれ考えてみたが、いくら考えてもそこには不吉めいたものしか存在しなかった。

「兄貴……」背後で船田の声がした。「またアサコって女のことですか？」その言葉を聞いた時、自分の中で何かが動くのを感じた。それは不安ではなく、まさしく不吉めいたものであった。

「兄貴、兄貴……」

船田に肩を叩かれ顔を上げた。すると街全体が一瞬白黒写真のように色あせて見えた。駐車場に戻り船田の車に乗り込むと、俺は目をつぶった。そして船田の運転に身を任せ、次の店へと移動を開始した。

六

秋は駆け足で過ぎ去り、ストーブが活躍する季節となった。俺と船田は川越の店と国道沿いの店を渡り歩き、攻略を続けている。みつおとアサコは毎日平穏に過ごしているようだ。リビングのドアを開けると、みつおはテレビから目を離し「先生お帰りなさい」と、浮かぬ顔で言った。いつもならテーブルの上に料理が並べられているのだが、どうしたことか今日は何も出ていない。

「みつお、アサコは出かけてるのかい」と、俺は訊いてみた。するとみつおは和室を指差し

「寝てます」と言った。俺は風邪でも引いたのかと思い、そっと扉を開けてみた。

「アサコ、具合でも悪いのかい」

アサコは何も言わず毛布を引っ張り顔を覆った。その毛布の中からすすり泣きが漏れている。俺は扉を閉め、みつおと向かい合って座った。

「みつお、いったい何があったんだい」

「はい、アサコさん旦那に電話をかけたんです。家を出て二ヵ月も経つし、そろそろけじめをつけなきゃ、って言ってました」

灰色の霞が俺の中で広がった。

「それで？」

「アサコさん、ちょっと会って来ると言って出かけたんです。その時、喫茶店で話をするだけだから心配しないで、って言いました」

「それで？」

「帰って来たら泣いてました」

俺の口の中は急速に渇いていった。


朝、目が覚めるとアサコは布団の中でスースー寝息を立てていた。リビングに行くとみつおは台所でフライパンに火をかけていた。

「おはよう」

「先生、おはようございます。たまごとベーコンと野菜がありますから簡単なもの作りますね」そう言って、フライパンに油を注いだ。若い頃からこの道に進んでいたら芽が出たんじゃないかと思う。

「アサコさんはどうですか？」刻んでおいた野菜を放り込みながらみつおが訊いてきた。

「ああ、明け方になってようやく眠りについたようだ」以前もこんな会話をしたことがある。

「アサコさんも気の毒ですね」と言って、細かく切ったベーコンをフライパンに散りばめた。

「アサコの体が心配だ」俺は腕組みをして、みつおに顔を向けた。

「僕がアサコさんを守ります」と言って、みつおはたまごを流し込みながら自信に満ちた表情を見せていた。

俺の知らないところで二人には信頼関係が結ばれているのかもしれない。朝食を済ませ俺は出かける準備をした。

「アサコを頼んだよ」俺はみつおの目を見て言った。

「はい」みつおは戦士のような返事をした。

船田の車に乗り込んだ俺は、アサコのことをかいつまんで説明した。すると船田は「それはまずいですね。暴力事件に発展しなきゃいいんだが」と、大仰《おおぎょう》な台詞を吐いた。俺は急にアサコのことが心配になったので、今日は早めに帰ろう、と船田に言った。

家に帰るとアサコは台所で冷蔵庫から何かを取り出そうとしていた。俺とみつおは食卓に腰を下ろし、アサコの作る料理を待つことにした。

「みつお、アサコの様子はどうだい」俺はアサコが魚の切り身に味つけをしているのを眺めながら訊いてみた。

「はい、それがまた電話をかけてました」

「旦那にかい」当たり前のことを声をひそめて言った。

「はい、アサコさんはお願いだからやめて、って何回も言ってました」

俺とみつおの顔は大分接近していた。船田の言ってた事件の匂いがし始めてきた。俺が台所に目を向けるのとほぼ同時にみつおも目を向けた。アサコも不穏な気配を感じたのか、こっちを見ている。三人の視線が宙でぶつかり、室内に重たい空気が流れた。

「ごめんなさい」口を開いたのはアサコだった。

「みつおから聞いたんだけど、旦那は何か悪巧みでもしてるのかい」

「ううん……心配しないで」そういうと蛇口を捻り、懸命に野菜を洗い出した。

テーブルの上にはアサコの得意なブリの照り焼きと豆腐のサラダが並べられた。俺達三人はろくに言葉を交わさず食事をしていた。ブリの照り焼きは俺とみつおの分しかなかった。アサコの体が心配だ。

食事が済むと、みつおは食器を片づけ始めた。その時アサコは「悪いわね」と言って、はにかむような笑顔を作った。俺は少しだけホッとした。

みつおが皿を洗い始めると、アサコは一変して硬い表情を見せた。きっと俺が話を切り出してくるのだと思い、身構えているのだろう。そんなアサコに俺は声をかけた。

「アサコ、旦那に何か言われたのかい」

「……心配かけてごめんなさい」

「ごめんなさいはもういいから、何故急に電話をかけたりしたのか話してくれないかい」

俺はやんわりと笑みを浮かべながら言った。アサコはまっすぐ俺の目を見て小さく頷くと、とつとつと語り始めた。

「一昨日、お隣さんが越して来て挨拶に見えたの。お母さんが小さな女の子を連れて……」

この話がどう繋がっていくのか見当もつかない。すると「そしたら急に娘を思い出しちゃって」と、アサコが言った。アサコはテーブルに肘をつけ両手で顔を覆った。そんなアサコを不憫に思ったのと同時に、電話をかけた理由もわかった。

「娘とは話ができたのかい」と、俺は訊いてみた。

アサコは両手で顔を覆ったまま首を横に振った。きっと旦那の悪巧みがここでも一枚かんでいるのだろう。でも何故アサコは今まで一言も言わなかったのか。俺だって娘がいるのを知っていれば、離ればなれになどさせたりはしなかった。

「アサコ、娘はいくつなんだい」と、俺は訊いてみた。

アサコは覆っていた手をゆっくり広げ、大きく息を吸い込みこう言った。「生きていれば七歳」

「えっ……」

部屋の空気が音を立てて凍りついた。俺は全身から力が抜けていくのを感じた。そしてアサコは「二年前、交通事故で死んだわ」と、ハッキリした口調で言った。間の悪い沈黙がしばらく室内を支配していた。そこにみつおが洗いものを終え、戻って来た。

「みつおさんも座って……私、全部話すわ」そういうと、アサコの形の良い唇から赤裸々な告白が飛び出した。

「二年前の夏……正確には二年と半年ほど前になるわ。私は娘と市民プールに遊びに行ったの。梅雨が明けたばかりで太陽がギラギラ輝いていた。思う存分プールで遊んだあと、私は娘を自転車の後ろに乗せ家に帰ろうとしていた。すると路地から急に車が現れて……」

俺は嫌な予感がし、「それで……」と言った。

「私びっくりしてブレーキをかけたんだけど、浮き輪を肩にかけていたのでバランスを崩してしまって……」

アサコは背中を丸め、すらっとした手でまた顔を覆ってしまった。そして鼻水を啜ってからこう言った。

「娘が車道の真ん中まで転げ落ちちゃったの。その時、運悪くトラックが……」アサコの唇は震えていた。俺は鉛を飲み込んだような気分になっていた。

みつおは「コーヒーでも淹れますね」と言って、台所へ向かった。ほんの数分、俺とアサコは気まずい空気を共有していた。

「アサコさんはブラックでよかったですよね。先生には砂糖をたくさん入れときました」

その言葉にみつおの気遣いが窺える。

アサコはコーヒーを一口飲むと、息を吹き返したようにまたしゃべり始めた。

「私三ヵ月くらい毎日悲嘆にくれ何も手につかなかった。自分の不注意で子供を死なせてしまったという罪悪感に耐え切れなくて、何度も死のうと思った。でも結局死にきれなかった。私、思うの……病気や偶発的な事故で子供を失ってしまった悲しみと、自分の不注意により子供を死なせてしまった悲しみとでは、まるで悲しみの度合いが違うんじゃないかって……」

　アサコの目元には憂いのこもった寂しさがあった。俺は真摯な眼差しを向け、アサコにこう言った。

「アサコ、その考えは間違ってると思うよ。人の死なんてもんは、コップを割ってしまうのと同じくらい平気で起こることなんだ」

　そんな言葉にアサコは悲痛な面持ちを向けていた。俺はアサコの目をじっと見つめ話を続けた。

「いいかいアサコ……死に原因なんてものは特にないんだよ。病気にも自殺にも、そして事故にもね。例えば胃がんで死んでしまった人がいるとする。でもその人は胃がんという病気で死んでしまっただけで、そこに至るまでの原因なんてものはたくさんあり過ぎて、何がなんだかわかりゃしないんだ。酒の飲みすぎやストレスだったりして……。そして酒の飲みすぎやストレスにも当然原因がある。するとその一つ一つは死の原因として直結しなくなるんだ。胃がんで死んだ……そこにたどり着くまでのものはただの経過なんだよ。

　自殺にしても原因がいじめだとか借金だとかってよく言われたりするけど、そこにもいろいろな事情が介在し過ぎて判然としたものなんてないんだ。

　アサコの娘が事故で亡くなってしまったのも原因として考えるならば、自転車が重過ぎたこと、飛び出してきた車が一時停止をしなかったこと、トラックがよく前を見ていなかったことなど挙げれば切りがないんだ。強いて死に対して原因を挙げるとするならば、生まれてきたからってことになるんじゃないのかな。だからアサコ……自分のせいだなんて思わないでくれ。これは運命みたいなもんなんだよ。そして自分の子供を失ってしまった悲しみは、どの親でも一緒さ」

　俺はアサコの顔をじっと見つめた。アサコは瞼を閉じ、下を向いたまま黙っていた。やがてアサコの顔に狼狽の色が走った。だが次の瞬間、聖者のような微笑みを見せるとコクリと頷きこう言った。

「うん、そうよね。コウちゃんのいう通り。私、悲劇のヒロインになっていたのかもしれない」

　アサコはコーヒーカップに口をつけると、熱に浮かされたかのように再び話し始めた。

「夫と私は気まずい雰囲気をずっと共有していたわ。夫は私を責めたりはしなかった。けど慰《なぐさ》めもしなかった。そんなある日、ご近所の人が私の夫が若い女の人と仲良く手を繋いで歩いているところを見たっておっしゃるの。その人はきっと人を不幸にさせる天才だと思う。だってわざわざ私にそんなことしゃべるんだもの……。

　娘が死んで一年が経つと、塞ぎ込んでた私の心も季節の変化が意識できるくらい正常を取り戻していた。家事の合間に本を読んだり音楽を聴いたり……うつ病になりかけてた自分が嘘みたい。体の調子が良くなると料理も楽しくなり、きちんと夕飯を作って夫の帰りを待つようになったわ。けどその頃から夫は仕事のつき合いだと言って、いつも夜遅くに帰って来るようになったの。私は近所の人が言ってた若い女の人と逢っているんじゃないか、と思った。でもそれは仕方がないような気がした。変な話ね。

　それから二、三ヵ月して、夫は急に明日から大阪に一週間出張だって言い出したの。でもそれは明らかに嘘って直感でわかったわ。

　私は夫がいない間、気を紛らわすためあちこち出歩くことに決めたの。好きな映画を観たり、渋谷のライブハウスでジャズを聴いたり、お洒落なお店でおいしいものをたくさん食べたりもした。三日目まではそれで楽しく過ごせた。しかし四日目が過ぎた頃から私の中で何かが変わり始めたの。観たい映画は一本もなくなり、ライブハウスに行っても騒がしいだけ。お洒落なお店なんてもうたくさん。六日目には食欲もなくなり、もう何をする気にもならなくなったわ。鏡に映った自分が青ざめて見えた。

　次の日、一日中布団をかぶっていた。夫からは何の連絡もなかった。そして夜になって起き出すと、ふらふら街へと出かけて行ったの。

　大きなショーウィンドーからうっすら中が覗けるバーで水割りをちびちび飲んでいたわ。

私は誰かに声をかけられるのを待ち続けていたのだと思う。もうそろそろ終電かな、と思っていた時に色気のある老人に声をかけられたの。私達は一時間くらい話をしてお酒を飲んでいたわ。その人は私の話を真剣な顔で聞いてくれた。そして気がつくと終電の時間はとっくに過ぎていた。私が困った顔をして時計に目をやると、近くにマンションを借りてあるのでそこに泊まればいいって、その人が言ったの。マンションへ行ってみると中はこざっぱりしていたので、生活の拠点は他にあるんだと思った。私はそこで老人と一夜を共にした。

朝、家に帰ると驚いたことに夫がいたの。でもよく考えてみれば不思議でもなんでもないこと。だって出張は一週間の予定なんだもの。

夫はソファーに腰かけ、腕組みをしていた。私が下を向いて黙っていると夫は眉間にシワを寄せ、お前どこへ行ってたんだと言って、テーブルを「ドン」て叩いたの。もう怖くて怖くて……。でもここで嘘をつくとこの人と同じになると思い、本当のことをいうことにしたの。『一人で飲んでいたら男の人に声をかけられ、その人のマンションへ行った』……って。自分でもびっくりするくらい冷静だった。

夫は、俺が大阪に行っている間、毎日そんなことをしてたのか、って訊いてきたが、私それには答えなかった。すると夫は私をぶったわ。でも涙は出なかった。その後、夫は夜遅くに帰って来るどころか、帰って来ない時も何度かあった。私はもう夕飯を作る必要など無くなっていた。そして月日は流れ春が訪れた。

私は髪を切りに街へ出かけることにしたの。髪が短くなった私の顔はなんだかスッキリしていて、自分でいうのもおかしいけど結構いかしてると思ったわ。

気分を良くして街をぶらぶら歩いていたら、若いカップルがパチンコ屋に入って行くところを偶然見かけたの。私、今まで一度もパチンコなんかしたことなかったけど、気分が良かったのでちょっとだけしてみようかな、と思って中に入ってみたの。

私は空いている席に座り、隣の人がパチンコをしている様子をしばらく眺めていたわ。すると同じ数字が三つ揃って……その女の人、すごく興奮してた。

女の人は私の顔を見て、あなたも早く打ちなさい……そろそろ出るかもよ、っていうもんだから、私やり方知らないの、って言ったの。そしたら不思議そうな顔してたけど、ちゃんとやり方教えてくれたわ。

私、玉を買ってハンドルを回すとその女の人はもう少し弱く打って真ん中を狙うのよって言って、親切に教えてくれた。私、親切にされたことなど遠い昔のように思えて目がうるうるしてきちゃったの。そしてしばらくの間、こぼれそうな涙を必死になって堪えていた。すると女の人が急に私の肩を揺さぶり、やったねと言うので目を見開いてみると同じ数字が三つ揃っていたわ。

女の人は三時になるとお店があるからそろそろ帰らなきゃって言って、席を立ったわ。それから私は毎日パチンコ屋に出かけるようになった。女の人と話すのも楽しみだけれど、パチンコをしていると嫌なことすべて忘れられるから。でもお金はどんどん無くなっていった。気がつくと一ヵ月に三十万も使っていた。きっと麻薬と一緒ね。そしてあの日……あの日は三時開店だったから女の人がいないのはわかっていた。けど私はパチンコ屋に行ってしまった。そこに夫が現れて……」

そこまでしゃべると、アサコはコーヒーカップに口をつけた。俺はアサコの内心を忖度し、いたたまれない気持ちになってしまった。何を言ったらいいのかうまい言葉が見つからない。そして時間にして十秒ほど経ったところでこう言った。

「長いこと辛い思いをしたんだね。でももう大丈夫さ……麻薬中毒も治ったことだし」

アサコはありがとう……と言ったが、下を向いたままだった。

「アサコ、どうして旦那に電話をかけたんだい」俺は話を元に戻した。

「けじめをつけようと思って……」

「けじめ？」

「そう、いつまでもこのままじゃいられないわ」

どうやら正式に別れるということらしい。

「でも離婚する気はないって言われたの」

俺はこれからの展開がまったく読めないまま、日々の生活を送ることとなった。

アサコのことは心配だが、俺はいつものように稼ぎに出ることにした。何しろ俺には扶養家族が二人もいる。そして大晦日を迎えた。船田は車の中で「正月は実家に帰るんでパチンコはできません」と言った。俺は「ゆっくりしてくればいい」と言って、船田と別れた。


新年が訪れた。テーブルの上にはアサコの手料理が並べられている。アサコが「あけましておめでとう」と言うと、みつおもそれに倣《なら》った。俺も「おめでとう」と言葉を交わし、座布団に座った。テレビでは正月らしく、お笑い芸人対スポーツ選手によるゲーム形式による戦いが繰り広げられている。どうやら負けた者には罰ゲームが待っているようだ。今この時だけは、日本列島誰もがどっぷり平和を共有しているように思えた。

一月三日、みつおが初詣に行こうと言い出した。アサコも行きたいというので三人揃って浅草寺に出かけることにした。その時、俺の脳裏に一瞬不安がよぎった。アサコの身に何か悪いことが起きるような気がした。しかし時々アサコはみつおと一緒に買い物に出かけたりしている。それに今日は俺も一緒だ。そこまで考え、俺の神経も大分参ってるな、と思った。

正月が明けると、俺と船田は再びターボXの攻略に精を出した。だがその頃には攻略している人間も大分増え出し、釘の状態は日に日に悪くなるばかりであった。

そして三月に入ると川越の店が新装開店を行った。店に入るとターボXは撤去され、代わりに一発台と権利物といわれる台がその列を占めていた。他の店も釘がどんどん渋くなり、もはや撤去されるのは時間の問題であった。

七

うららかな日がここ数日続いていたが、今日は真冬に逆戻りだ。三月十五日、あちこちの小学校で卒業式があったようだ。盛装した親子が楽しそうに歩いている。そんな微笑ましい光景を眺めながら、俺とみつおは太陽ホールに着いた。そしてそこに船田もいた。

俺はアサコのことをいろいろ心配して毎日を過ごしてきたが、このまま何も起こらないのではないか……そんな気がしてきた。今日俺はパチンコで稼ぐのももう終わりかもしれないと思い、みつおに話しかけてみた。「みつお、太陽ホールにちょっと行ってみるがお前も来るかい」するとみつおは「久しぶりにパチンコしたいですね」というので、アサコに断りを入れ二人揃って家を出たのである。

太陽ホールも他の店と同じで釘の状態は頗る悪かった。俺と船田が席に着くのを戸惑っていると、みつおはお気に入りの台に一目散に向かった。俺と船田は時間にして五分くらいだろうか、釘の状態を見て回っていた。すると船田が『明日新台入れ替えのため休業』の貼り紙を見つけたという。どうりで釘が最悪のわけだ。俺と船田はやめとこう、ということで意見が一致した。

二人してみつおのところに近づいてみると、そこには幾分青ざめた横顔があった。

「どうしたみつお?」

「千円使ってしまいました。回ったのはたったの五回です」

こんなぼったくり営業は許しがたい。だが以前はこんなんじゃなかった。毎日釘の開け閉めを行い、バランス良くお客に還元していた。このセブン機が店の経営とお客の精神を狂わせたといっても過言ではない。俺達三人は外に出ると、自然とドゥーに立ち寄った。

みつおがナポリタンを注文したので俺と船田もそれにした。船田は水を一口飲むと「兄貴、いよいよ終わりですね」と言った。

「ああ、一過性《いっかせい》のブームってやつさ。もともとこんなのはパチンコの根源から外れているのさ。それにもう十分稼いだだろう。何もパチンコだけに固執する必要はないんじゃないのか」船田は焦点の定まらぬ顔をしていた。

「兄貴、本気で言ってるんですか」その口調には不安が混じっていた。

「時代の流れってやつだよ。一発台や権利物も一過性のものだと思うが、運が左右する機械なので釘読みだけで稼ぐのは難しい。無理を承知でパチンコをする気など俺にはない」

そこまでいうと俺は口をつぐんだ。テーブルの上には重苦しい空気だけが漂っていた。そこにいい匂いと共にナポリタンが運ばれてきた。みつおは粉チーズを大量にふりかけた。俺達は言葉を交わさずナポリタンを食べ始めた。俺はアサコのことを考えていた。

もう少ししたら桜を見にどこかへ連れてってやろう。それと水族館にも行ってみたいって言ってたな。どうせなら一番広い水族館へ連れてってやろう。俺はもうパチンコなんてどうでもよくなっていた。人生の転機は必ず訪れる。ナポリタンを食べ終えると、俺は船田に言った。

「これからはそれぞれ好きな道を歩くことにしよう。俺はしばらくのんびりするよ」

船田の持つホークが口の前で止まった。

「足を洗うってことですか?」

ナポリタンがフォークから解けて落ちた。船田はしげしげと俺を見つめている。その頼りない黒い瞳に俺は語った。

「俺は三年前釘読みを覚え、パチンコで生計を立てるようになった。それまで工場で働いていたが、少しくらい人生寄り道してもいいんじゃないかって思ったからだ。だがセブン機が登場した時、もうこれで終わりだなと思った。しかし運よくセブン機の攻略法を見つけてしまったので、今日までパチンコをしていただけなんだ」

船田の唇が小刻みに震えている。そして「ううっ」と嗚咽を漏らすとこう言った。

「わかりました。俺も少しのんびりしてこれからのことを考えてみます」その言葉はどことなく頼りなかった。

「そうしたほうがいい。いろいろ世話になったな」俺は千円札を二枚テーブルの上に置き立ち上がった。

「みつお、行くぞ」

「はい、それじゃ船田さんお元気で」

船田はじっと下を向いたまま拳を握りしめていた。

八

チャイムを鳴らしたが応答がない。もう一度鳴らした時、ようやく玄関に近づいて来るスリッパの音が聞こえてきた。ドアが開くと、アサコは困惑した表情で俺を見つめている。俺は不吉な気配を感じ口を開こうとしたが、その前に黒い革靴が二足脱ぎ捨ててあるのが見えた。一足は男物だがもう一足は女物だ。

アサコの居場所はとっくに突き止められており、いずれ旦那が来るんじゃないかと俺は思っていた。だが女が一緒とは意外な気がした。

「旦那かい」と、俺はアサコに訊いてみた。するとアサコは大きくかぶりを振り「違う、でもその関係の人」と言った。

その関係という曖昧《あいまい》な言葉が俺の不安を倍加させた。リビングの扉は閉まっているが、曇りガラスの向こうに黒い影が二つ見える。俺の呼吸は激しく乱れていた。

「アサコ、心配するな……みつお、アサコとここにいてくれ」そう言って、俺はアサコの肩に両手を乗せ微笑んで見せた。

俺がリビングの扉を開けると、白いセーターを着た女が「随分早いのね」と、挨拶をしてきた。まるでここの住人だ。俺は「何の用だ」と威勢よく言ってみたが、声がうわずっていた。

「まあ、そこに座れ」と、住人気取りのもう一人の男が言った。俺が言われた通りソファーに座ると、男は話を切り出した。

「俺達は稲本組の者だ。お前のことはいろいろと調べさせてもらったよ。牧　幸太郎、年は十九、職業はパチプロ。毎日川越を始め、あちこち稼ぎに行くんだからその辺のパチプロとはわけが違う。大分稼いでるようだな」

「つけたのか？」

「これも俺達の仕事だ」そういうと、男はたばこに火を点けた。

「単刀直入にいう。女を連れ戻しに来た」

「何でお前らが……」俺は二人に眼光を飛ばした。

すると女が『フン』という表情と共に口を開いた。

「頼まれたのよ、ここの女の亭主にね。もちろんそれなりのお金は受け取ったわ……気になる、いくらだか？」

この女の性格は読みにくい。男のほうはたばこの先端を見つめている。俺は台所から空き缶を見つけ、男の前に置いた。

「アサコが戻らないと言ったらどうするつもりだ」

「その時は訴えを起こすそうよ。何しろ半年もの間、人の女房と一緒に生活してたんだから罪に問われることだってあるわ。少なくとも裁判になればかなりの慰謝料が発生するんじゃない。私達はたった五十万しか受け取ってないの。だからあなたの所在を調べて交渉に来ただけ。手荒なことはやらないわ、たった五十万で」女はきっぱりとそう言った。

「でも旦那はアサコを追い出したんだ」

「バカね、あなた……夫婦喧嘩をして出て行けなんて決まり文句じゃない。女と一緒に生活していいわけないでしょ」

「でも、俺は男に二百万渡してる」

「おいおい、お前何もわかってねえな」女に代わって男がしゃべり出した。

「二百万は亭主が要求したんじゃなく、お前が勝手に置いていったそうじゃないか」

「でもその金を受け取り、俺が女を連れて行くところを黙って見ていた」

「でもよく考えてみろ。二百万って金が二十歳《はたち》そこそこの人間に払えるか？」

「でも、俺は確かに……」

「世間が信じるか、って言ってるんだ」

俺は言葉を失っていた。荒野の真ん中に一人取り残された気分だ。

「女を連れて行くぞ、いいな」

俺は何か反駁《はんばく》しなければ、と思った。

「アサコと二人で話をさせてくれ」それだけいうのが精いっぱいだった。

「いいだろう。ただし十五分だけだ」

二人がリビングの扉を開け歩き出すと、代わりにアサコとみつおが中に入って来た。アサコの血色は頗る悪く、今にも泣き出しそうな顔をしていた。

みつおは自分の部屋に行ってると言ったが、俺がここにいても構わないというと、みつおは神妙な面持ちでソファーに腰を下ろした。

「アサコひとつ訊いてもいいかい」俺はやんわりと声をかけた。するとアサコは小さく頷いた。

「あの二人は突然やって来たのかい」

「そう……でも、今思うとあの時、女につけられていたんだわ」

「あの時……」

「……そう、私が喫茶店で夫と会ったあと」

そこまでいうと、アサコは口をつぐみ鼻水を啜った。俺は「喫茶店で会ったあと」と、同じ言葉を口にした。

「喫茶店を出ると、私は夫につけられるのを恐れショッピングセンターに向かったの。途中、何度か後ろを振り向くと、ウールのコートを着た女性が歩いていた。そしてショッピングセンターに着き、中をうろうろ歩いていると偶然ウールのコートを着た女性を見かけたの。でもこのくらいの偶然はどこにでも転がってることなので、あまり気にしなかった。ショッピングセンターを出たあとも何度か後ろを振り向いたが、夫につけられてる気配は微塵も感じなかった。でも……」そう言って、ソファーの背もたれにかかっているウールのコートを見ている。

「まったく同じベージュ色、襟だけ黒の……」

この女がつけていたのか。するとアサコが旦那に電話をかけ、喫茶店で会うまでのわずかな時間に旦那は稲本組に連絡を入れたことになる。おそらく稲本組には事前に事情を伝えており、この機会を狙っていたんだろう。

「アサコよく聞くんだ。離婚してない状態でずっとここにいても何の解決にもならない。だから一旦帰るんだ、旦那のところへ。必ず迎えに行くから、必ず……」

俺は何の前触れもなく話を切り出した。アサコの唇が震えている。

「いつ迎えに来るの？」声まで震えている。

「それは……」と言ったきり、俺は声を詰まらせてしまった。

迎えに行く年月や方法など一切俺の頭にはなかった。ただこの場面においてアサコがここにいるという負の状況より、とりあえず旦那の元へ帰ったほうがいいという正の状況を俺は選んだに過ぎなかった。

二人の顔が急に強張った。そこに「先生」という声が聞こえてきた。そこにも強張った顔が一つあった。

俺は旦那と稲本組が何かよからぬことを企んでいるのではないかと思い、そのことをアサコに伝えた。アサコは「私どうしたらいいの」と言って、目を充血させている。

俺はアサコが旦那と離婚できる方法を考えてみたが、何の経験もない俺には所詮無理なことであった。だが以前テレビのドラマで取り上げられた一つのシーンを思い出し、それをアサコに伝えた。

「毎日、日記をつけるんだ。特に旦那の言動は逐一メモしておくんだ。それがあとで証拠となり、離婚が成立することがある。いや、必ず成立する。

「本当……」

「本当さ。離婚が成立したらすぐ迎えに行く。だから少しだけ我慢しておくれ、いいね」

アサコは悲しみを堪え気丈《きじょう》な振る舞いを見せていた。そして充血した目から強い光を放っていた。俺は体の中の魂を絞り出し、それを光に宿し彼女に伝えた。「俺を信じるんだ」

部屋の隅から扉の開く音が聞こえてきた。それは二人にとって空き缶が転がるのと同じくらいつまらない音でしかなかった。男と女はアサコに近づき、肩に手をかけるとゆっくり歩き始めた。アサコは何も言わずそれに従った。俺も何も言わずアサコを見守った。やがて三人の姿は消えた。俺はその場から切り取られた空間の中にいた。玄関の扉が閉まる金属音が反響し、ずっと耳に残っている。

俺はリビングのカーテンを開けるとベランダに立ち、人の流れに目を向けた。だがそこにアサコの姿はなかった。きっと裏通りに車を停めているのだろう。空はどんより曇っていたが、俺の心は意外と晴れ晴れしていた。なんてことない、一つの季節が終わっただけのこと……そう自分に言い聞かせてみた。

第三章

——サン・スカーレット——

一

　現在東北自動車道を時速八十キロで走行中。俺は今春、運転免許を取得し三日前に車が納車された。納車日とおふくろの誕生日と日曜日が重なったため、久しぶりに実家を訪れた。車を買ったという報告と、誕生日なので外食でもして祝ってやろうと思ったからだ。おそらく、おふくろは車を見てこんなことをいうんじゃないかと推測してみた。

（この前まで三輪車に乗ってた子が車だなんて……）

　俺が玄関を開けるとおふくろは「あら珍しい」と言った。俺が「誕生日おめでとう」というと、おふくろは「あら、よく覚えていたわね」と言った。まあ、ここまではありきたりの会話なんだが問題はこれからだ。

「おふくろ車買ったんだ」と、俺は得意気になって言ってみた。するとおふくろは「あんた今いくつ……車は十八から乗れるのよ」と、にべもなく言ってのけた。俺の放った推測の矢は、とんでもない方向へと飛んで行ってしまったようだ。

　俺は部屋に上がり、おふくろと世間話をしていた。しばらくするとおふくろは、もうお昼だね、と口にした。それで俺はここに来たもう一つの目的を思い出した。

「誕生日のお祝いに、どこかうまいものでも食べに行かないか？」

おふくろは少し考えてからこう言った。「温泉連れてって……」突拍子もないことを言い出したもんだ。

「車でかい」と、俺は言ってみた。

「何、当たり前のこと言ってるの……」おふくろは不思議そうな顔をした。俺はまだ肝心なことを言ってなかったので言った。

「運転するの今日が初めてなんだ」

「だから……」

どうやら俺が家を出て行ってから、おふくろの性格は変わったらしい。そんなわけで次の日、俺は旅行会社に足を運び、なるべく近くの温泉宿を紹介してもらうことにした。

六月の平日ならどこでも空いてると、代理店のお姉さんは笑顔で言ってくれた。俺は宿よりも気になることがあったので、恥を忍んで言ってみた。

「実は車の運転が初心者なもんで、山道とか複雑なところはちょっと困るんですけど……」

お姉さんは『くすっ』と笑い、「鬼怒川温泉にしましょう」と言った。……にしましょうという言葉に違和感を覚えたが、笑顔にやっつけられてしまった。

こうして俺達は翌日、鬼怒川温泉へと向かい観光巡りをした後、宿に入り温泉気分を満喫したのである。みつおを連れて行こうかどうか迷ったが、連れて行って正解だった。俺とおふくろの会話よりも、みつおとおふくろの会話のほうが三十倍くらい弾んでいた。

ブルーのホンダシビックは利根川を渡り埼玉県へと突入した。汗ばんだ手をズボンで拭い、俺は慎重にハンドルを操作する。さっきまで、はしゃいでいた二人だが、今は目をつむっているようだ。

岩槻インターチェンジで高速を降りると、やっと一息つくことができた。みつおとおふくろは計ったように目を覚まし、ご苦労さまでしたと言った。国道十六号線を走ること三十分、ようやく実家にたどり着いた。

「それじゃおふくろ、いろいろありがとな」と、俺は幾分頓珍漢なことを言ってしまった。

「みつおさん、コウスケをよろしくね」と、おふくろも頓珍漢なことを言っている。

みつおは拳で胸をドンと叩き、「僕に任せて下さい」と言った。こいつもとんだ頓珍漢だ。

いつも間にか「コウスケ」となった俺は、生まれて初めての親孝行に満足していた。だが明日からの生活を真剣に考えなくてはならないという不安も同時に存在していた。

俺の精神状態がここまで安定するまでには、かなりの時間を要した。アサコがいなくなってからの一か月間、俺は鬱々《うつうつ》とした時間の中にいた。テレビを見たり読書をしたり散歩に出かけたりしてみるものの、俺の脳は常にアサコのことで支配されていた。特にアサコが涙を流している様子を思い浮かべては、独りで煩悶《はんもん》していたのである。

俺はあの時アサコと交わした、離婚したらすぐ迎えに行くという約束が、実際訪れるのかどうか確信が持てなくなっていた。アサコには旦那の言動を逐一日記に書き留めておくことが大切だと言ったが、そんな行為が本当に離婚に結びつくのかどうか、甚《はなは》だ疑問に思えてくる。あの時は他にいい方法など思いつかず、苦し紛れに言ってしまったのだ。

俺は数日間、布団の中でもがき苦しんでいた。（おい、いい加減目を覚ませ……二百万もの大金をはたいて人の女房と暮らし、挙句の果てに女は旦那の元へ帰ってしまっただと……お前一杯食わされたんじゃないのか……）そんな声が深い井戸の中から絶え間なく聞こえてくるのだ。

俺の精神薄弱が一ヵ月も続くとみつおも心配し、俺を外へ引っ張りだそうとした。映画を観に行きましょうとか、釣りでもしたら気分が晴れますよなどと言ってくるのだが、俺は呆然としているだけであった。

そんなある日、ボウリングに行きましょうと突然みつおが言い出した。俺が死神のような顔をしていると、「先生、甘ったれるのもいい加減にして下さい」と、みつおは抑揚のない声で言った。しかしその声には凛《りん》とした重みが込められていた。

「さあ、行きますよ」みつおは敵討ちでもするような形相《ぎょうそう》で俺の腕を掴んだ。片鱗《へんりん》を遂げたみつおに、この時ばかりは追従せざる負えなかった。

平日のボウリング場は空いていた。俺が小学校低学年の頃ボウリングブームが訪れ、よく叔父や叔母に連れてってもらったもんだ。いつも人でごった返し、何時間も待たされた記憶がある。だが中学になって友達と行った時にはもうブームは立ち去ったあとで、今日のようにがらんとしていた。

俺とみつおは靴を履き替え適当なボールを選ぶと、いよいよボウリングをする運びとなった。みつおは「さあ、行きますよ」と言って、意気軒昂にボールを放った。しかしピンに当たったのは一本だけだった。みつおは「さあ、先生の番ですよ」と言って、俺を急かす。俺は意気消沈しながらボールを放った。残ったピンは一本だけだった。みつおは「先生上手いもんですね」と言って、手をパチパチ叩いている。隣にいる制服を着たカップルが『先生』という言葉に反応し、こっちに目を向けた。きっと学校をさぼっているんだろう。

こうしてまあまあのスコアでゲームを終了した俺は、どことなく士気が高揚するのを感じていた。みつおがもう一ゲームやりましょうというので、俺は素直に頷いた。みつおの投げるボールは安定せずたまに溝掃除までしてのける。俺がストライクを五回続けて出すと、みつおは飛び跳ね大げさに手を叩いた。すると隣のカップルも手を叩いてくれた。俺の顔はいつの間にか綻《ほころ》んでいた。終わってみるとスコアは二百点を超えていた。みつおはパチンコがダメでもこれで食っていけますよ、と言っている。

家に帰るとみつおは陽気に鼻歌をうたっていた。そんな中、俺は今日一日を振り返ってみた。みつおにボウリングに行きましょうと言われるまで、俺の心は深い闇に埋もれていた。みつおに激怒された時、一瞬闇の中に残光だけが走ったが、すぐに跡形もなく消えて行ってしまった。そしてボウリング場に足を運び、淡々とボールを投げ続けた。初めてのストライクの時、俺はボールがピンに向かう途中、これならストライクが出るかもしれない、と心の中で思った。その時、深い闇から抜け出る端緒を得たのだ。そして二ゲーム目……五回連続ストライクが出ると、みんなが拍手をしてくれた。

俺はこんな状態が過去にもあったことを思い出していた。あの時も何も考えられず、鬱々とした時間の中にいた。病院のベットの上で独り思い悩み……。

足の怪我が回復し家に帰っても、しばらくその状態は続いていた。年が明け正月を迎えた時、叔父が俺の将来を心配して声をかけてくれたことがあった。それが契機となり活路を見出すことができたのだ。

俺は就職活動を試みた。だが中卒ということと、足の具合が芳《かんば》しくないということで、なかなか条件に合った仕事を探すことができずにいた。そんなある日、中卒でも採用可の会社を見つけた。仕事の内容も食品の検査と梱包となっているので、足にも負担がなさそうだ。俺は早速履歴書を送り、面接を受けることにした。その時には俺の厭世《えんせい》的な気分はすっかり癒《い》え、将来を見据えるようにまでなっていた。

俺は知っている。どんなに辛いことがあっても時間が解決してくれるということを……。だがそれは行動を起こしている時だけ時間が進むのであって、希望を失い悲嘆にくれている時には時間も止まっているのだ。

俺はこれからのことを考え、仕事を探す決心をした。早速求人折り込みの中から自分に合った仕事を丹念に調べてみた。だがそこに立ちはだかるものは想像以上に厳しいものであった。高卒以上であることと、普通免許を持っていることが採用条件として数多く書かれていたからである。

俺は車の免許のことなど一度も考えたことがなかった。だが現実としてどんな仕事に於いても運転免許の一つや二つは必要なんだな、と漠然とながら思ったのである。それで俺は就職をひとまず先送りにして、教習所に通うことから始めたのだ。俺が教習所に行ってる間、みつおは太陽ホールに通い始めた。

ソファーに座り求人折込みを見ていると、みつおが声をかけてきた。

「先生、いい仕事ありましたか？」

「……」

左官職人求む（見習い可）。年齢不問。

警備員募集（要普通免許）。高卒以上。

警備会社の採用条件も厳しくなったということか……。

「じゃあ先生、僕は出かけて来ます。最近調子いいんですよ」そういうと、みつおは鼻歌交じりにリビングの扉を開けた。俺はなんだか肩透かしを食ったような気分で、みつおの後ろ姿を見つめていた。

みつおは玄関で靴を履きながら「先生も一緒に行きませんか？」と言ってきた。その言葉には相手の心中を忖度する響きが込められていた。俺の唇は半開きの状態になっていた。するとみつおは「こくり」と頷き、笑顔を作ってみせた。そしてなんとなく洗脳された俺は、みつおと一緒に玄関を出たのである。

太陽ホールは以前と比べ明るい雰囲気になっていた。その要因の一つは、椅子が固定式の華やかな模様に変わっていたからだ。さらにセブン機に代わり一発台や権利物といった複雑な機種が多数設置されており、どれも派手な演出を繰り広げている。

みつおは「先生、実は攻略法を見つけたんです」というと、鼻の穴を膨らませながら左奥に設置されている台に腰を下ろした。それはとてもパチンコ台には見えず、まるで子供が遊ぶおもちゃのような物であった。

「みつお、この台はどうやって遊ぶんだい」と、俺は訊いてみた。

「この台は権利物と言って、赤い穴に玉が入ると権利が発生するんです」と、みつおは説明を始めた。

円盤上には丸い穴が六つあり一つだけ赤くなっている。そしてその円盤はゆっくりとしたスピードで回転している。盤面中央付近の入賞口から玉が入ると、玉は役物《やくもの》の奥へと誘導され待ち構えている円盤上の穴に入る仕組みになっている。

「権利物と一発台とでは何が違うんだい」と、俺はさらに訊いてみた。

「権利物は当たりが発生するのと同時に権利も発生し、その権利を満たせばアタッカーが開くんです。約千二百個の玉が一気に出ます。そしてその権利は三回続くんです」

ふむ……いつの間にか、みつおはパチンコに精通している。

「その権利を満たすにはどうすりゃいいんだい」

「何も考えなくていいんですよ。アタッカーの上にあるチューリップが開くんですが、そこに玉が一個でも入ればいいんです。三秒間開いているので入らないことはまずないです」

ふむ……。

「それじゃ一発台は？」

「一発台は文字通り、一発玉が当たりに入れば打ち止めまで玉は出続けます。裏のシマにあるのがそれです」

要するに三回権利を一回に括《くく》ったのが一発台ってことか。これじゃ何のためにセブン機が姿を消したのかわかりゃしない。……というか、益々ギャンブル性が高くなったような気がする。

みつおは釘をチェックすると、これならいけると言って自信ありげに席に座った。変貌を遂げたみつおに目を丸くした俺は、隣に座ってみつおの攻略を観察することにした。

みつおは玉を一気に三百円分買うと、「先生、この台は滅多にぐるぐる回っている円盤には玉が入りません」と言って、ハンドルに手をかけた。命釘が縦に二本打たれているのでそれだけでも入賞が難しそうだ。とにかくお手並み拝見といこう。

俺はみつおの打つ玉を目で追った。ブッ込みに標準を合わせ打ち始めると、すぐに打ち出しを中止した。みつおはハンドルの横についているウエイトボタンを親指で押さえ、玉の打ち出しを止めていたのである。このウエイトボタンはハンドルを握ったまま、一時的に玉の打ち出しを止めるのに使われる。

「先生、いいですか……」というと、みつおは小鼻をうごめかしながら説明を始めた。

「ここの赤い穴に玉が入らなければ権利は発生しないんです。だから赤い穴に玉が入るようタイミングを計って打つんです」そういうと、みつおは二発だけ玉を打ち出し、またウエイトボタンを押した。そしてまた二発だけ玉を打ち出しウエイトボタンを押す……その動作をずっと繰り返していた。

　俺はみつおの意図するところはわかるのだが、一つ疑問を感じたので訊いてみた。

「みつお、その打ち方だとなんだか玉に勢いが感じられないけど、大丈夫なのかい」

「打ち方と玉の勢いは関係ありません。それにもう立証はされているんです」

みつおは先鋭化した思想の持ち主となっていた。すっかり気圧されてしまった俺は、叱られた子供のように両手を膝の上に乗せ、じっと台を見つめていた。

　俺はどのようなタイミングで玉を打ち出しているのか、赤い穴とみつおの親指の動きを同時に観察してみた。みつおは赤い穴が時計の針に例えると、五時のところで親指を離し玉を打ち出している。玉が命釘を通り役物の奥へと誘導された時、丁度赤い穴がその位置に来てるというわけだ。

　みつおは三百円分の玉が無くなると、新たに三百円分の玉を購入した。そして黙って二発ずつ玉を打ち出す。俺も黙ってそれを見つめている。いつの間にか、にらめっこを思わせる雰囲気となり、どちらかが言葉を発したら負けのような気がしてきた。再び玉が無くなり百円玉を玉貸機に入れようとした時、俺は耐え切れなくなり思わず口を動かしてしまった。

「みつお、どうだい」

「何がですか?」

みつおは顔色一つ変えず玉を上皿に入れると、同じ動作を繰り返した。意を決した兵士に動揺などまったく見られない。俺は二の句が継げずしばらくだんまりを貫いていた。だがこの発展性を考慮に入れた場合、話を終わらせるわけにはいかない。

「みつお、入る見込みはあるのかい」俺はやんわりと言ってみた。

「先生、プールで釣りをする人がいると思いますか?」

その語調にはわずかな怒気《どき》が感じられた。みつおもそれを意識したのか、どこか取り成すようにこう言った。

「権利物と言っても一回権利が発生すると二回目、三回目もすぐに権利が発生する仕組みになってるんです。そう軽々と命釘に絡むはずないでしょう」

俺の両手は行儀良く膝の上に乗っている。気がつくと背筋までピンと伸びていた。こうなったら玉が命釘に絡むまで腹を括って待つしかなさそうだ。そう決心した途端、玉は命釘を通過し回転する役物へと流れて行った。するとそこに赤い穴が待ち構えていた。

　内部からは派手なファンファーレが流れ出し、電動チューリップが開いた。そこに玉が入るとアタッカーが全開になった。みつおは「まあ、こんなもんですよ」と言ってのけた。俺の口は多分半開きになっていたと思う。

　ところで二回目以降の権利がどうやって発生するのか気になるところだが、半開きになった口元がしゃべるのを拒《こば》んでいるので、ひとまず一回目の権利が終了するのを待つことにした。

　派手な演出音が鳴り響く中、玉はみるみる増えてゆく。千二百個の出玉はあっという間だった。アタッカーが閉じるとみつおはハンドルから手を離し一息ついた。そして俺の胸中を察し説明を始めた。みつおの説明は次の通りである。

　二回目の権利も一回目と同様、赤い穴に入らなければ発生しない。だが一回目の権利が終了すると、役物の上にある電動チューリップが規則正しく五秒に一回、約〇・五秒間開くのだそうだ。その時、電動チューリップに玉が入ると命釘を通った時と同じ経路をたどり、玉は流れてゆくのだそうだ。要するに、時間の問題で権利は発生すると考えていいようだ。

　みつおは平々凡々と玉を打ち出した。そして電動チューリップが開くとそこに玉が飛び込んだ。しかし赤い穴ではなく白い穴へと玉は入った。そして五秒後にまた電動チューリップが開いたが、またもや白い穴に玉は入った。そんなこんなを繰り返すこと一、二分で玉は赤い穴に入った。それを機に俺は席を離れ、釘をチェックすることにした。

一台一台慎重に見て回る。命釘はどれも狭くほぼ平行に打たれている。寄り釘は台によってバラツキがあるが、プラス調整されている台は少ない。こうなると厳しい……念のため谷釘もチェックしてみた。するとなんと三台に一台の割合で谷釘の頭の部分は広がり、裾の部分は右へと流れる調整になっている。俺はあの時、竹さんがやきとり屋で話してくれた言葉を思い出していた。それは『谷釘と風車はワンセットで考えなければならない』だ。俺は同時に風車もチェックしてみた。谷釘の状態に合わせるように風車も調整されている。これは店側が安易に釘読みをされないよう、命釘はいじらず谷釘で挑んできたということだ。

俺は最も良さそうな台に腰を下ろした。そして玉を手ですくいハンドルに触れた。その時、懐かしさが甦り大きな息を一つ吐いた。俺はハンドルを捻りブッ込みを狙った。だが次の瞬間また竹さんのことを思い出した。確か竹さんが安定のために保険をかけてた台も谷釘の状態が良かったはずだ。竹さんは『谷釘の頭の部分を掠めるようなストロークがベストだ』と言っていた。俺はハンドルを少しだけ戻し、谷釘狙いに標準を合わせ二個打ちを開始した。

俺は二個打ちをしながらこの攻略の効能を考えてみた。まず赤い穴が一周するスピードを頭の中でカウントしてみた。すると三秒から四秒の間で赤い穴は一周していた。誤差はほとんどないと確信しているので、一周のスピードは三・五秒だ。

玉が一発ずつ打ち出されるスピードを知ってる者は極めて少ないだろう。ならば俺が教えてやる……〇・六秒だ。これは国家公安委員会の規則で定められており、厳密にいうと『一分間で百個を超える遊戯玉を発射することができない』とされている。

さて……赤い玉が一周するのに三・五秒かかるので、その間に六個の玉が打ち出される計算になる。ほぼ丁度六個だ。俺は今二個打ちを繰り返している。この行為ですでに投資金額を三分の一に抑えることに成功しているのだ。みつおにしては上出来だ。

そのみつおだが三回の権利が終了したらしく、玉が運び出されていた。そしてその台にはみつおが愛用しているハンカチが置かれている。どうやら連続開放は打ち止めにした本人でも可能なようだ。

俺はウエイトボタンを押さえては離す、そしてまた押さえては離すという動作をずっと繰り返していた。そして十五分もするとあくびが出かかった。だが次の瞬間、玉は勢い良く命釘を通り抜け回転体の奥へと流れて行った。出かかってたあくびが引っ込むのと同時に俺は目を疑った。それは玉が命釘を通り抜けたからではない。赤い穴ではなく一つ手前の白い穴に玉が入ったからだ。

「たまにあるんですよ、こういうこと」

いつの間にやら背後にみつおがいた。俺が振り向くと、にんまりとした表情を浮かべていた。

俺は何故赤い穴に玉が入らなかったのか、考えてみた。だがその答えは至極簡単なものであった。打ち出しが早かったということだ。待てよ……ふとした疑念が頭をもたげた。みつおはブッ込みを狙って玉を弾いている。だが俺の狙いは谷釘だ。谷釘狙いだと無駄な動きをせずに寄り釘に絡んでくるため、若干スピードが増す。おそらく原因はそこにあるのかもしれない。

俺は打ち出しを少しだけ遅らせ、五時半に調整することにした。何度かあくびが出かかったが、根気よく打ち続けた。そしてようやく玉が命釘を通過し、赤い穴へと滑り込んだ。この時ばかりは一人悦に入っていた。

難なく一回目の権利が終了すると、役物上部にある電チューが「チョイ」と開いた。そして二回目、三回目の権利もなんなく発生し打ち止めになると、約三千五百個の出玉を獲得することに成功した。こうして俺はまたパチンコというしがない世界に足を踏み入れてしまったのである。

四回目の打ち止めを成し遂げ、時計の針に目をやると三時をまわっていた。まだまだ時間は早いが、今日はこれで切り上げることにした。俺は玉を抱え中央の通路を歩き出した。するとそこに大きなサングラスをした中年の女が立っていた。その女の視線に俺は違和感を覚えた。視線と言ってもサングラスをしているので目の動きまではわからない。だがそこには店員を監視するような特異な動きがあった。

　俺は玉を景品に換えるとトイレに向かって歩き出した。そしてトイレのドアノブに手がかかるのと同時に女の声が届いた。

「もう単発打ちはやらないのかい」

　俺はドアノブを握ったまま凍りついてしまった。そしてさらに女はこう言った。

「ほどほどにしなよ……うちらもほどほどにしてるんだから」

　俺は呼吸までできなくなり、一枚の絵のようになっていた。ドアノブを握ったまま歩き出そうとしたら、つま先と頭を同時にドアにぶつけてしまった。

　俺がトイレから出ると女の姿はなかった。景品交換所に行くため外に出てみると、女はリーゼントの男と話をしていた。あの男は裏のシマに座っていた奴だ。二人にはどことなく怪しげな雰囲気が漂っていた。

二

「単発打ちなんて言葉を使うからには、俺達の攻略はすでにお見通しってことだろう」

「そうなりますね。でも何故その女の人は、自分じゃ打たないんですかね」

「そこは俺も気になっていたんだが、一つ言えることは監視役が必要ってことなんだ」

みつおはコーヒーカップをゆらゆらさせながら、「悪いことでもしてるんですかね」と言った。

「ところでみつお、単発打ちは悪いことじゃないのかい」

「やだな先生……ハンドルにウエイトボタンがついてるってことは、止め打ちしてもいいってことでしょ」

俺が殊勝《しゅしょう》な顔を浮かべると、みつおは含み笑いを浮かべながらコーヒーカップに口をつけた。まあ、女とリーゼントのことはいずれわかるだろうし、今の俺達には直接関係ない。単発打ちが悪いことじゃないのなら、今日も打ち止めは四台までと決め稼ぎに行くことにしよう。

太陽ホールに着くと、休憩できる一角で例の女はたばこを吹かしていた。女は一瞬俺に視線を向けたが、たばこを大きく吸い込むと天井に向け煙を吐いた。俺はなんだかバカにされてるような気分になり少し腹を立てていた。

俺とみつおは釘をチェックして回った。半分はすでに埋まっていたが、谷釘の良さそうな台がまだ数台残されていた。俺はその一台に座った。みつおは昨日と同じ台に腰を下ろしていた。

俺は単発打ちをしながらいろいろ考えてみた。あの女がいるからにはリーゼントもいて然《しか》るべきだ。だがリーゼントはいなかった。今こうして単発打ちをしながら裏のシマにも意識を向けているが、リーゼントの姿は確認できない。その時ふと、リーゼントではなくその仲間がいるんじゃないか、と思った。だがそれを確認したところでどうなるものでもない。もともと俺達とは異なった機種を打っているのだ。

俺は目の前の台に集中することにした。昨日の台と同様、谷釘と風車の状態は良いのだが寄り釘の状態があまり良くない。特に命釘の横にある釘が上げ釘調整なのが気になる。この釘にぶつかり右にバウンドした時、命釘に絡んでくるからだ。いわゆるジャンプ釘の役目も兼ねているのだ。

粘ること一時間、ようやく玉は命釘を通過し回転している役物へと入った。そしてそこには当然のように赤い穴が待ち構えていた。投資金額三千五百円。単発打ちだからこそ利益に繋がるが、普通に打っていたなら間違いなく負けている。

俺は打ち止めにすると玉をカウンターへと運んだ。そして再び台に戻ろうとした時、中央の通路を歩くサングラスの女を見かけた。俺はリーゼントの仲間が必ずいると思い、一発台のシマに目を向けてみた。すると上皿に手を乗せている者が三人いた。だがこれは特に珍しいというものではない。俺も玉を買って上皿に入れた時、そのまま手を乗せておくことがある。しかし一人だけ明らかに怪しいと思われる人物がいた。背筋を伸ばし、指先を皿の奥のほうまで突っ込んでいる。男の髪は短くオールバックだ。色白で顎が少し伸びているのでヒラメのように見える。男の髪は異様なほど艶やかに輝いており、絵画に出てくる芸術作品を見ているようであった。

男は百円玉を二枚続けて玉貸機に入れると、左手で髪の毛を触り玉を取り出したのである。俺はその時、随分髪型を気にする人なんだなと思ったが、同時にあんなにたくさんの整髪料を塗った髪に触れれば、手に油がついて困ってしまうんじゃないのかな、と思った。

うん、待てよ……リーゼントの男にも髪にはポマードか何かが塗られているはずだ、もしかしたら……。

しばらくすると男はまた玉貸機にコインを入れた。俺は左手の動きを注意深く観察してみた。今度は四本の指を手ぐしのようにして大きく髪をかき分けた。この行為で俺は意図的に油を指につけているのだと確信した。そして男はその指で玉を撫でる……ってことは、意図的に玉に油を浸透させているってことになる。

俺は自分の台に戻り単発打ちを始めることにした。赤い穴が五時半のところに来たら玉を二発打ち出す。それはある意味至極簡単な作業であった。

俺はこの退屈な作業の間、玉と油との関係について構想を練ってみることにした。玉に油が塗られれば、当然滑りやすくなる。すると転がり摩擦係数は小さくなり、玉は遠くまで転がろうとする。しかしハンドルのバネの強弱には最大限の幅が取ってあるので、油が塗られた玉でもハンドルをほんの少しだけ捻ればブッ込みを狙うことができる。

では玉が釘にぶつかり落下する時の動きはどうなるのか……おそらく釘にぶつかり玉が左右に弾かれた時、普段よりも玉の勢いが増すに違いない。そしてその玉が命釘を通り抜けようとした時、玉の滑りが抵抗力を小さくし、狭い釘の間を通り抜けやすくしているのだと思う。

俺達の台と奴らの台とではゲージ構成がまったく違う。俺達の台の寄り釘は複数の釘がバランス良く打たれており、そこをうまく通り抜けなければ命釘までたどり着けない。だが奴らの台には寄り釘が三本しかなく、命釘から三センチくらい離れたところにきれいに並んで打たれている。この三センチの距離が入賞を難しくしていると考えられる。しかし玉に油が塗られていれば……。裏のシマではヒラメの台に大当たりが発生していた。

これは不正な方法で玉を抜き取るゴト行為である。一般的には磁石を近づけたり、ピアノ線を使ってアタッカーを開けたりする行為をいうのだが、これも歴然とした油ゴトだ。

俺の心は索漠《さくばく》としていた。本来なら看過《かんか》できない事態なのだが、俺にはどうすることもできない。むしろ同じ穴の貉《むじな》ではないのか……そんな意識が胸の片隅に存在しているのだ。

単発打ちをし続けること三十分、ようやく玉が命釘をすり抜けギリギリのタイミングで赤い穴に入った。俺はパチンコをしているというよりも、流れ作業を行うひとりの工員のような気がしてきた。そして裏のシマにも別の流れ作業をする工員がいる。お互い無機的に同じ作業を繰り返す。

俺は打ち止めにした玉を運ぶ時、ヒラメの台を覗いてみた。すると不思議なことにサングラスの女がそこに座っていた。女は左手を上皿に乗せ何かをしている。よく見ると女の手にはハンカチのような物が握られていた。周りを気にしながら、まるでテーブルの上にこぼしてしまったジュースを拭くようにハンカチを滑らせている。女の目的は上皿に付着した油をきれいに拭き取り、痕跡を残さないようにすることだ。俺はこの組織的な行為に唖然としていた。

もう奴らのことを考えるのはよそう。俺は自分の台に戻り単発打ちを開始した。みつおも目もくれず黙々と単発打ちを続けている。そして六時、ようやく四回目の打ち止めを迎えた。俺はみつおに声をかけ、ひと足先に帰ることにした。その時何気なく一発台のコーナーに目を向けると、フグみたいな男がオールバックで大当たり中だった。顔と髪型がアンバランスだ。俺はドアを押し外に出た。するとそこにリーゼントの男がいた。おそらく数人でローテーションを組んであちこちの店を渡り歩いているに違いない。まるで時代が一気に飛び越えてしまったようだ。外に出ると空はまだ明るく、生暖かい空気が季節の変化を告げていた。

単発打ちの攻略を始めて二週間が経った。俺とみつおが太陽ホールに到着すると、そこにサングラスの女の姿はなかった。一発台のコーナーにも男達の姿はなかった。俺は何かが起きたのに違いないと思い、そのコーナーをゆっくりと歩いてみた。すると台の上に貼り紙がしてあるのを見つけた。そこには『遊技玉に油等を染み込ませ遊技することを固くお断り致します。発見次第警察に通報します』と書かれていた。ある程度予想していたことなので、それほど驚きはしなかった。

俺がひとまずトイレに行くと、みつおはぐるぐる回る円盤の台に向かった。俺もトイレから出ると、ぐるぐる回る円盤の台に向かった。みつおの後ろを通り過ぎようとした時、何気なくぐるぐる回る円盤の台に目を向けると、みつおは単発打ちをせず普通に玉を弾いていた。そんなみつおに俺は声をかけた。「単発打ちはしないのかい」

みつおは後ろを振り向き哀しげな表情でこう言った。「ボタンがありません」

そんなバカなという思いで俺はみつおの隣に座り、ハンドルを握ってみた。するといつもなら親指の辺りに小さな出っ張りがあるのにそこがツルツルしていた。みつおと俺が顔を見合わせると、みつおは眉をひそめ、俺は口を開けていた。こればっかりはまったく予想していなかった。俺達は同時に席を立ち出口に向かった。

みつおがどうします、というので俺はどうもこうもないと言った。するとみつおは「アトムが三日前に新装開店したんです。ちょっと行ってみませんか」と言い出した。

アトムとは越谷にある店で、俺が鮫島と出会ったところだ。

「アトムにもこの機械が入っているのかい」と、俺は訊いてみた。

「それはわかりませんが新聞の折り込みには変わった形の機械が載っていました。名前もちょっと変わっていたような気がします」と、みつおは言った。

俺はあまり気乗りがしなかったが、今やみつおについて行くだけの従順さを持ち合わせていた。

俺達は電車に乗りアトムを目指した。アトムに着くと店は満員状態だった。みつおは「あの台ですよ、広告に載っていたの……」と言って、通路を歩き出した。俺は入口のそばで待っていた。しばらくするとみつおが現れ、「先生、空き台が一台しかありませんでした」と言った。俺は「喫茶店でも行ってるから試してみればいいじゃないか」と言って、みつおと別れた。

喫茶店で週刊誌を読んでコーヒーを飲む。それは束の間の有意義な時間であった。一時間が過ぎたが俺はこの空間にずっと浸っていたかった。

アトムに戻りドアを開けると、中年の女の姿があった。サングラスの女だ。俺はあとずさりしながら外に出た。するとそこにみつおが立っていた。

「何やってんだ、みつお」

「先生こそ何やってんですか、盗人みたいに」

「いやっ……それより何かあったのかい」

「例の女がいます。それに怪しい男も……」

怪しい男とはヒラメかフグだろうと、俺は思った。

「怪しい男って、どんな奴だい」と、俺は訊いてみた。

「僕がいずみで働いてた時にターボXを打ってた男です。ストップボタンを押して」

「もしかしてキザっぽい男かい」

「はい、キザっぽいです」

店に入るとへんてこりんな機種は四シマに渡り設置されていた。セル盤には『ウサギとカメ』が描かれていた。

最初に発見したのはリーゼントの男だった。そして裏のシマに目を向けると鮫島の姿があった。隣のシマにはヒラメとフグも存在していた。不穏な気配がひしひしと伝わってくる。おそらくここでもゴトをしてるんだろう。鮫島もヒラメ軍団の一味なのかもしれない。

俺はみつおのところに行き、この機種について話を聞くことにした。みつおの説明はこうである。

一発台か権利物かよくわからないが、左サイド、右サイド、中央の三ヵ所に玉が入らなければ大当たりは発生しない。例えば左サイドに玉が入るとそこは入賞済みとなり、赤く点滅するんだそうだ。すると残りは右サイドと中央となり、最後に残された命釘に玉が入った時、アタッカーが全開になるんだという。だがこの機種のバネは制御不能だとみつおは話す。

みつおも最初は自分の台だけバネが壊れているのだと思ったらしく、他の台を見て歩いたそうだ。すると一人の客がハンドルを目一杯右に捻っている様子を目撃したが、玉は右側の谷釘までしか飛んでいなかった。また別の客がハンドルをギリギリまで弱く調整する姿を目撃したが、玉は左側の谷釘まで飛んでいたそうだ。要するにいくらハンドルを調整したところで遠くにも近くにも飛ばすことができず、常に中央付近に集結してしまう……そういった非合法な機種。

俺はみつおの話を聞き終えると、ゲージ構成がどのようになっているのか確かめてみることにした。中央の命釘は頗る悪く、道釘もガチガチ状態だ。だが右サイドの命釘は極めて良い。道釘も平凡に打たれている。しかしヨロイ釘から道釘に、誘導されにくい構成になっている……というか、ほとんど誘導されないような気がする。

ではどうすれば右サイドに玉が入るのか？　簡単なことだ。右サイドの真上から玉が転がってくれば直接道釘に絡み、強いては命釘に入る構図ができ上がる。パチンコ台は左右対称に作られているので左サイドも同じことが言える。

これで奴らが玉に油を塗り、遠くに玉を飛ばすことで安易に右サイドに入賞させていたことは間違いなさそうだ。だが左サイドが不明だ。偶然入るのを待っているのか……そんなことなど。俺はみつおを呼んでもう少し詳しく話を訊くことにした。

「みつお、奴らの動きに何か変わったことはなかったかい」

「ありました。僕の隣で冴えないじいさんが打ってたんですが、中央だけが赤く点滅していて左右には一向に玉が入りませんでした。するとそこに例の女が現れ、じいさんと何やら話をしてるんです。じいさんが席を立つと代わりにリーゼントが来てその台に座ったんです。

リーゼントは打ち始めるとすぐに右サイドに玉が入ったらしく、赤く点滅していました。リーゼントは一旦席を離れ戻って来ると、たばこに火を点けました。そして吸い終わると玉を打ち始めました。ものの三十秒で左サイドに玉が入ったらしく、アタッカーが全開になっていました。先生、どうやって左サイドに玉を入れたんですかね」

俺はこの話を聞いた時、左サイド云々より、ヒラメ軍団が女を介して他の客と台の交換を企てていることに深い憤《いきどお》りを覚えた。俺の鼻息はしだいに荒くなってゆく。

また女が客と話をしている。おそらく台の交換交渉だ。品の良さそうなばあさんは微笑みながら立ち上がると、ゆっくり隣のシマを歩き出した。そして一台の空き台に腰を下ろした。その台の左右のランプは赤く点滅していた。

俺はばあさんが座ってた台に近づいてみた。ばあさんの台は中央だけ赤く点滅している。そしてそこにはヒラメが座っていた。まったくなんてことだ。ゴトだけでは物足りず、言葉巧みに話を持ちかけ人の台にまで手を出すとは……。

ヒラメは左手で髪を撫でると、すかさず打ち始めた。そしてあっという間に右サイドが点滅し出した。するとヒラメは席を立った。俺はヒラメのあとを追った。ヒラメは洗面所に向かうとそこで手を洗い出した。石鹸水で念入りに手を洗うと、小休憩できる場所に腰を下ろしたばこに火を点けた。

俺はヒラメからひとまず離れ、鮫島の様子を窺った。鮫島の台も左右のランプが赤く点滅していた。どうやら自力で中央の命釘に玉を入れるつもりらしい。フグの様子も一応確認しておくことにした。やはり左右のランプが赤く点滅している。だがフグはハンドルには手を触れずぼんやりしていた。交換交渉待機中ってことだろう。俺はもうこんなばかげたことを組織的に行う奴らにうんざりしていた。

女は今度は五十代の作業服を着た男と話をしている。どうやら中高年をターゲットに交渉を続けているようだ。男は顔をほころばせながら席を立った。そしてそこにフグが座った。俺はもうなかば呆れ果てながらヒラメが座ってた台を見た。するとヒラメがいつの間にかそこに戻り座っていた。アタッカー全開で……。

みつおは俺に近づきこう言った。「とにかく早業なんですよ、奴らは」

俺はみつおを引き連れ休憩所に向かった。

「なあ、みつお……ゴト師が店を荒らす。すると誰が痛い目に合うのかわかるかい」

「そりゃ店でしょうね。不正に玉を抜き取られるわけですから」

「けどな、そこで従業員の給料が減らされるとか、経費を節約するとか、そんなことは起こらないんだよ」

「じゃあ、店はどうするんですか」

「釘を閉め普通に営業する。結局その穴埋めを一般の客の財布にしてもらうことになるのさ」

「それはひどい話ですね」

そんな暗い話をしていると、ヒラメの台が定量数に達したらしく玉を抱えて歩いていた。俺はヒラメの台を観察してみることにした。ヒラメの台に近づき上皿に目を凝らすと、少量の粉みたいなものが付着していた。人差し指でなぞるとそれは柔らかく、まるで線香を焚いた時に残される粉みたいなものであった。蚊の出る季節ではあるが、パチンコ屋で蚊取り線香を焚くものなどいない。これは紛れもなくたばこの灰……奴らはたばこの灰をパチンコ玉にまぶしつけていたのだ。

たばこの灰がまぶされれば当然玉は滑りにくくなり、摩擦係数は大きくなる。すなわち玉は遠くには飛ばない。俺は休憩所に戻ることにした。その時、鮫島は自力で大当たりを引き当てていた。

みつおの隣に座ると、俺は一部始終奴らの手口を説明した。みつおは「だからリーゼントはたばこを吸い終えてから玉を打ち始めたんですね」と言った。俺は「たばこの灰だろうが線香だろうが何でもいいんだ」と言った。みつおは目を丸くして俺を見ていた。

「みつお、行くぞ」

「はい」

その時である。一人の店員が例のシマを覗き込んでいた。他の店員とネクタイの色が違うので店長じゃないかと思う。店長は怪しい人物とそこに座っている台の番号をチェックしているようだ。店長は通路を歩き出すと、大当たり中のフグの台と鮫島の台をチェックした。ヒラメは、今打ち止めにした台に座り玉を買い始めた。店長はヒラメの台とリーゼントの台もチェックした。一通りのチェックを済ませると、店長は従業員以外立ち入り禁止と書かれた扉を押して中へ入って行った。それを見てサングラスの女が動いた。ヒラメ軍団一人一人に話しかけている。奴らは神妙な顔で頷くと、フグを残し店の外へと歩いて行った。女は様子を見るため店内に残り、店員の動きに目を光らせている。

しばらくすると店長が現れ、二人の店員に指示を与えた。二人の店員は例のシマへと歩き出し、そしてそこに貼りついた。約五分一歩も動かない。

フグの台が打ち止めになると、フグは玉をカウンターへ運び込んだ。そしてジェットカウンターに玉を流そうとしたが、店長がそれをさせない。させないどころか左手首を握り離さない。抵抗する右手首を別の店員が押さえている。それを見てサングラスの女は立ち去った。仲間を見捨てるつもりらしい。

女と入れ違いに入って来たのはなんと警察官だ。三人の警察官がカウンターへと詰め寄る。そして一人の警察官がフグの前に立ちはだかった。別の二人の警察官は店長のあとに従い、鮫島のところに駆け出す。二人の警察官が鮫島の腕を掴むと、鮫島は抵抗することなく立ち上がり体を翻《ひるがえ》した。その時、一瞬俺と視線がぶつかった。鮫島の台は虚しく輝いていた。

三

今日も猛暑。これで連続八日間、三十度を超える日が続いているとニュースは告げている。どうやら水不足が懸念されているようだ。とりわけ俺には関係のない話だと思ったりするのだが、そんな人間がたくさんいたならば事態は本当に深刻化してしまう。節水を心がけるようにしよう。

鮫島とフグが逮捕されて三日が経った。新聞には二人の記事は出ていなかった。俺とみつおは昼下がり、テレビで高校野球埼玉予選の決勝戦を見ているところだ。九回の裏、このバッターを仕留めれば埼玉共栄学院が甲子園進出を果たす。そんな大事な場面で電話のベルが鳴った。俺がテレビに釘付けになっているのを見て、みつおが受話器を取った。

初球きわどい玉を平然と見送ると、みつおの声から懐かしい名前が聞こえてきた。二球目、バッターは快音を響かせセンター前へヒットを放つ。このランナーがホームを踏めば同点だ。みつおはこの前の油ゴトについて得意気になって話をしている。しばらくすると急にみつおの声が聞こえなくなった。俺がみつおに視線を向けると、眉をひそめ頷いていた。テレビの画面に目を戻すと、次のバッターはツーストライクと追い込まれていた。ピッチャーが渾身の力を込めて投げたその時、思いもよらぬ名前がみつおの口から飛び出した。『本当にアサコさんなんですか』バッターが空振り三振で試合は終わった。

「先生、船田さんから電話です」

俺は動揺する気持ちを抑えながら電話に出た。船田の話は理路整然とした長いものであった。俺はほとんど黙ってその話を聞いていた。

船田は十代の頃、暴走族のメンバーに属していたという。その時、後輩のNの面倒をよく見てやったそうだ。暴走族から足を洗い半年が過ぎた頃、Nが稲本組の組員になったと船田は聞かされていた。

そして月日が流れ、今朝船田のところにNから電話がかかってきた。Nはいきなり牧って男を知ってますか、と船田に訊いてきた。

Nの話によると、三月の半ば頃アサコっていう女をどこかから連れ戻して来ると、事務所に待たせておいた旦那に引き渡したそうだ。その時、事務所でいろんな話が飛び出し、Nは何気なくその話に耳を傾けていた。『あの牧っていう男はたいしたもんだ。度胸もあれば金もある。パチンコの腕も相当なもんだ。それに運転手の船田っていう男も顔つきが違う』

その時Nは、船田がパチンコでメシを食っているという噂を聞いていたので、間違いなくあの船田さんだと思ったらしい。

アサコって女を旦那に引き渡した次の日、大変なことが起こった。と言っても稲本組にとっては実に悦ばしい出来事であったのだが……。

実はアサコを連れ戻すため五十万払った旦那は、成功した暁には稲本組が贔屓《ひいき》にしている銀座のクラブで一杯飲む約束を交わしていた。その飲み代は旦那が自ら払うと言い出したのだ。旦那にしてみればヤクザを動かしておいて五十万という金は、それほど高額とは思わなかったので、飲み代くらいは自分で払うのが筋だと考えたらしい。それにいくら銀座のクラブでも馴染みの店ならば、二人で十万もあれば済むと高を括っていたようだ。

アサコを連れ戻した滝沢という男と旦那がクラブのドアを開けると、そこにはスーツ姿の客が二十人くらいいた。そう……これは稲本組によって仕組まれた罠だったのだ。

テーブルの上には高級寿司が並べられており、男達はブランデーをホステス達はカクテルを飲み続けた。貸し切り状態の店は華やかというより異様な雰囲気に包まれていた。そしてお開きとなり会計伝票を手にすると、そこには旦那の予想を遥かに超える数字が書かれていた。滝沢はバックから二百万を取り出すと、それをママに渡した。そして残りの四百万は明日若い衆に持って行かせると約束した。

六百万の借金を背負わされた旦那は、翌日全財産である百七十万を滝沢に渡した。そして残りの金は毎月十万ずつ返済すると約束を交わした。

そして三ヵ月が過ぎ去った。精神状態が不安定な旦那は仕事で大きなミスを犯してしまい、懲戒処分を受けてしまった。給料を減らされてしまった旦那は、翌月の返済を滞らせてしまう。当然稲本組は黙っていない。滝沢が若い衆二人を引き連れ、旦那の家に押しかけた。すっかり衰弱してしまった旦那は滝沢の申し入れに頷くしかなかった。『この女を連れて行く』

こうしてアサコは稲本組に引き取られ、残虐《ざんぎゃく》な仕打ちを受けることになる。女としての色気を持ち合わせているアサコは、金を稼いでもらうための試金石となるのだ。

アサコは吉原に売り飛ばされた。そして二週間が経ち、アサコは今稲本組の屋敷にいる。悲痛な叫びを押し殺し、焦点の定まらぬ目を宙に向けたまま……。

Nはそんなアサコに憐憫《れんびん》の情を抱き、なんとかして助けてやりたいと思った。その時ふと『度胸もあれば金もある』という滝沢の言葉を思い出したのだ。牧っていう男にしかアサコは救えない。Nは覚悟を決め船田に電話を入れた。

「もしもし……兄貴、聞いてるんですか？」

俺は瞼に涙を浮かべ、聞いてると言った。

「どうします、助けに行きますか？」

その問いに俺は怒りをぶちまけるように言った。

「決まってるだろう、場所は知ってるんだろうな……」

午後三時に船田が迎えに来た。俺は銀行で金を下ろし、船田が来るのを待ち構えていた。みつおが僕も行きますと言ったが、俺はみつおを睨みつけ玄関を出た。

稲本組の家はパチンコアトムのすぐ近くにあった。三百メートルくらいしか離れていない。古い家は屋敷と呼ぶのに相応しいだけの風格を保っていた。

俺は船田をアトムの駐車場に待たせておくことにした。カバンに入れた金もそのまま車に残しておくことにした。「一時間で戻って来る」というと、船田は「俺も一緒に行きます」と言った。俺は船田を睨みつけた。

「一時間経っても戻らない場合は、多分ずっと戻ることはない」と、俺は言った。何故かそんな気がしてならなかったのだ。

「その時は俺が助けに行きます」船田の顔には闘志が漲《みなぎ》っていた。

俺は奥歯を噛みしめたまま無言で車のドアを開けた。

稲本組の屋敷の前では、若い男二人がたばこを吸って話をしていた。俺はその二人に話しかけた。

「そちらにアサコって女がいるはずだけど、知らないかい」

背の低いほうの男がたばこを地面に投げ捨て、俺の顔を下から覗き込みながらこう言った。「お前、誰だ？」

「アサコの知り合いだ……滝沢さんともな」男達の顔色が変わった。

「兄貴の知り合いか……それで何の用だ」

「アサコの具合があまり良くないって聞いたもんで、ちょっと様子を見に来たんだ。滝沢さんもいるんだろう」

二人は顔を見合わせると、ちょっと待ってろと言い残し屋敷へと消えた。少しすると背の高いほうの男が現れ、俺を手招きした。俺は屋敷の中へ入って行った。居間には滝沢の姿があった。

「ほう、珍しい人がお目見えだな」と、滝沢は言った。辺りを見渡すがアサコの姿はない。

「アサコはどこにいる？」

「向こうの部屋にいるよ。それより何でアサコがここにいることを知ってるんだ？」

俺は言葉に窮《きゅう》してしまった。男の目が俺の体を射抜いている。

「頼む、アサコに合わせてくれ」

「その前に俺の質問に答えろ……話はそれからだ」

こうなることは予測できたことだ。答えを用意しておくべきだった。俺は男の目を恐々と覗き、「アサコの旦那から聞いた」と言った。これしか答えとなる繋がりを見出すことができなかったからだ。

「まあ、そうだろうとは思っていたけどな……」滝沢もそこにしか接点がないと思っていたらしい。

「一目でいい、アサコに会わせてくれ」

「合わないほうがいいと思うぞ」

「頼む……」

「まあ、どうしてもっていうんなら仕方ない。好きにしろ」

襖を開けると、アサコは畳の上に両足を伸ばし背中を壁にもたれ座っていた。まるで二階から「ストン」と落っこちてきたような格好だ。そこには泣き声も涙もなく、あるのは背中につけた影だけであった。

俺は何度も「アサコ、アサコ……」と叫んでみた。だがアサコの目には表情というものがまったく浮かんでいなかった。俺はその瞳の奥を覗いてみたが、そこには何も存在していなかった。

俺は抜け殻となったアサコに近づきそっと両手を肩に乗せた。その時、焦点の定まらぬ目が一瞬俺を捉えたように感じた。今度は両手を頬に当ててみた。ほんのりとした温もりが手に伝わってきた。俺は「アサコ、迎えに来たよ」と、微笑みながら静かに言った。その時、アサコの唇が微かに動くのを感じた。俺はもう一度「アサコ、迎えに来たんだよ」と言った。するとアサコの片方の目から涙がこぼれ落ちた。その涙は乾いた肌に一本の筋を作り、俺の指先に届いた。血液のように温かい涙だった。俺は頬にできた一本の筋をゆっくりと親指でなぞり消していった。

「おい、そろそろいいだろう」滝沢の声がした。こんな血も涙もない悪の権化から俺はアサコを必ず救い出す。

居間に戻ると恰幅のいい老人がソファーに座っていた。滝沢は「組長、こいつが牧　幸太郎です」と言った。組長は「うん」とだけ言って、腕を組んでいる。

「牧、それで要件はなんだ。だいたい予測はつくけどな……」

俺はその前に訊いておきたいことがあった。

「滝沢さん、アサコはいつからこんな状態に……」

「二、三日前からだそうだ。お前も感づいているとは思うが、アサコはずっとここにいたわけではない。借金を返済するため吉原で働いてもらってたんだ。だがな、先方がこんな状態じゃ客を相手に仕事なんかできやしないと言って、昨日ここに連れて来たんだ」

俺は一つ大きなため息をついて、言った。

「アサコを連れて行く。金は用意した」

「四百万だぞ、パンツの中にでもあるのか？」

「とにかく金はある」

「こっちとしては悪くない話だが、アサコの所有権は旦那にある。今俺達は預かってるだけなんだ。それにまたアサコがお前のところに行くってことになったら、何のために連れ戻して来たんだかわかりゃしない」

「しかしアサコだって働けないんだろう。そっちだって困るんじゃないのか」

長い沈黙が続いた。時間にすれば十秒ほどだと思うが……。

「まあまあ、もっと建設的な話をしようじゃないか」声の主は組長だった。

「牧君、あの女はもうダメだ。肉体の死ならばそれはそれで仕方がない……受け入れられるってことだ。だが精神の死はもうどうしようもない……いうならば本当の死なんだよ。それでも君はあの女を連れて行けるのかい」

　俺の体内に怒りのようなものが込み上げてきた。

「お前らのような薄っぺらな人間には、魂が宿している光など目に映らないだろう」

「ほおっ、光ね……まあいい、あの女を五百万でお前に引き渡す。いやいや別にふっかけてるわけじゃない。金っていうのは動いていなきゃ物理的に価値がないんだ。だが四百万もの金を三ヵ月以上も眠らせておいた。その分の埋め合わせってことだ」

「要するに金利ってことだな」

「まあ、そういう言い方もある。それとだ……一つ頼みがあるんだ。お前さんのパチンコの腕はこの滝沢から聞かされている。そこで、どうすりゃパチンコで稼げるのか、うちの若いもんに教えてやってくれないだろうか……なあに一から十までとは言わない。これだけは肝心だってもんがあればそれだけでも構わない」

「いいだろう、十分で戻る」

　俺は屋敷を飛び出し、船田が待つ車に向かった。船田は車から降り俺が来るのを待っていた。

「兄貴、遅いもんだから今から乗り込もうと思ってたところです」

「心配するな、話はついた」

俺は車からカバンを取り出すと、「さあ行くぞ」と船田に言った。船田は困惑した表情を浮かべていた。「アサコを連れ出すのに手が必要だ」と言って、俺は大股で歩き出した。

屋敷に入り勢いよくサンダルを脱ぎ捨て居間に入ると、組長、滝沢、若い衆二人の笑い声が聞こえてきた。俺は無言で札束五つをテーブルの上に重ねた。こんなこともあろうと思い、多めに用意しといた金だ。男達の笑い声が一斉にやんだ。

俺は船田を引き連れ奥の部屋へ行こうとした。その時「待て」という組長の声がした。

「例の約束を果たしてもらわんとな……丁度若いもんが二人いるんで話をしてやってくれ」

俺は船田にすぐ終わると言って、話を始めた。

「パチンコで稼ぐには釘を読む技術が必要だ。盤面に散りばめられた無数の釘を筋道を立て大局的に読み取るには、感性みたいなものが必ず必要なんだ。攻略に至っても同じことが言える。論理的に筋道を立てて行くのにも感性は必要。だがな……邪悪な心の持ち主には感性など芽生えないんだ。心が清潔でなきゃ無理なんだよ。肝心なのはここさ」

俺は心臓のあたりを拳で二回叩いた。

「これで貸し借りはすべて相殺だ。船田、行くぞ」

襖を開けるとアサコは目を閉じ眠っているかのように見えた。船田が「兄貴……」と言った切り、声を詰まらせている。俺はアサコの背中に手を伸ばし片方の腕を掴んだ。船田は後ろに回りアサコの腰を支えてくれた。俺は力を込めアサコを引き上げた。しかしアサコは壊れた人形のように膝を伸ばすことができずにいる。船田にアサコを支えてもらい俺は腰を下ろした。そして船田が俺の背中にアサコを預けると、全身の力を込めて立ち上がった。その時、部屋の隅に手提げカバンがあるのを見つけた。アサコのものであるのは明白なのでそれを船田に持たせた。

居間に戻ると組長と目が合った。組長はたばこを揉み消しこう言った。

「君らのような人間がパチンコなんかに埋もれてしまうのはもったいない話だ。然るべきところで人を動かし、肥やしを増やしていくことができる。日本を丸ごとだって動かすことのできる逸材だ。別に冗談で言ってるわけじゃない。わしは本当にそう思ってるんだ。また会えるのを楽しみにしてるよ」

俺は無言のまま歩き出した。玄関に脱ぎ捨てたサンダルが裏返しになっていたので裸足で外に出た。白昼の激しい太陽の光がアスファルトを焼きつけ、今も熱を帯びている。俺はそこを裸足で歩いた。背中の物体は岩のように重かった。一歩一歩大地を踏みしめながら歩いた。顔面から汗が噴き出してきた。こんなものは、アサコが受けた胸を抉《えぐ》り取られるような苦しみの千分の一にも満たないと思った。顔面から噴き出した汗がポタポタ地面に落ちた。その汗には涙も混じっていた。

今日一日で俺は人生の十年分を味わった。汗で背中と両手がびっしょり濡れていた。俺は足を止め背中の物体を持ち上げた。そして西日を正面に受けながらジリジリとまた歩き出した。

四

残暑も大分和らぎ、朝晩は涼しさすら感じられる季節となった。ここ市立図書館には、夏休みの宿題に追い込みをかける子供達の姿が数多く見受けられる。俺は窓口に座っている気難しそうな女性に声をかけた。

「すいません、精神病の本ってありますか?」女は俺の顔をじっと見た。

「多分医学書のコーナーにあるんじゃないですか?」冷たい言葉が返ってきた。どうやら案内する気など端っからないようだ。

医学書のコーナーには腰痛、過食症、不妊症など様々な専門書が陳列してあった。だが肝心の精神病という項目は見つからなかった。俺はもう一度よく確かめてみることにした。するとアルツハイマー・痴呆の隣にうつ病と書かれた項目を発見した。今のアサコをうつ病と呼べるのかどうか定かではないが、俺はそこから二冊の本を選び読んでみることにした。

非定型うつ病……定型うつ病と非定型うつ病の違い。例えば睡眠一つ見ても、定型では不眠になり非定型では過眠になる。また定型うつ病では食欲がなくなりやすいが、非定型うつ病では食欲が増しむちゃ食いする。そして非定型うつ病はわがまま、怠け者と誤解されやすい、と書かれていた。

女はみんな「うつ」になる……恋愛によって心の不調、特にうつ病になる人は実際とても多い。それもその大半が女性である、と書かれている。そして恋愛と病理についての研究が驚くほど少ないのは、学者の多くが男性であるからだと作者は考えているようだ。

どちらの本も平明《へいめい》な解説ではあるのだが、今のアサコに準拠した本とは言い難い。俺は釈然としないまま二冊の本を元の場所に戻した。そして新たに医学百科を手にした。

精神・心の医療の基礎知識（精神疾患の治療）……これなら期待できそうだ。

精神障害に対する治療法の多くは、身体療法と心理療法のいずれかに分類できます。身体療法には薬物療法と電気けいれん療法があります。心理療法には個人療法、グループ療法、家族療法といったものがあります。

精神疾患の治療を行うのは精神科医だけではありません。医師以外の専門家として臨床心理師、ソーシャルワーカー、牧師のカウンセラーなどがいます。

要するに専門家に見てもらい、それなりの治療を受けなければならないということらしい。けど、どんな治療を受けてもアサコの状態が良くなるとは思えない。もっとなんていうか……例えばどんな音楽を聴いて、どんなところに行って、何をすれば効果的なのか、そんなことを知りたかったんだ、俺は。

心がすっぽりとしたような空白感を覚えながら家に帰ると、アサコはベランダに立って空を見上げていた。その光景はとても尋常とは思えない。何かに取りつかれているかのようだ。

アサコを連れ戻して一ヵ月が経ったが、最初の頃と比べるとこれでも大分まともになった。連れ戻して一週間くらいの間、アサコは能面のような顔をしていた。焦点の定まらぬ瞳を、何も書かれていない壁や天井に向けている時が頻々《ひんぴん》にあった。まるで憎しみも何もない世界で、ただ葉を広げている植物のような生き方だ。

食事にしても、みつおが作ったご馳走をひとくちかふたくち食べるだけ。それも箸を使わずにだ。風呂には入らない。着替えもしない。顔も洗わなければ歯も磨かない。だが排泄だけはしていたようだ。このままでは本当にアサコは死んでしまうんじゃないかと思った。何しろ見て取るように体が痩せ細ってきたからだ。

食事だけでもきちんと摂ってくれないものかと頭を悩ませた。だがいくら考えてもいい方法なんて見つからなかった。そんな時、みつおがジューサーミキサーを買って下さいと言った。こんな時に何バカなことを言ってるんだと一瞬思ったが、それを打ち消すようにみつおは「僕が美味しいジュースを作ってアサコさんに飲ませます」と言った。なるほど、それは悪くない考えだと俺も思った。

早速ジューサーミキサーを買ってくると、みつおはスーパーでいろんな野菜や果物を買い込んできた。バナナやイチゴはわかるんだが、あまりお目にかからない果物までミキサーにかけていた。そしてでき上がったジュースを俺とみつおで飲んでみた。今まで味わったことのない出色《しゅっしょく》の出来映えだった。

お昼にみつお特製のスペシャルジュースをアサコに飲ませてみた。コップに注がれたジュースをアサコは全部飲み干した。その日の夜、大きめのコップにジュースを注ぎアサコの前に置いた。アサコはそれを時間をかけ、ゆっくりと全部飲み干した。その姿は味を堪能しながら何かを思い出しているかのように見えた。アサコの顔が少し赤みを帯びてきたような気がした。これを機にアサコの様子が少しずつ変わっていった。

次の日、アサコは風呂場に向かって歩き出した。俺とみつおはその後ろ姿を黙って見送った。アサコが脱衣場のドアを閉め少しするとシャワーの音が聞こえてきた。俺とみつおは顔を見合わせた。以前アサコがここにいた時の下着とパジャマがまだ残されている。俺はそれらを脱衣場の中にそっと置いた。

アサコはその次の日、顔を洗い歯も磨くようになった。そして食事の量も少しずつ増えてきた。すると能面のような顔に少しだけ感情のようなものが見えてきた。俺はこれで一つの山を越えたと思い安堵した。しかしそこからだ……今日まで変化がほとんど見られない。唯一の変化がここ数日前から空を見上げ出したこと……それ以外何もない。言葉を発するのは「うん」と「ううん」だけだ。そんな日々が空に浮かぶ雲のようにゆっくりと流れていった。

アサコはベランダに出ると大抵三十分は戻らない。その間、俺はみつおと今後のことについて話をすることにした。

「みつお、実はもう貯金があまりないんだ」

「……それは困りましたね」

「俺は明日から仕事に出ることにするよ」

「へえ、何かいい仕事でも見つかったんですか?」

「バカいうな、パチンコさ。最近何度も船田から電話があるだろう。どうやらまた新しいセブン機が登場し、それが攻略の宝庫になっているらしい」

「じゃあ船田さんも攻略してるんですか?」

「そのようだ。何しろターボXと同じような機種が他のメーカーから出て、スリーセブンに限らず奇数が三つ揃えば何でも大当たりになるんだそうだ」

「じゃあ先生なら玉を打ち始めたとたんに大当たりですね」

俺はそれには答えず「みつお、お前ならアサコのことをちゃんと見てあげられる。だから頼んだよ、いいね」と言った。みつおは「任せて下さい」と、力強く言った。その時の顔は凛とし、まるで歌舞伎役者のようであった。

国道四号線にある幸手《さって》市のパチンコ屋まで車で三十分、初心者マークをつけた車を駐車場に停め、俺は久々にパチンコ屋のドアを押した。そこには船田が言っていたセブン機が多数設置されていた。俺はそのセブン機を目の当たりにし、背筋が「ぶるっ」と震えた。まさしくニューターボXと同じ三桁のデジタル物だ。

シマの奥には船田の後ろ姿があった。船田は丁度打ち止めになったらしく、玉をかき集め席を立とうとしていた。俺はその出玉を一瞥し、何かの間違いだろうと思った。

「船田……」

「やあ兄貴、アサコさんの具合はどうですか?」

俺は相変わらずだよ、と上の空で言った。船田は神妙な面持ちをしていた。

「船田、やけに出玉が少ないな」

「一回交換ですから」

「千五百個くらいしかないだろう」

「千三百個です。兄貴、電話で説明したの聞いてなかったんですか?」

俺はアサコのことが気になるあまり、ろくに話を聞いていなかった。「すまん……」最近みつおと同様この男にもいろいろ世話になっている。

「とにかく外に出ましょう」と、船田が言った。

俺が外で待っていると船田は換金を済ませ現れた。

「いくらになった?」俺は唐突に訊いてみた。

「二千九百円です」

「随分と少ないな……」

「そうですか? 二円二十銭だからこんなもんでしょう。でもばかになりません。打てばわかります」

俺は船田からこの機種に関する説明を逐一聞くこととなった。まずこの機種の名前は「エキサイトヒーロー」というのだそうだ。一回の大当たりで千三百個しか出ないのは、すべてのセブン機に共通しているのだと、船田は話す。

これはテンカウント式と言って、十発玉が入るとアタッカーが閉じ、その回数が十回繰返される。要するに玉は百発しかアタッカーに入らない。一発入ると戻りは十三個……故に出玉は千三百個となる。

大当たりは奇数が揃えば何でもいいので『7』を狙う必要などない。さらに少しくらいタイミングがズレてもゾロ目が続くんだそうだ。信じられない話だが、ひとまず試してみることにしよう。

船田はさっきと同じ台に座った。一回交換ではあるが、同じ台で打ち続けることは可能のようだ。エキサイトヒーローのコーナーは客で埋めつくされていた。俺は空き台を探すため通路を歩き始めた。すると一人の男が話しかけてきた。「僕の隣の台がさっき空いたんです」

そんな奇妙な振る舞いに驚いていると「牧さんですよね、噂は聞いております」と、男は丁寧な物言いをした。俺は思わず唾を「ゴクリ」と飲み込み、そいつの横顔を凝視した。するとどこか「フグ」に似ているその顔に見覚えがあった。以前と髪型が真逆なのですぐにはわからなかった。俺はフグの指示に従い椅子に座ると口を開いた。

「噂ってのは、いったいいなんだい」

「船田さんからパチンコのことをいろいろ聞いたんです。パチンコ以外の噂も……」

「ちょっと訊くけど、お前刑務所に入ったんじゃないのか?」

フグは俺の目を見て小刻みに顔を振った。そこには「あまり大きな声で言うな」と、書いてあった。

「いいえ、初犯ということで書類送検で済みました。二日間トラ箱みたいなところに入れられましたけどね」と、フグは声を潜めて言った。

「もう一人仲間がいただろう……」

「鮫島さんですか？」俺は頷く。

「あの人は仲間じゃありません。たまたま同じ罪で捕まっただけです」

確かにそうだ。俺の他愛もない失言だ。

「それじゃその鮫島って男も書類送検で済んだのか？」

「もちろんそうです。トラ箱の中で鮫島さんからも牧さんのことは聞きました」

「……それで、船田とはどういう関係なんだ」

「北越谷にあるパチンコ屋で船田さんと会ったんです……と言っても、その時はまだ名前は知りませんでしたけど。僕は名前も知らないその船田さんの後ろでストップボタンを押しているのを見ていたら、遠慮しないでどんどんやったほうがいいぞ、って言われたんです。小ざっぱりした性格の人なんだなと思い、後ろから話しかけてみたんです。『ストップボタンを押して揃えられるんですか？』ってね。すると『なんだ知らねえのか』って言われました。僕が後ろで頷くと『まあそこで見てろ』と言われたので、その通りにしました。すると中央と右のデジタルはずっとゾロ目のままでした。そして五回くらい回ったところで『333』と揃ったんです。僕は本当にびっくりしました。

船田さんが玉を運ぶため歩き出すと、僕も一緒に歩き出しました。この人からなんとか話を聞き出さなきゃ、という思いで……。

船田さんは玉を流すと、僕のそんな心を見透かすようにしょうがねえなと言って、出し方を教えてくれたんです。それは実にシンプルなものでした。『ゾロ目が出たら二秒で押せ、ゾロ目が続く。中央の数字が一つ下がったら少しだけ遅らせて押せ。逆に一つ上がったら少しだけ早めに押せ。そうすればゾロ目になる』それだけでした。

僕は少しだけけってどのくらいなのか見当もつかなかったので訊いてみたんです。すると船田さんは僕のおでこを中指で『ツン』と叩き、これくらいだよと言って歩き出しました。

僕はその後、三時間くらい打ちました。気がつくと大当たりが十四回揃い、三万円も儲かっていたんです。そして閉店間際、明日は大会だから十時に来いって船田さんに言われたんです」

「大会ってのはいったいなんだ」と、俺は訊いてみた。

「僕にもよくわかりません。けどその日は朝から人が大勢集まるんです」

「まあいい……とにかく打ってみるよ」

何がまあいいだかよくわからないが、話をするのも聞くのも嫌になってきた。俺は二百円分の玉を買いハンドルに手をかけた。デジタルは「７６７」で停止している。惜しい数字だ。二秒で押すという話だが、俺はとりあえず右デジタルを三周数えて押してみることにした。三周が丁度二秒くらいだと思ったからだ。デジタルはすぐに回った。「１３４」。「６７」から「３４」が出たということはいわゆるゾロ目の周期だ。さてと……中央が一つ下がりの場合は『ツン』だけ遅らせるんだったな。俺は三周とほんの少しだけタイミングを遅らせてボタンを押した。すると「７３３」そしてさらに三周で押すと

５５５

たった三回転で揃ってしまった。フグが口を開けている。アタッカーが開くとあっという間に玉が十個入り、それが十回繰り返された。時間にしてわずか二分で終了した。するとフグが「ダブルが狙えます」と言った。大当たり中にスタートチャッカーに入った玉は四個までプールされる。要するに大当たり終了後、デジタルが四回自動的に回るのだ。

7	4	4
8	2	2
9	3	3
1	1	1

あれ、また揃った。俺はわずか五分間で二千六百個（六千円分）の出玉を獲得した。こうして俺はせっせと数字を揃え、せっせと玉をカウンターへ運んで行った。

船田は何度か様子を見に俺のところに現れたが、俺は決まって大当たり中だった。そして打ち始めて四時間が経過した。これで二十八回目の大当たりだ。別に几帳面に数を数えていたわけじゃない。大当たりが出るたびに店員がご丁寧に大当たりと書かれた札を、台の上にぶら下げていくのだ。これが終わったらひと息入れることにしよう。

ざっと見渡すと、ほとんどの客がストップボタンを押している。だが当然、みんなが狙って押しているのではない。俺達三人を除き、二十回以上大当たりしている台が二台ある。そこに座っている二人は雰囲気的に狙っている可能性、大だ。

ターボXの時はストップボタンを押してる者はほとんどいなかった。だがこのエキサイトヒーローに限ってはそうではない。まったく不思議な現象だ。

船田の台が大当たりを告げている。店員が詰め寄り札をかけた。二十五回目だ。店員が立ち去ると俺は船田に近づき、その背中に声をかけた。

「こんなに出して大丈夫なのかい」

「もうやめときましょう。タケルにも伝えといて下さい」

俺は素直に頷くと、タケルという名のフグに伝えた。「もうやめとこう……」

俺とフグが外に出て船田が来るのを待っていると、船田は一人の男を引き連れ現れた。その男は狙っている可能性、大の男だった。船田は「こちらがいつも話している牧さんです」と、奇矯なことを口にした。男は俺の顔を見て小さく頭を下げたが、俺は別段何もしなかった。船田は男に「十時半に電話を入れます」というと、俺達に視線を戻し「道が混む前に行きましょう」と言った。

俺は船田に「誰だい?」と訊いてみた。すると船田は「幸手のプロです。攻略にあたっては情報交換が重要なんです。その辺のところは俺に任せて下さい」と言った。船田の交友関係には傑出《けっしゅつ》したものがある。これは船田の人脈と関係しているのかもしれない。

船田が「兄貴は車で来たんですか?」と訊いてきたので、俺は「そうだ」と言った。船田は「これこら行くパチンコ屋は加須《かぞ》市にあるんですが、裏道を使って行きたいんです。ついて来られますか」と言った。

「乗せてってくれ……」

「タケルも俺の車に乗れ」

こうして俺達は船田の所有する高級セダンに乗って、次のパチンコ屋に向かうことになった。俺は車に乗り込むと、いくつか疑問に感じていたことを船田にぶつけてみた。

「船田、ほとんどの客がストップボタンを押しているのはいったい何故なんだい」

「ボタンを押したほうが早く数字が揃うからです」そういうと、船田はサイドブレーキを外しアクセルを踏んだ。

「そりゃ、俺達はゾロ目を狙ってるんだからすぐに揃うさ。けど一般の客はでたらめにボタンを押してるんだからそうはいかないだろう」

「大当たりの回数だけは増えます」

「よくわからんな」

「この機械が出た頃は、ストップボタンを押してる人は誰もいませんでした。しかし一週間が過ぎた頃からボタンを押す人がぞくぞくと現れたんです」

「なんだっていきなりぞくぞくと現れたんだい」

「それがですね、どうも週刊誌の影響らしいんです。たまたまその週刊誌を持ち歩いていた奴がいたんで、ちょっと見せてもらったんです。するとそこには『よく回る新台登場。ブンブン回してバンバン稼ごう』って書いてありました。その概要は『一回の大当たりで千三百個しか出ないのなら、どんどん大当たりを出さなければ儲けはない。そのためにはデジタルをブンブン回すのが必須。デジタルが自動停止するまで待ってるなんて時間の無駄。ビシビシストップボタンを押すことが攻略の決めて』って書いてあったんです」

なるほど……ストップボタンを押しても決して出やすくなるようなことはない。射幸心を煽るためのパチンコ屋と雑誌社とのとんだ画策だ。

「まったくひどい話です」船田がめずらしく眉をひそめた。

「それじゃ店員も俺達が狙って出してるって思ってないのか？」

「さすがにそれはないと思います。けどある程度大目に見ているのは確かです。客も俺達が景気よく出すのに感化されて打ってるわけですから」

「けど大目に見るって言ったって、やはり限界があるだろう」

「だから様子を見て大会にするんです」

「大会？」

「ええ。エキサイトヒーローを攻略している人はたくさんいるんです。埼玉だけでも俺が密に連絡を取り合ってる人間が七人います。そいつらも俺達のように仲間を引き連れ行動してるんです」

「幸手の男もその一人ってことだな」

「そうです。奴も二人で行動しています」

「ふむ……」

「その他に学生達がいるんです。おそらく都内の大学生だと思うんですが、五、六人で動いています。それが二グループあるんです」

「大学生は今でも夏休みなのかい」と、俺は船田に訊いてみた。何故かそこが気になって仕方がない。

「さあどうでしょう。それでその二つのグループの学生達が朝から派手に出すもんで、川口、草加、越谷といった比較的都内に近い店はすべて終わってしまいました」

「店が潰れたのか？」と、俺は一応訊いてみた。

「まさか……次の日ストップボタンの配線を抜いてしまうんです」

「でも、それは違法行為だろう」

「もちろんそうです。だから俺達が強気に出れば店も他の解決策を講じるしかありません。もっともヤクザ紛いなことをしてくる可能性はありますが……どっちにしても俺達は結構稼がせてもらっているし、そんなことをする気はまったくありません」

　随分船田も成長したもんだ。鼻血を出してた頃が懐かしい。

「何の話をしてたんだっけ」俺はぼんやり車窓を流れる田園風景を眺めながら言った。

「大会の話です。タケルと初めて北越谷の店で会った時、その数時間前に大学生のグループが現れたんです。それも偶然二組。夕方の混み合う時間帯だったので全員座ることができず、奴らはうろうろしてました。だが時間が経つと空き台を見つけ打ち出したんです。奴らは閉店まで打つようなことはしないで、適当な時間で切り上げるんです。しかし次の日、大変なことが起こるんです」

信号が黄色に変わると、船田はゆっくりブレーキを踏み車を減速させた。

「大変なこと……」と、俺は同じことを口にした。

「朝から学生達が押し寄せ、一気に潰しにかかるんです。店も営業中に配線を抜くようなことは出来ないのでお手上げです」

「それで明日は大会だから朝から来いって言ったんですね」フグが間髪入れずにしゃべり出した。

「ああ、あの日は凄かった。何しろ二組の大学生が大挙して押し寄せ、そこに俺が連絡しておいた連中もぞくぞくと現れたんだからな」

信号が青になると、船田はシフトレバーを操作し車を発進させた。

「本当に凄かったです。僕は一瞬鳥肌が立ってしまいました。総勢三十人はいましたからね。でも店もうまいことをしましたね……ジャバラの故障により五時で閉店だなんて」

ジャバラというのは、玉が流れるホースみたいなやつのことである。

「エキサイトヒーローだけで軽く三百万は抜かれている。それよりも客が騒ぎ出し、エキサイトヒーローのシマに棒立ちしているので、店も示しがつかなかったんだろう」船田はシフトレバーをトップに入れ、車を加速させた。

何かが間違っているような虚しさが、どんよりとした空のように胸に広がっていた。だがその間違いの上に立っているドミノの一枚目を俺はすでに倒してしまっていたのだ。

船田は裏道を軽快なハンドルさばきで通り抜けると、「やっと一二五号線に出ました。あと五分で着きます」と言った。俺は首を後ろに向け、フグにひとつ質問してみた。

「鮫島はエキサイトヒーローのことは知ってるのかい」

「大会の次の日、電話をしました。牧さんのことも話しておきたかったので」

「俺のこと……」

「はい。アトムで警察に捕まったのは、牧さんがチクリを入れたからだと鮫島さんは思っているんです。なのでそれは誤解だって伝えておきたかったんです」

俺はそこで深いため息をついた。

「鮫島さんが電話に出ると、僕は儲かる機種があるんですと言って、話を切り出しました。すると鮫島さんはもうゴトは懲り懲りだと言って、電話の向こうで笑っていました。僕はゴトじゃなくてセブン機の攻略だって言ったんですが、鮫島さんはもうパチンコには興味がない、今は黒とんぼというバーで働いているって言ってました。その後、鮫島さんはお店の話を楽しそうにしてくれました。そして話が尽きた頃、僕は牧さんはチクったりする人じゃないと思うよ、って言ったんです。鮫島さんは少し間を置いてから、そうかもなと言って、電話を切りました」

鮫島も成長したってことか。

「さあ着いたぞ」船田はパチンコ屋の駐車場に車を停めエンジンを切った。船田とフグが勢いよくドアを開けたが、俺はじっと座っていた。

「兄貴、行きますよ」

「俺は車で待たせてもらうよ。ちょっと気分が悪いんでな」

船田は俺の顔を覗き込みながら「どうしたんですか」と言った。

「別に気にするな。お前達だけで行って来い」

「そうですか、わかりました。気分が良くなったらあとから来て下さい」そう言って俺に車のキーを預けた。

二人が立ち去ると疲れが一気に押し寄せてきた。船田はあちこち情報網を広め、躍起になって活動している。大学生は学業ほったらかしでパチンコに精を出し荒稼ぎをしている。

やはり何かが間違っている。俺はフロントガラスに映る夕日をぼんやり眺め、その何かを考えようとしていた。しかしその何かを模索しようとすればするほど、思想が深い森の中で迷走を続ける。

朝から大勢で押し寄せ、店が悲鳴を上げるまで遠慮なしで出しまくる。それは人間の愚かな性《さが》を超越した非道な行いのような気がする。もともとこの勝負は、勝ちが十割保障されているようなものだ。それなのに完膚なきまで打ちのめす必要がどこにあるのだろう。相手があるから勝負は成り立つのだ。囲碁や将棋またはテニスや卓球など、やり始めた途端にレベルの差を感じ、対戦するのがばかばかしくなることがある。その時、相手をどう思いやるのかが大切なのではないだろうか。向こうにだってプライドってもんがある。七対三くらいに抑えておくことが相手に対する配慮ってもんだ。パチンコにだって同じことが言える。機械が相手でもそこに関わっているのは、やはり人間だからだ。

俺達が攻略をしているのは、そこにパチンコの攻略法が存在するからであって、それを店側が非難するのは筋の通らない話である。店側は俺達の攻略云々《うんぬん》より、その攻略によって他の客に及ぼす影響を心配しているのだ。それは攻略自体が店にとって完全な不利益になるとは限らないからだ。攻略をして稼いでいる人を目の当たりにした客は、自らもその攻略の糸口を掴もうと模倣する。その人数が多ければ多いほど店は活性化するのだ。だが朝から晩まで打ち続け、荒稼ぎをされたらどうだろう。店はその傲慢な態度に嫌悪感を抱き、客は攻略している人物と店に不信感を募らせるのではないだろうか。そうなれば店はなんらかの対策を講じなければならなくなる。攻略する側に遠慮という自己規制があってこそ、店側との利害が一致するのだ。俺達はパチプロという仕事で生計を立てている。だがそれは世俗的《せぞくてき》な生活とは言えない。けど仕方がない。金を稼がなければ食っていけない。それが人間の営為《えいい》ってものだからだ。

職業にはいろいろな形のものがある。その職業に優劣をつけるのは、月の形に優劣をつけるのと同じくらいばかげた話である。芸術家、占い師、ホステス、いずれにしても立派な職業だ。ではパチプロは職業と言えるのだろうか。芸術家のように人々を魅了させるわけでもないし、占い師やホステスのように人々に夢を与えるわけでもない。ただ単純に一つのギャンブルとして金を稼いでいるのに過ぎない。だが暴力団や詐欺師とはまた違う。奴らは人を脅し、欺《あざむ》き、金を奪い取っているからだ。

俺は長い時間一人で煩悶《はんもん》し、そして一つの結論を出した。それは節度を守らなければ経営を阻害し、強いては他の客に迷惑を及ぼすことになるということだ。パチンコが仕事と言えるのかどうかはわからない。けどそんなことはたいした問題ではない。俺達がパチンコを仕事として進めて行くのなら、店や他の客との円滑を保っていくことが大切なのだと思う。

今まさに夕日が沈もうとしている。だが俺の暗雲は一気に晴れた。俺は車のドアを開け、外に出た。そして夕日に向かって深呼吸を一つした。今俺の胸の中で一つの儀式が執り行われている。その儀式には形式などなく、自分の描いたとりとめのない考えを少しでも明確にしようとするものであった。

夕日がすっぽりと沈むと俺は歩き出し、パチンコ屋のドアを押した、俺は中央付近の空き台に座り、玉を買い打ち始めた。そして打ち続けること二時間、十回目の大当たりを揃えた。これで終わりにしよう。俺は店を出る時、船田に声をかけた。

「先に車で待ってるよ」

「まだ八時半ですよ」

「いいんだ、もう……」

「わかりました。俺達もこれでやめにします」そういうと、船田は器用な手つきでストップボタンを押した。

車に戻りラジオのスイッチを入れると、伝統の一戦、巨人対阪神の模様が実況中継されていた。俺はしばらくラジオに耳を傾けていた。すると「トントン」、窓ガラスを叩く音がした……船田だ。俺が窓ガラスを全開にすると、フグと見知らぬ男もいた。船田はその男に「こちらが牧さんです」と言った。男は頭を下げ……ですと言ったが、ラジオから流れる音が邪魔してよく聞き取れなかった。船田は男と何やら言葉を交わすと、「またあとで」と言って男と別れた。船田とフグが車に乗ると、俺達は幸手へと引き返した。

船田が車を走らせ一二五号線に出ると、「裏道は使いません。この時間ならすいてますから」と言った。俺は船田に「なんだってわざわざ俺のことを紹介するんだ」と、訊いてみた。すると「兄貴のことを知らない人は誰もいません。けど名前だけで顔を見たことがないって人はいます。だから紹介してるんです」と、船田は言った。矛盾から成り立った論理であることを篤《とく》と説明する気など、俺にはなかった。

「兄貴、そろそろ東武東上線がヤバイようです。昨日、志木《しき》に学生達が現れたみたいです。現時点では詳しい状況はまだ把握されていません。今日仲間と連絡を取り、明日八時に連絡を入れます」と、突然船田は言った。

俺が黙っていると、フグが「お願いします」と言った。やれやれだ。

「船田、幸手と加須の他に店はないのかい」と、俺は訊いてみた。

「ありますが少し遠いですよ」

「どこだい……」

「川越と入間です」

入間は確かに遠そうだが、川越ならなんとかなりそうだ。

「川越のどこだい」

「例の店ですよ、ニューターボXが入っていた」

俺は川越も東武東上線だと思っていた。すると「川越は志木から大分離れてますからしばらく大丈夫でしょう」と、船田が言った。


「先生、起きて下さい。船田さんから電話です」

時間を確認すると丁度八時だった。船田は「やはり今日は志木で大会なので俺が迎えに行きます」と言った。俺は「お前達だけで行って来い」と言って、断った。みつおは「先生、アサコさんを起こしてください。もうすぐ朝ごはんができます」と言って、フライパンに油を注いだ。俺がアサコを起こすと、アサコはきちんと洋服に着替え食卓についた。

「今日は先生定番のトーストですが、オニオントーストにしてみました。それとベーコンとほうれん草の卵炒めです。どうですか？」

俺はみつおの視線をそのままアサコに移した。

「どうだいアサコ、美味しいかい」アサコは「うん」と言って、コクリと頷いた。

多少表情に変化が見られるようになった。みつおは昨日、アサコを連れ出し散歩に行ったと言っていたが、その効果の現れかもしれない。

朝ごはんを済ますと、俺はアサコと一緒に散歩に出かけることにした。駅とは反対側の静かな街並みを通り抜け、川のほとりに出た。草が生い茂るけもの道を歩く時、俺はアサコの手を握った。アサコの手は柔らかく、母親のような温もりがあった。俺はその手を少しだけ力を込めて握ってみた。するとアサコの手の握力が俺の手に伝わってきた。それはまるで生まれたばかりの赤ん坊と母親との意思の伝達のように思えた。

古利根川の土手を歩くのは何年ぶりだろうか。夏の空気が一変し、爽やかな空気が吹き抜ける。川辺ではかるがもが子育てをしていた。俺とアサコは腰を下ろし、その様子を眺めていた。他人の目には、仲睦まじいカップルに映っているのだろう。

土手の下では小さな男の子が一生懸命とんぼを捕まえようとしている。母親も一緒になってとんぼを追っている。なんとも微笑ましい光景だ。

今アサコの目はかるがもにもとんぼにも向けられていない。遥か遠くにある海を見つめているような悲しげな目をしていた。俺はそんなアサコを幸せにすることができるのか、不安でたまらなかった。けど一つ言えることは、悲しみがいつまでも続くことなどないということだ。いつかきっと悲しかったことなど忘れ、苔が生えるような静かな時間が必ず訪れる……そんな気がした。

俺とアサコはゆっくりと土手を歩き始めた。そこには釣りをする人、ジョギングをする人、本を読む人、トランペットを吹く人、様々な人達がいた。そんな人達を見ていると、俺達だけが別の世界に取り残されているように思えてならなかった。

俺は川越、加須、幸手と三軒のパチンコ屋を回る計画を立てた。そして一軒の店での稼ぎは三万円までにすることにした。

川越のパチンコ屋には船田の車で何度も通ったので、迷わず行くことができた。中に入ると見覚えのある男がいた。髪を七・三に分けた真面目そうな男だ。その男の隣には若い女が座っていた。女は肩までかかるストレートの髪を退屈そうにいじっていた。俺はこの店で大当たりを十回出すと次なる目的地、加須に向け出発することにした。加須へは県道と国道だけで無事たどり着くことができた。店に入ると昨日の男がいた。俺は十回大当たりを出すと、最後の目的地幸手に向け出発することにした。

幸手は昨日、船田の運転する助手席で道順を確認しておいた。店に入ると昨日の男が大当たりの札を頭上にたくさんぶら下げていた。夕方なので店は結構混んでいた。昨日の男の隣に空き台が一台あるだけだ。俺は躊躇《ちゅうちょ》せずそこに座って打ち始めた。大当たりを量産する男は俺に気づき、挨拶をしてきた。俺が十回目の大当たりを終了し席を立とうとした時、もうやらないんですか、と男が言った。俺はまだやるんですか、と言って男の顔に目を向けた。男は怪訝そうな顔をしていた。

こうして合計三十回の大当たりを出すと、俺は十分過ぎるほどの収入を得ることができた。船田や他の連中にはこの十分過ぎるという概念が理解できないのであろう。

次の日、朝八時に船田から電話があった。船田は今日はみずほ台で大会があるので一緒に行きましょうと言ってきた。俺は大会には参加しないとハッキリした口調で言った。まるでマラソン大会か弁論大会みたいだ。

俺はアサコを散歩に連れ出すと、昨日と同じように土手を歩いた。かるがもは今日も子育てをしていた。アサコはかるがもを不思議そうな目で眺めていた。俺はアサコの心に何か変化があったのではないかと思った。

散歩が終わると昨日と同じコースでパチンコ屋を回ることにした。川越のパチンコ屋に着くと七・三の男と女がいた。女は昨日と同じように男のほうに体を向け座っていた。俺が十回目の大当たりを出すのとほぼ同時に、男と女は席を立った。俺は大当たりが終了すると、次の目的地に向かうため外に出た。するとそこに男と女がいた。まるで俺が現れるのを待ち構えていたかのようだ。男は俺に近づき話しかけてきた。

「牧さんは節度ってもんがわかっている。その辺のガキらとはまるで違うよ」

俺は男と女の顔を交互に見た。女は微苦笑を浮かべていた。

「あなたはきっとできる人なのよ」と、女が言った。女の微苦笑が邪気のない笑顔に変わった。そんな女に俺も言った。

「きっとあなたもできる人だよ」

「そうよ、よくわかってるわね」

女のツンとした鼻筋に冷淡さを感じた。

「ところでこれからどこへ行くんだい」と、男が訊いてきた。俺は「加須へ行く」と、正直に答えた。男は「僕達は入間に行くんだ。エキサイトヒーローの他にアイドルセブンも入っているんでね」と言った。俺が首を傾げていると男は胸ポケットからカードケースを取り出し、「本業は不動産屋なんだ。オヤジがやってるんだけどね」と言って、俺に名刺を差し出した。そこには『矢野不動産　営業部長　矢野孝政』と書いてあった。

男は何故俺に名刺を差し出したんだ。そもそもなんで俺の名前を知ってるんだ。疑問に思うところがたくさんあるのだが、深く考えないことにした。

こうして俺は朝食を済ますとアサコと散歩に出かけ、その後三軒のパチンコ屋を渡り歩いた。そしてこの攻略を始めて五日が経った。船田から電話はない。

いつものように川越のパチンコ屋に行くと、信じられないくらい大勢の客がエキサイトヒーローを占拠していた。すぐに状況は理解できた。俺は七・三の男の存在を確かめた。しかし男はいなかった。代わりにいたのが船田とフグだ。船田は俺の存在に気づくと台を離れ近づいてきた。

「随分遅いんですね……朝から来てるんだと思ってました」

「船田、これじゃパチンコ荒らしじゃないか。みんな狂ってるよ」

「でも兄貴、俺達がおとなしくしていても結局学生達に食い潰されてしまうんです。やったもん勝ちなんですよ」

俺はしばらく言葉を失っていた。

「そんなもんかね……俺は退散するよ」

「加須に行くんですか？」

「さあな……」俺は冷たい視線を船田に向け歩き出した。

加須を経由し、幸手に着いたのが六時頃だった。エキサイトヒーローのシマには大学生っぽい人間が五・六人座っていた。川越にいたのとは違う別のグループだ。いずれの台も大当たりが二十回以上出ている。俺の鼻息が荒くなるのと同時になんだか胸くそまで悪くなってきた。

今お前らがやらなきゃならないのは学業だろう。親が高い入学金を出して大学に通わせているのは、お前らの将来に期待を寄せているからだ。今こうしてパチンコに精を出し、荒稼ぎをしている。だがな、お前らはもっとも貴重な時間を無駄にしてるんだぞ。その代償は必ずあとからやって来る。

五

目を覚ますと、隣にアサコの姿はなかった。アサコはすでに着替えを済ませ食卓についていた。みつおが「先生……」と、大きな声で言った。顔が少し強張っている。俺はアサコに視線を向けてみた。アサコはいつもより穏やかな表情をしていた。

「アサコおはよう」と俺がいうと、アサコの口から「おはよう」の言葉が返ってきた。今まで「うん」と頷くだけだったのに……。

俺は顔だけ洗うと食卓についた。みつおは「今日は昨日の残り物なんです」と言って、ハムとチンゲン菜の炒め物をテーブルに並べた。

「みつお、いつもうまそうな物を作ってくれてありがとな」と、俺は心の底から言った。みつおは「何言ってるんですか……こんなのはゾロ目を出すのより簡単ですよ」と言って、チンゲン菜に箸をつけた。俺とアサコもハムとチンゲン菜の炒め物に箸をつけ、口に運んだ。素人の味つけとは思えなかった。

「卵がありますから、かき玉汁でも作りましょうか」と、みつおが言った。

「これだけで十分だよ、みつお」と俺は言った。

「あたし、飲みたい」

「……」

「……」

「みつお、すぐかき玉汁を作ってくれ」

「はいっ」

みつおがかき玉汁を作っている間、俺は天にも昇る心持ちでいた。アサコは確実に回復の一歩を踏み出した。今日はその記念すべく特別な日なのだ。俺はそんな日のために、散歩よりも何か特別なことをしてあげたい気持ちに駆られていた。

エキサイトヒーローの攻略は、俺の中ではすでに終わっていた。幸手は今日大会になっているだろう。加須だって明日あたり大会になるはずだ。ばかばかしさだけが勝手に一人歩きし、俺を虚無にさせていた。

食事を済ますと、アサコは洗面所に向かって歩き出した。その後ろ姿を見た時、その特別なこととはなんなのか、頭に浮かんだ。アサコはカーキ色のロングスカートをいつも穿いている。Tシャツは白とピンクの物を交互に着ている。

俺はアサコのタンスを一度だけ開けたことがあった。けどタンスの中には限られた服しか入っていなかった。秋の気配が感じられるようになった今日この頃、アサコに色鮮やかなスカートを穿かせてあげたい。それに長袖のシャツだって必要だ。

「みつお、服を買いに行くぞ」

「買ってくれるんですか、先生……」

「ああ、お前にも買ってやるさ」

俺達三人は駅前にあるショッピングセンターに服を買いに出かけることにした。アサコは喜んだのか、目元にシワを寄せていた。すっぴんに刻まれたシワは、一つの芸術作品のように実に美しく見えた。

日曜日にもかかわらず、駅前の広場では制服を着た女子高生が募金活動を行っている。今日は気分がいい。俺は街頭募金に歩み寄り、千円紙幣を募金箱に押し込んだ。箱を抱えたきれいな目をした女子高生が、きょとんとした顔で俺を見た。純情そうなその目に俺はがんばれよ、と呟いた。

ショッピングセンターは二階が紳士服、三階が婦人服売り場になっている。さて、俺はいったいどうしたらいいものか……迷った末、四階にある本屋で時間を潰すことにした。二人には一時間したら本屋に来てくれと言い残しておいた。

俺は本屋で適当な小説を引っ張り出し、最初の一ページか二ページを読んでは棚に戻していた。そして三冊目か四冊目に手にした小説が渡辺淳一氏のものであった。俺はこの渡辺淳一氏の小説には思い入れがあるのだ。

足を骨折し入院してた時、談話室にあった本を一冊持ち込みベットの上で読んでいた。それが渡辺淳一氏の『光と影』という小説だった。

内容は右腕に重傷を負った二人の兵士が同じ病院に運び込まれる。兵士の一人は右腕を切除されるが、もう一人の兵士は実験台となり温存療法を受ける。右腕を切除された兵士は悲しみに打ちひしがれるが、時間と共に悲しみは癒え、社会復帰を果たす。だが実験台となった兵士は、来る日も来る日も痛みと戦い続けることになる。最初こそ右腕を切除されなかったことに安堵していたが、毎日のガーゼ交換が続くと、激痛に耐え切れなくなり右腕を切り落としてくれ、と訴えるようになった。

俺は人生には運命というものがあることを、その時知った。今まさにベットの上にいるこの状況が俺の運命だと思った。俺の胸には影という絶望が潜んでいる。その影を光に変えるにはどうしたらいいのか、考え続けた。だが結論は出なかった。しかし運命を避けて通ることなどできず、それを考えるのは価値のないものだと思った。

二人の兵士はその後、感情のもつれから言い争いとなる。俺は人生に運命があっても勝ち負けなどない、とその時思った。

　手にしている本を棚に戻すと、俺はアサコの様子を見るため下に降りてみた。アサコはジーンズ専門店の売り場にいた。店員が話しかけると、アサコは白いジーンズを広げた。そして一つ頷くと、店員のあとに従い歩いて行った。どうやら試着するようだ。

　俺は胸を撫で下ろし四階へ行くと、適当に座れそうな場所を探した。すると書店コーナーのすぐ横にベンチシートがあった。俺はそこに腰かけ二人が来るのを待つことにした。

　腕を組んで目をつむり、心の内側にあるものをいろいろと考える。多分俺って人間は内省的《ないしょうてき》なんだ。けど内省的になってる場合じゃない。俺は明日からの生活を真剣に考えなければならない。アサコが元気を取り戻しつつあることは至福の喜びであるのだが、生活が途絶えようとしているこの状況はある意味地獄だ。

　船田はこのテンカウント式のパチンコは、ほとんどのメーカーで製造されてると言っていた。川越で会った七・三の男も入間にはアイドルセブンが入ってると言っていた。このアイドルセブンが攻略できるのは間違いない。もしかしたら他にも攻略できる機種があるのかもしれない。俺は組んでいた両腕を解き、「ポン」と太腿を叩いて目を開けた。

「先生、びっくりするじゃないですか、寝ていたと思ってたら急にチンパンジーみたいなことして」と、みつおが言った。そこにはアサコもいた。アサコは顔をほころばせている。

二人はそれぞれに大きい袋を持っていた。俺はアサコが手にしている袋を持ってあげた。アサコは「ありがとう」と言った。

三人連れ添いショッピングセンターをあとにすると、駅前ではまだ街頭募金が続いていた。さっきの女子高生と目が合ったので、俺は手を振ってあげた。女子高生は微笑みながら大きなお辞儀をした。

家に着くとみつおはリビングいっぱいに服を広げた。アサコは袋を持って寝室へと消えた。

「みつお、まだセーターは早いんじゃないのかい」と、俺は訊いてみた。

「僕はどうしても丸首のセーターが欲しかったんです。色には大分悩みましたが、店員さんがこの色が今年の流行です、と僕にだけ教えてくれたんです」と、みつおは言った。

お前は誠に凡庸な人物だ。

「そのズボンはいっぱいポケットがついてるね」

「はい、アメリカでは人気があるんです。テレビで映画を観ていたらアメリカ人がみんな穿いていました」

きっと戦争映画でも観てたんだろう。

みつおは着替えを始めた。エンジ色の丸首セーターと緑色のズボン……それはまるで植木職人のようであった。そこにアサコが現れた。俺はアサコの姿を見た時、その美しさに一瞬体が硬直した。白のジーンズは体にぴったりとしたスリム型で、細身のアサコによく似合っている。丸みを帯びたくるぶしまできれいに見えた。シャツは鮮やかなブルーの七分袖で、胸元が大きく開いている。鎖骨の形にまで色気を感じた。

その日は俺達にとって特別な夜であった。アサコがお寿司が食べたいっていうので、みつおの提案で手巻き寿司パーティーを開くこととなった。

テーブルの上には様々な具材が用意されている。俺達は誰かの誕生日でもないのに手巻き寿司パーティーを大いに楽しんだ。みつおの食欲は旺盛《おうせい》で五合炊いたというご飯がもうあまり残っていない。俺はみつおに「お前みたいな奴を無芸大食っていうんだ」と言った。するとみつおは「芸なら小さい頃、村祭りで大いにうけたのがありまして……」そう言ってズボンのベルトをはずした。

「やらんでいい」

「そうですか……」

アサコは肩を震わせくすくす笑っていた。

「アサコ、楽しいかい」と、俺は訊いてみた。アサコは「うん、とっても」と言って、俺の目をじっと見つめた。俺もアサコの目をじっと見つめた。黒い瞳が眩しく輝いていた。

「アサコ、元気になってよかったね」

「うん、コウちゃんのおかげ……感謝してる。それにみつおさんにも感謝してる。いつも美味しいものたくさん作ってくれて」

みつおはアボカドに明太子を乗せている。

「もう大丈夫さ……これからはいいことがたくさんあるよ」

「……でも私、きっとコウちゃんの足枷《あしかせ》となるわ」

その言葉は針のように心を突き刺し、俺の気持ちはぐらりと揺れた。そしてそれっきり口をつぐんでしまった。すると突然彼女の目から透明な雫がこぼれ出した。俺はその雫が白いジーンズにこぼれ落ち、小さな染みを作るのをじっと見つめていた。彼女の中で何かが波のように静かに引いてゆくのを俺は感じとっていた。その時、俺の想いが口から滑り落ちた。

「アサコ、俺はアサコの足枷となる。この先悪いことがいっぱい起こるかもしれない。だから一緒に生きよう、俺と……」

アサコは鼻水を啜ると、ふわっとした笑顔を見せた。

「先生もアサコさんもしんみりとした話はやめて食べましょう。アボカド明太巻き、最高ですよ。大根かきゅうり、お好みのほうを挟んで下さい」

「よし食べるか、アサコ」

「うん」

「先生、今日は特別な日です。もっと飲んで下さい」そう言ってみつおは俺のグラスにビールを注ぐと、村祭りでうけたという芸の話をし始めた。アサコは楽しそうにそれを聞いていた。

こうして俺達は暖かい雰囲気に包まれながら、同じ時間を共有していた。平和に笑い会える時間があるって幸せなことなんだ、と俺はつくづく思った。

翌日、俺はワイワイランドへ行ってみることにした。この近辺では一番の大型店なので、機種も豊富であろうと思ったからだ。玄関を出る時アサコは「行ってらっしゃい」と言った。みつおは「生活がかかっているのでいっぱい稼いで来て下さい」と言った。一家の主《あるじ》になった気分だ。

ワイワイランドは平日の午前中にも関わらず、そこそこの賑わいを見せていた。俺は店内を一周し、あの忌々《いまいま》しい連中がいるかどうか確かめてみた。連中はどこにもいなかった。俺はひと安心し、セブン機のコーナーへと足を運んだ。そしてそこに設置してあるメーカーの名前と機種名を確認してみた。

平和というメーカーの『ブラボー』という機種。京楽というメーカーの『サン・スカーレット』という機種。そして三共の『フィーバーゴールド』だ。アイドルセブンはここにはなかった。

　フィーバーゴールドは以前ここに設置してあった「フィーバー」の改訂版だ。相変わらずドラム型なので攻略するのは難しそうだ。それに攻略するためには最初に、絵柄の配列を全部調べなければならない。現時点では攻略は無理と考えるのが妥当であろう。

　俺は隣のシマに移動し「ブラボー」の空き台に座った。そして早速玉を買い打ち始めた。スタートチャッカーに玉が入るとデジタルは始動し、それはニューターボXやエキサイトヒーローとなんら遜色《そんしょく》がなかった。俺は何故この機種が攻略されないのか不思議でならなかった。とりあえずストップボタンを押してみた。すると押した時の指の感触が今までのものとはまるで違っていた。この機種のストップボタンはタッチセンサーなのだ。今度は右デジタルを三周数え、タッチセンサーに触れてみた。左デジタルはタッチセンサーに触れるのとほぼ同時に停止した。この時、何かが違う……俺の中で釈然としないものが沸き起こった。再び三周目でタッチセンサーに触れると、さっきとは明らかに遅れてデジタルは停止した。俺は二百円分の玉で五回タッチセンサーに触れてみたが、触れるのと同時に左デジタルが停止したのは一度だけで、あとは微妙に遅れてデジタルは停止した。

　これだと攻略は難しいかもしれない。俺は腕を組み少し考えてみた。そして一つの結論を出した。デジタルの止まり方にバラツキがあるとしても、それがプログラムされているのでなら、なんらかの規則性が存在しているのではないか。それを見つけることがこの機種の攻略のカギとなる。

さてと……気概《きがい》に満ちた自分がそこにいた。まずはデータを取らなきゃ始まらない。けど半端じゃないデータになりそうだ。俺は三周のデータを五十回取った。そして四周のデータも五十回取った。何故四周のデータも取るのかというと、周期の組み合わせによって規則性が存在するかもしれないからだ。五周、六周、七周のデータも五十回ずつ取った。この間に大当たりが揃ったのは一回だけであった。大量のデータを取得し、俺は夕方帰路に着いた。

俺が玄関を開けると、アサコはテレビから目を離し「おかえりなさい」と言った。みつおも包丁の手を休め「先生、おかえりなさい」と言った。うん……平穏な日々だ。懐かしい匂いがリビングに漂っている。

俺は食卓ではなくソファーに座り、小さなテーブルの上に大量のデータを並べた。みつおは台所から「こんなに早く帰って来て負けたんじゃないでしょうね」と言った。俺は「大いに負けた」と声を強めて言った。アサコはこっちを向いてくすくす笑っている。アサコの気高《けだか》い雰囲気は天性のものだ。

俺は三周でストップボタンを押した五十個のデータから、デジタルが止まるまでのバラツキを検証してみることにした。二時間後、ストップボタンを押してデジタルが止まるまでに五種類の動きがあることがわかった。俺はひとまずメシにすることにした。みつおとアサコはすでにカレーを食べ終えていた。俺が先に食べてて構わない、と言ったからだ。五分でカレーを食べ終えると再びソファーに戻った。

さてこの五種類の動きだが、これらがどのようなパターンで出現するのかを突き止めなければならない。いわゆる法則だ。俺はこの五種類の動きにそれぞれ番号をつけてみることにした。ストップボタンを押すのと同時にデジタルが停止するパターンを「0」とし、中央のデジタルが一つ上がってしまうパターンを「1」とする。このように「0」から「4」までの数字をパターンごとに書き込んだ。するとこの五種類の動きがバランスよく、同じ割合で出現していることがわかった。

俺は番号をつけた五種類の動きをいろいろな角度から検証し、そこに隠された規則性を見つけようとした。しかしいくら探ってみても五十個のデータからは、規則性らしきものを発見することはできなかった。データはまだ大量に残されている。四周から七周までのデータもすべて五種類の動き別に分け、番号をつけてみることにした。

「先生、いつまで勉強してるんですか。僕たちはもう寝ますよ」と、みつおが言った。

俺がおやすみというと、アサコは小さく手を振った。

すべてのデータに番号をつけ終わった時、時計の針は深夜一時を過ぎていた。今俺の目の前には、二百五十個のデータが周期別に色分けされ番号がつけられている。これからやることは色分けされた周期と五種類の番号とをあらゆる角度から組み合わせ、そこから規則性を探し出してゆくことだ。俺は自分の脳ミソを最大限に駆使し、その作業に取りかかった。

それは波が押し寄せては引き、また押し寄せては引いてゆく……そんな繰り返しであった。自分の中でこれはもしかしたらと思い解析を進めて行くと、途中でその法則に亀裂が入る。また一つの仮説を立て解析して行くと、そこに新たな仮説が生まれ、双方の仮説が組み重なるためにはどんな方法があるのか、また別の仮説を立ててみる。

それは初めて自転車に乗った時のように、転んでは起き上がり、また転んでは起き上がる。そしてまた自転車に跨り走り出すが、すぐに転んでしまう……そんな連続であった。俺の脳ミソは疲れ果て限界に達していた。ふと気づくといつの間にか夜が明けていた。俺はベランダに立ち朝日が昇るのをじっと見つめていた。この先どうなるのかな……一家の主の責任は重いよ。俺はパジャマに着替え、ひと眠りすることにした。

九時に目を覚ましリビングへ行ってみると、みつおとアサコは朝食を済ませお茶を飲んでいた。みつおは「夕べは朝までお勉強でしたね」と言った。アサコは「ご苦労さま」と言った。俺は二人に「非生産的な時間だった」と言った。

俺はワイワイランドへ行き、残りの一機種を試してみることにした。京楽の「サン・スカーレット」という機種だ。早速その機種に腰を下ろし、打ち始めた。スタートチャッカーに玉が入りデジタルがスタートした。その瞬間、俺は目を疑った。デジタルが回っているという感覚ではない。すべての数字が止まって見える。「8」で……超高速回転。

俺はデジタルが回る度に超高速回転に目を凝らした。左のデジタルは「8」で止まっているとしか思えない。中央のデジタルは「7」を構成する一本の線がわずかに動いているのが確認できる。右のデジタルは「7」を構成する一本の線が点滅しているのが確認できる。だがあくまで確認できるだけで、到底カウントなんかできやしない。

俺はとりあえずストップボタンを押してみた。押した瞬間、左のデジタルは停止した。何度か試してみたが、すべて押した瞬間に左のデジタルは停止した。だがデジタルの回転をカウントすることができないのではどうしようもない。

俺はずっと玉を打ち続け、デジタルはずっと回り続けている。デジタルの画面の上には虹を連想させるような光が、左から右へとアーチを描きながら流れている。俺はその光をしばらく眺めていた。するとその光は、デジタルが始動するのと同時に左から右へと流れて行くことに気づいた。俺はこの時、この光を頼りに攻略することができるのではないか、と思った。

光が左から流れ出し右に到達するまで〇・八秒くらいだろうか。その光の流れはデジタルが停止するまで連続して繰り返される。そしてまたデジタルが始動するのと同時に光も左から流れ出す。これはデジタルの動きと光とが同調していることを意味している。俺はハンドルから手を離し、デジタルが停止するのを待った。デジタルの画面の上には、直径三ミリくらいの小さな電球が等間隔でアーチ状に埋め込まれている。そしてその数は十個ある。デジタルが停止している時、そのランプも〇・八秒くらいのスピードで左から右へと一コマずつ移動している。

俺は再びハンドルを握り玉を打ち始めた。今ランプの点滅は中央付近にある。スタートチャッカーに玉が入ると、デジタルと共にランプも中央付近からスタートした。連続回りの時と単発回りの時とでは、ランプのスタートする地点に違いがあるのだ。

ここで俺は腕を組み、これからやるべきことを考えてみた。まずは連続回りに絞り、ゾロ目が狙えるのかどうか、試してみることにしよう。

光が左端から流れ出し、右端に到達した瞬間を一周とする。まずは三周でストップボタンを押してみることにした。だがここで問題なのは、中央デジタルと右デジタルの数字を記憶しておかなければならないということだ。数字を書き留めていると、連続回りが消滅してしまうからだ。

俺は深呼吸を一つすると、ハンドルに手を触れた。そして保留ランプが三つ点灯したのを機にストップボタンを押した。出た数字は「98」だ。この「98」のあと、連続回りが続く限り、頭の中で記憶された数字が活かされるということになる。幸い連続回りが六回続いた。俺の記憶はこうであった。

98　53　31　30　84　51

六個記憶するのが限界だった。早速その数字をメモ帳に書き留めた。そしてまじまじとその数字を見る。俺の心臓の鼓動はしだいに激しくなってゆく。だってそうだろう。ゾロ目かプラス一の数字しか出ていないってことになる。念のため四周でボタンを押した時の動きも調べてみることにした。結果はこうであった。

28　67　50　33　71

どうやらこれはゾロ目とは真逆の周期のようだ。これで確信が持てた。これらは偶然に出た数字ではなく、周期によって使い分けされた活きた数字だということだ。今の段階では三周を基準にゾロ目を狙うのが最善の方法と言えるだろう。

さてと……次に取りかからなければならないのは、単発でデジタルが始動した時のゾロ目の出し方だ。デジタルが停止している時、ランプの点滅は約〇・八秒刻みで右に移動して行く。そしてデジタルが始動するのと同時にランプも現在点滅している位置からスタートする。当然そこを基準に周回数が決まる。

今度は連続回りをさせないため、一回デジタルが回る度にハンドルの横についているウエイトボタンを押すことにした。こういう時にウエイトボタンを活用するのだ。

俺はランプの点滅が小刻みに移動して行くのを目で追いながら、玉を打ち始めた。ランプが右から三番目の位置に来た時、スタートチャッカーに玉が入りデジタルとランプが同時にスタートした。俺はスタートした右から三番目のランプの位置を基準に三周丁度でストップボタンを押した。すると「71」で止まっていた数字が「59」となった。ゾロ目の周期だ。

俺は再び打ち始めた。ランプの点滅は小刻みに移動を続けている。右端まで来たランプは左端へと移る。そして左から二番目に来た時、ランプがスタートした。三周で押してはみたものの、明らかにタイミングが遅れてしまったのがわかった。「59」から出た数字は「67」だった。何故こんなに遅れてしまったのか……いうまでもない。ランプの点滅をしっかり目で追うことが出来なかったからだ。

デジタルが停止している時は、約〇・八秒刻みでランプの点滅は移動して行くので、右端から左端へとランプの点滅が移った時でも自然と目がついて行く。しかしデジタルが始動すると一周が約〇・八秒（ランプ一つが〇・〇八秒）に変化するのだ。ランプの点滅が右端から左端に移ったと思うと、あっという間に二番目のランプは通り過ぎてしまう。タイミングを取るのが難しいのだ。

俺の心臓の鼓動は今や正常化し、新たな不安と焦りが時空を超え同時にやって来た。昨日も研究に大分金をつぎ込んでいる。今日もすでに大赤字だ。このサン・スカーレットにおいてはもう確かめることはなさそうだ。あとは実践で力をつけていくしかない。俺は百円硬貨を続けざま玉貸機に入れると、いよいよ実践的な攻略に取り組むことにした。

そして二十分が経過した。連続回りをしている時は約二分の一の確率でゾロ目が出ている。単発回りにおいては右端に近い部分でランプがスタートしない限り、ほとんどゾロ目は出ない。それからおよそ五分、ようやく初当たりが飛び出した。だが儲けなどない。単発回りでの精度が高められない限り、そうそう利益は出ないであろう。

こうして俺はゾロ目を出す精度を高めるため奮闘を続けた。気がつくと夕暮れ時を迎えていた。俺の目の疲労は昨日の睡眠不足で、すでに限界に達していた。結局大当たりが七回出たものの、研究費を回収するにはまったく至らなかった。

家に着くと、みつおは笑点を見てゲラゲラ笑っていた。台所にはアサコが立って初々《ういうい》しい新妻を演じている。

「みつお、今日は呑気だね」と俺がいうと、「こんなに早く帰って来て、負けたんじゃないでしょうね」と、みつおは言った。俺が「負けた」というと、みつおは「いったいどこでパチンコしてるんですか。呑気なのは先生のほうですよ」と、捲《まく》し立ててきた。

「ワイワイランドに行ってるんだ」

「あそこは何かと危ない店だから気をつけて下さいよ」

「ところでみつお、今日は料理は作らないのかい」

「はい、アサコさんが自分で作りたいと言い出したんです」

アサコは胸の中にしまい込んでいたたくさんの苦しみを一つ一つ解きほどき、新しい自分に生まれ変わろうと何かを模索しているのかもしれない。

食卓にはさんまの塩焼きと肉じゃがが並んだ。俺は食事を済ますと二人を残し床に就くことにした。サン・スカーレットの攻略は一筋縄ではいかない。だがこの境遇を乗り越えなければアサコを守ってあげられない……そんな想いに駆られ静かに目を閉じた。


今朝は十分な睡眠が取れたので頭はスッキリとしている。俺はサン・スカーレットの台に座り、連続回りの時と単発回りの時との意識の違いについて考えてみた。連続回りの時は、左端から右端まで流れるランプの光を一本の長い線と捉え、目でなぞっていた。そのため上手くタイミングを取ることができたのだ。しかし単発回りの時はランプのスタート地点がバラバラなので、光を一本の長い線として捉えることができないのだ。

俺は連続回りの時は集中してゾロ目を狙うが、単発回りの時は敢えてストップボタンは押さず、タイミングを習得することに専念することにした。そして二千円をつぎ込んだところでようやく大当たりが揃った。

俺はこうして連続回りの時だけストップボタンを押し、単発回りの時はボタンは押さず、ランプを上手く捉える方法を考え続けていた。そして三回目の大当たりが揃い、終了した時だった。保留ランプを消化させるのにデジタルが自動的に四回回る。俺はゾロ目の制度も高まってきたので、そろそろダブルが出るかもしれない、と期待していた。そして四回目のデジタルのスタートを迎えた時、「やあ兄貴、こんなところにいたんですか」と、声をかけられた。俺はその声に反応し、後ろを振り向いた。その時、四回目のデジタルはスタートを切っており、当然ランプも動き出していた。俺は船田の顔の輪郭だけ確かめ、パチンコ台に目を戻した。俺の頭の中では、ランプは三周目のスタートを切ったところだった。俺はランプの流れをろくに見もせずストップボタンを押した。出た数字は「５３３」だった。

「みつおにここにいるって聞いたもんで……」と、船田は言った。

俺が最後にストップボタンを押した時、自分の中で何かが起こった。それはとても奇怪な現象であった。船田に声をかけられ振り向いた時、俺は完全にランプから目を離していた。だが次の瞬間、三周ピッタリでストップボタンを押すことができたのだ。おそらくランプはほとんど目に映ってなかったと思う。

「みつおの奴、ここんとこ先生はいつも負けてるって言ってましたけど……」

「本当さ……で、なんの用だ」

「兄貴、そんな冷たい言い方しないで下さい。まだアイドルセブンの攻略が残っているので教えに来たんじゃないですか」

「このサン・スカーレットに攻略があるのにかい」

「兄貴、本当ですか。てっきりよく回る台を見つけて打ってるだけだと思ってました」

「船田、俺がそんなにパチンコ好きに見えるのかい」

「いえ……けど、この機種はデジタルの回転が速過ぎて攻略は無理でしょう」

「デジタルの回転が速いとなんで無理なんだ」

「それは、その……」

俺は船田にだってやすやすとこの攻略法を教えたくはなかった。これまでの苦労など誰にもわかりゃしない。だが、船田にはパチンコとは別なことで恩がある。俺は船田を引き連れ外で話をすることにした。

「確かにこの機種はデジタルの回転が速過ぎてカウントなんかできやしない」俺は唐突に話を切り出した。

「じゃあ、どうやって……」

「ランプだよ……デジタルの上にランプが十個散りばめてあるのは知ってるか？」

「ええ、十個かどうかは知りませんでしたが、俺も初めてお目にかかった時、打ったことがあるので……」

「デジタルとランプは同調してる」

「えっ、本当ですか？」船田は目を剥いてみせた。

「だがデジタルのスピードが速いのと同様、ランプのスピードも速い。よほど正確にボタンを押さないとゾロ目は出ない」

「あの光線のようなランプを狙うんですか？」

「船田、お前には素質があるようだな」

「変なこと言わないで下さい。俺は無理なような気がするって言ってるんです」

「今、光線って言っただろう。そのイメージがあるんなら大丈夫さ」

「それで兄貴、その光線、いやランプをどうやって狙うんですか？」

「デジタルが連続回りの時と単発回りの時とでは、ランプのスタート地点に違いがあるんだ。デジタルが連続回りの時はランプは左端からスタートし右端まで流れる。この動作がデジタルが停止するまで繰り返される。そしてランプが左端からスタートし右端に到達した瞬間を一周とし、三周丁度でボタンを押せばゾロ目になる」

「あの光線を目で追うのはかなり難しそうですね」

「いや、連続回りの時はそうでもないんだ。もっとも三周ピッタリで押す精度はかなりのものがあるけどな」

「すると単発回りの時はもっと難しいってことですか？」

「……」

「兄貴……」

「単発回りの時はゾロ目の制度が極端に落ちる。四分の一ってところかな……」

「ほとんど出ないじゃないですか」

「今のところはな……けどヒントは掴んだ。それをこれから試してみる」

　俺は船田に単発回りの時のランプの動きを説明した。そして左寄りからランプがスタートした時はタイミングが取りづらいが、右寄りからスタートした時はそうでもない、と言った。すると船田は、ランプが左寄りにある時は玉を打たなければいいんじゃないですか、と言った。俺は船田の意見に感心した。とりあえずな……。

　俺はあの時起きた奇怪な現象はいったいなんだったのか？　それに思いあたる節を見つけた。それは『リズム』だ。デジタルが回り出す（ランプが流れ出す）のと同時に効果音も流れ出す。その効果音はメリハリのない単純なものなので、自分の意識の中にはまったく浸透していなかった。だが何百回と聴くうちにメリハリのない単純な音も意識の一つとして浸透してゆき、知らず知らずのうちに勝手にリズムを刻んでいたのだ。

単発回りの時は、ランプのスタート地点やランプの点滅を追い求めることに神経を奪われ、効果音は意識の外に追い出されていた。だが連続回りの時はスタート地点が決まっているので、そこに神経を奪われるようなことはなく、一本の線が右端に到達するのを待ち構える余裕すらあった。その時、一本の線が右端に到達するまでの長さ（時間）と効果音を自分の中で融合させ、リズム化していたのだ。

そこまで考え、俺は玉を打ち始めた。そして連続回りになった時、そのリズムを確かめてみた。俺は一本の線が延びて行くのをイメージしながら、そこに四つの装飾を施していたのだ。メリハリのある四拍子で……。

これで見えてきた。単発回りの時も四拍子のリズムを利用してゾロ目が狙える。俺は単発回りに絞り、ゾロ目を狙う練習をした。四拍子を三小節数えてストップボタンを押す。その時、敢えてランプは見ないことにした。

最初こそ一個ずれの数字が頻繁に現れたが、時間が経つにつれゾロ目の頻度がしだいに高まってきた。いつの間にか自分でも気づかなかった潜在能力が覚醒し、思わぬパワーを発揮することがあるのだ。これでサン・スカーレットの攻略はほぼ完成したと言える。あとは実践で腕に磨きをかけるだけだ。

俺はその後、五時間打ち続け十八回大当たりを出した。三万円の稼ぎだ。これでみつおに怒られないで済む。

そして次の日、十時半に船田と待ち合わせをした。ワイワイランドに着くと、船田は車の中で待っていた。俺が店には入らず外で待っていろ、と言ったからだ。俺はこれからの計画と攻略に繋がるヒントを船田に伝えた。

「一軒の店での稼ぎは三万円までとする」と俺がいうと、船田は「兄貴はそれでいいですが、俺は三万円稼ぐどころか多分今日も赤字になります」と言った。

「それはお前の技量の問題で関係のない話だ」と、俺は冷たく言い放った。

「わかりました。俺も頑張って稼げるようになります」と、船田は言った。

「うん……一ついいことを教えてやる。単発回りの時は敢えてストップボタンを押すな。そうすれば連続回りの回数が増える。連続回りで自信がついたら単発回りに取りかかればいい。その時、効果音を頼りにリズムを刻むんだ」

「なんですか、それ……」

「……そういうことだ」

俺は船田に近場でサン・スカーレットが入っている店を二軒教わった。ワイワイランドを含め、今日から三軒の店を梯子するつもりだ。こうして俺と船田のサン・スカーレット奮闘記が始まった。

そして四、五日経ったある日、三軒目の店に移動していると、俺の中で一つの考えが芽生えた。それは単発回りの時は、目を閉じたままストップボタンを押していたのだが、そんなことをしなくてもちゃんとボタンを押すことができるのではないのか、というものだ。俺は歩いている時も車を運転している時も、四拍子、三小節のリズムが常に頭の中で繰り返され、無意識のうちに呼吸しているかの如く、体に染み込んでいたからだ。

スタートチャッカーに玉が入りランプがスタートした。俺は目を開けたままランプの位置を確認した。左から三番目だ。その位置から目を離さず、効果音にリズムをつけてみた。すると四拍子と同時に、今俺が目を離さずにいるランプが点滅し通り過ぎた、二周目も四拍子のリズムと同時にランプが点滅し通り過ぎた。そして三周目……四拍子と同時にストップボタンを押した。ゾロ目だ。

俺はリズムという観念が自分の中で定着したことにより、ランプの動きを補助的な役割と考え、確認の手段として利用していたのである。

十時半にワイワイランドに到着すると、船田はすでに玉を弾いていた。どうやら開店と同時に来ているらしい。

「どうだ船田、少しは稼げるようになったか？」

「ええ、昨日は夕方まで粘って二万円儲けました」

「連続回りの時だけ狙ってるのか？」

「単発回りの時もたまに試してみるんですが話になりません」

「効果音を頼りにリズムは刻めているのか？」

「いえ……その効果音ってのがあまりにも単調なので、リズムを取ることができません」

「リズムは自分で作るんだ。一周が○・八秒なので四拍子がいいだろう」

「兄貴、バカなこと言わないで下さい。四分の三拍子とかハ長調とか言ってもさっぱりわかりませんよ」

「それだけ知ってりゃ十分さ。とにかく一周に四つの節をつけ、リズム良くうたうんだ」

「そんな……うたうなんて無理ですよ」

　俺はそれだけいうと、船田から離れた。

　そしてこの攻略を始めてから二週間が経った。俺はワイワイランドに着くと釘調整の良さそうな台を選び、そこに座った。打ち始めて一時間、五回目の大当たりが揃った。大当たりが終了すると、俺は玉をカウンターへと運び、再び同じ台に座った。そして打ち始めた。スタートチャッカーに玉が入る。俺は四拍子のリズムに乗って、三小節目でストップボタンを押した。だがデジタルは回り続けている。ランプも虹のように弧を描きながら動き続けている。いったい何が起きたんだ。俺はストップボタンの故障かもしれないと思い、ボタンを連打した。だがデジタルは止まらなかった。その時、ふとした疑念が頭をもたげた。まさか……。俺は席を立ち、店内の様子を探ることにした。

店内を見て回ったが、特に変わった動きはなかった。店員は忙しそうに走り回っている。すると船田の台に大当たりが出た。店員が船田の台に駆け寄り、大当たりの回数を示す札をかけた。おとなしそうな新米の店員だ。俺はその店員が札をかけた後、足早に去って行く様子に何か不審めいたものを感じた。俺はその店員の動きに目を光らせた。新米の店員は一人の店員に詰め寄り、何か話しかけている。すらっとした若い店員は「よし」とばかりに頷いている。待てよ……俺は思い出した。以前船田がこの店で喧嘩紛いなことをし、鼻血を出したことがある。その時の店員だ。

俺はその店員の動きを追った。店員はゆっくりとサン・スカーレットのコーナーに近づいて行った。そして船田の座っているシマの辺りから様子を窺っている。船田は大当たりが終了すると、玉をかき集め席を立った。すると店員が動き出した。船田が座っていた台へと一目散に走り出し、その台を枠ごと開けた。これで明らかになった。

俺は船田に近寄り声をかけた。「この店は終わりだ。外で待ってるよ」船田は呆気《あっけ》にとられ、口を開くことができずにいた。

外で待っていると船田が現れ、「どうしたんですか、兄貴……やっと調子が上がってきたのに」と言って、怪訝そうな表情を浮かべた。

「ストップボタンを押してもデジタルは止まらないよ」

「そんなバカな……俺の台はずっと止まってます」

「さっき配線が抜かれた。俺の台は一足先に抜かれた」

「嘘でしょ、兄貴……」

「まったく嘘のような話だ」

「まさか、あの店員じゃ。俺を殴った……」

「船田、あの店員はずっとこの店にいたのかい」

「昨日までは遅番だったので五時頃現れました。けど今日は朝からいて、俺のことをチラチラ見てたんです」

どうやら二週間のシフトで早番と遅番とが入れ替わるらしい。

「あの時の腹いせってことだろう。次へ行こう」俺は踵を返し歩き出した。

「兄貴、こんなことされて黙ってることないですよ。俺が話をつけてきます」そう言って、船田は俺の前に立ちはだかった。

「船田、俺達は別に不正をしてるわけじゃないが、店にとっては煙たい存在なんだ。パチンコはいうまでもなくギャンブルだ。ギャンブルってのはそれを仕切っている側が必ず儲かる仕組みになってるんだ。パチンコでいうならば店が儲かる。店が儲かればメーカーや部品を作っている工場が儲かる。強いては日本の経済が潤う。そうやって循環してるんだ。俺達は攻略というあるまじき行為によって、それを壊そうとしている。店には店の考えがある。攻略ってのは謙虚な姿勢で臨むべきものなんだ」

「けど、兄貴……」

俺は船田の言葉を断ち切り歩き出した。そしてそれぞれの車で次の店へと向かった。店に入ると見覚えのある男がいた。俺はノルマを達成すると三軒目の店に移動した。そこにも見覚えのある男がいた。どちらも幸手か加須にいた男だ。その日の夜、船田から電話がかかってきた。話の内容はこうだ。

俺達がサン・スカーレットを攻略していることは、埼玉のプロはみんな知っている。けど奴らにはどうしても攻略法を見つけることができない。俺も奴らにはいろいろ世話になっているので、攻略法を教えないとなると面子が立たない……そういうものであった。そこで俺はこう言った。そんなに面子が大事なら教えてやればいいさ……と。

船田は一軒の店で三万円以上稼がないように言っておきます。それといい情報が入りました。新宿の歌舞伎町には軒並みサン・スカーレットが入ってるようです。そう言った。

六

新宿へ来たのは初めてだ。まだ駅の構内だというのにまるでショッピングモールのようだ。船田は案内表示板を目で追いながら右往左往している。俺は地方から出て来た就労者のように、キョロキョロしながら船田のあとに従った。「あっちが出口です」と、船田が言った。

外に出てみると、サラリーマン、学生、年寄り、そして外国人などさまざまな人達が行き交っていた。大きなスクランブル交差点を渡ると歌舞伎町が見えてきた。そこには昼間だというのに怪しい店が数多く点在していた。夏が過ぎてもタンクトップ姿で立っているお姉さんがいたり、蝶ネクタイをした男がサラリーマンに詰め寄ったりしている姿もあった。さらにビールケースに腰を下ろし花札をしたり、道端で抱き合っている気持ち悪そうなアベックもいた。

そしてようやく一軒目のパチンコ屋にたどり着いた。『コンドル』という店だ。中に入ると店は閑散としていた。まるで店の名前とは違う。しかし右奥へと足を運んで行くと慌ただしい気配が感じられた。そこにはサン・スカーレットが四シマ入っていた。俺はそのシマを一瞥し目を剥いた。ドル箱を足元に置いている客が数人いたからだ。俺と船田は思わず顔を見合わせた。

「兄貴、なんですか……これは」

「ノーパンク制だ」

「……」

「無制限取り放題ってことだ」

俺は四シマの状況を見て回った。客層はまちまちだ。だがその中にチンピラ風の若い男とホステス風の女がいるのが引っかかる。二人とも足元にドル箱を置いているからだ。俺と船田は数少ない空き台の中から比較的釘調整の良さそうな台を選んで打ち始めた。だが玉の入りは頗る悪く、初当たりを出すのに二千円つぎ込んでしまった。だがなんと言ってもノーパンク制だ。

俺はその後、大当たりを量産し、ドル箱三つになったところでやめにした。ドル箱一つで約四千個の玉が入る。換金率を二円五十銭と仮定した場合、丁度一万円になるからだ。その時船田の足元には、一つの箱に玉が半分しか入っていなかった。

俺と船田は歌舞伎町を歩き、二軒目の店に入った。そこにもサン・スカーレットは入っていた。この店にはドル箱を抱えている人は一人もいなかった。通常の営業のようだ。こうして俺達は歌舞伎町の店を五軒見て歩いた。そのうち四軒サン・スカーレットが入っていた。

次の日、俺達が新宿に着いたのが午前十時だった。コンドルはノーパンク制なので、朝からドル箱を積み重ねるとさすがに目立ち過ぎる。俺達は昨日と逆のルートで店を回ることにした。コンドル以外の三軒の店は比較的釘調整が良く、客つきもまあまあだった。俺は順調にノルマを達成し、夕方六時にコンドルに着いた。船田も俺と一緒に行動するが、稼ぎは三分の一にも満たない。

店に入ると昨日のチンピラとホステスがいた。チンピラはドル箱を三段積み重ねていた。そして驚いたことに女はドル箱を四段積み重ねていた。そこに俺は禍々《まがまが》しい気配を感じた。俺は相手に気づかれないよう、通路の脇で女の様子を窺った。女はストップボタンを押しているが、ゾロ目を狙っているとは思えない。ボタンを押すタイミングがバラバラだからだ。女はひっきりなしにボタンを押している。その時、俺の中に一つの疑惑が浮かんだ。それはこんなに釘がガチガチなのに、女の台のデジタルは良く回っているってことだ。

しばらくすると女は時計に目をやり、席を立った。そろそろ出勤時間なのだろう。すると口髭を生やした男が現れその台にたばこを置いて、女と一緒に立ち去った。俺はそれを機に、そのシマを歩き出した。そしてたばこが置かれている台の横まで来た時、その台と三秒だけ向き合った。信じられない……それは窮乏《きゅうぼう》に喘《あえ》ぐ人々の中で、一人だけパンにかじりつき笑っているような光景であった。「ヘソ」と呼ばれる入賞口が「バカ釘」になっている。他の台はガチガチに閉まっているのに、この台だけがカバの口みたいに大きく開いている。俺の鼻息はしだいに荒くなってゆく。

これで明らかになった。店員とチンピラ達がタッグを組んで荒稼ぎをしているのだ。まったく呆れた話だ。おそらく人間ってのは平気で悪いことに染まりやすい生き物なんだろう。秩序もなければ何もない。欲だけで生きている。こんな不正がまかり通るなんて信じ難い。客も一人としてこの不正に気づいていない様子だ。無知にもほどがある。目先の儲けだけに目が眩《くら》み、物事を大局的に判断することができない。自分の都合のいいように物事を判断し、結果だけを重んじる。ギャンブルを好む人間の典型的な落とし穴だ。

船田はすでに空き台に座り玉を弾いていた。俺も船田から少し離れたところで空き台を見つけ、そこに座った。そしてコインを玉貸機に入れようとした時、「兄ちゃん話があるんだ、ちょっとこっちに来てくれないか」と言われ、肩を叩かれた。振り向くとチンピラ風の若い男が立っていた。俺は急激に体温が下がってゆくのを感じた。男のあとに従い外に出ると、そこに口髭がいた。

「兄貴、どうしたんですか？」聞き覚えのある声がした。後ろを振り向くとそこに船田が立っていた。

「こいつも仲間か？」と、チンピラが言った。俺と船田が目を合わせていると「お前も一緒に来い」と、口髭が言った。

俺達はパチンコ屋の地下にある怪しげな喫茶店に連れて行かれた。薄暗い店内には二組の客しかいなかった。一組はチンピラ達の知り合いらしく、こっちに向かって頭を下げた。もう一組の客は、足を組んで退屈そうにたばこを吸っている。随分と客層の悪い喫茶店だ。

俺達四人は壁際にある大きなテーブル席に腰を下ろした。最初に口を開いたのは、俺の肩を叩いた茶髪の若い男だった。

「こいつです、昨日荒稼ぎしてたのは……」

自分のことを棚に上げ、人聞きの悪いことを言いやがる。

「お前ら、どこの組の者だ」

露ほどにもない言葉が飛び出した。口髭を生やした汚らしい男が俺を睨めつけやがる。一介の市民を捕まえ、どこの組もクソもあったもんじゃない。

「俺達がヤクザに見えますか？」と、俺は言った。

「最近のヤクザは見た目じゃ判断できないんだよ。お前らのようにジーパンを穿いたヤクザだっている」口髭は口髭の端を引っ張りながら言った。

「俺達は一介の市民です」

「市民……ってことは、この辺の人間じゃないってことか」

「俺達は埼玉から来たんだ」突然船田が口を挟んだ。

「ほおっ……で、どんなイカサマをしてるんだ」

呆れ果てて二の句が継げない。

「イカサマ……バカ言っちゃ困る。俺達は攻略をしてるんだ」

「お前は黙ってろ。俺はこっちの兄ちゃんに訊いてるんだ」

「こいつのいう通りさ。俺達は攻略をして出してるんだ……サン・スカーレットをな」

「ふざけちゃ困る。この機種に攻略法は存在しないんだ」抑揚のない声で茶髪が言った。

「まあいい、テルを呼んでみろ。まだ家にいるだろう」

口髭の命令で茶髪が電話口に向かった。この店は水を出さなきゃ注文を取りにも来やしない。ややあって茶髪が戻って来た。「すぐに来ます」と言うと、二人はたばこを吸い始めた。十分もしないうちにテルという男が現れ、俺達の前に座った。

「時間は大丈夫か?」と、口髭が男に訊いた。

「今日は同伴の約束が入ってないので大丈夫です」

襟の広いシャツにエナメルの靴……どう見てもホストだ。

「こいつはパチプロなんだ。ターボXって機械では五百万稼いだ。ついこの間までもエキサイトヒーローやアイドルセブンで、この界隈をブンブン言わせていた。だがテルの話じゃサン・スカーレットはデジタルの回転が速過ぎて、とてもじゃないが攻略はできないらしい……そうだろう、テル」

「ああ、とても無理だね」

テルという男は俺の顔をまじまじと見つめた。気がつくと奴の右頬は上下に小さく動いていた。

「テル、どうした」口髭をなぞりながら男が言った。

「こいつです。俺が言ってた男です」

「人劇で見たって奴か?」

「間違いないです」

なんだか知らないが、俺達を差し置いて勝手に盛り上がっている。

「お前もターボXを攻略してたのか?」と、口髭が言った。俺は「ああ」とだけ答えた。

「こいつが打ってた台は『7』で押すと『2』が出る台なのに、『7』のゾロ目を出していたんです。

「多分イカサマをしてたんだよ」と、茶髪が言った。

まったくリアリティのない台詞だ。

「いや、それはない。俺もこれでメシを食ってる人間だからわかる。あのデジタルを見る静かな眼差しは、他のパチプロを遥かに凌駕《りょうが》していた」

「ほお、テルが言うんじゃ間違いないだろう……多分。だが俺はなんだその、『7』で押すと『2』が出るってやつをどうやって攻略してたのか、教えてもらわんと信用できないな」

「ああ、俺も知りたいな」と、テルが言った。

この男にはプライドってもんがないらしい。

「テルって言ったな。お前はターボXの攻略法を自分で研究したのではなく、人から教えてもらった。ただそれだけのことなんだよ」と、俺は天井を見上げながら言った。

「だからなんだっていうんだ。説明になってねえだろう」

「お前は『7』を狙うために必要なポイントを教えてもらった。だが自分でデジタルの構造を研究していないから『2』を狙うのに必要なポイントを知らない。ただそれだけのことだ」

「『2』が狙えるっていうのか」

「さあな、もう忘れたよ。あとで自分で考えろ」

テルと茶髪と口髭が「ウー」と、唸っている。

「わかったか、この唐変木」船田が鼻の穴を膨らませて言った。

「おい、お前……さっき埼玉から来たって言ったな」茶髪の表情に焦りのような気配があった。

「それがどうした」船田は勝ち誇ったように、薄ら笑いを浮かべている。

「まさかこいつらが滝沢さんの言ってた奴らじゃ……」

どこかで聞いた名前だ。茶髪は自分の思惑を口髭に伝えている。

「君、もしかしたら『牧』っていうのか？」口髭が口を開いた。

俺は奴らの目を順番に見て回った。そして口を噤《つぐ》んだ。

「やはりそうか。どうりで肝が据わってると思ったよ。埼玉には凄いパチプロがいるって滝沢さんが言ってたんだ。知ってるだろう、稲本組の……。パチンコの腕も相当だが、腹の中も相当だってね」

奴らの態度が一変した。テルはテーブルに視線を落としている。

「いやいや君達を疑って悪かったな。どうやら本当にサン・スカーレットの攻略は存在するみたいだね」口髭と茶髪は互いに顔を見合わせている。

「もういいだろう。船田、行くぞ」

俺と船田は立ち上がった。すると口髭が「まあまあ俺達の話も聞いてくれ」と言った。俺と船田は同時に腰を下ろし、腕を組んだ。

「歌舞伎町にはいろんな店が点在している。ここだけの話だが、不法に営業している店もある。だがぼったくり営業をしているわけじゃない。ギャンブル店では客が儲かることも大いにあるし、風俗店では客も満足している。ただ単に正当な営業ではないってことなんだ」

俺はこの男が何を言おうとしているのか、さっぱりわからなかった。

「そんな店を俺達が全部仕切ってるんだ、全部な……。パチンコ店だけじゃなく、雀荘でイカサマをする奴、闇カジノに出入りする不審な男、ホステスをたぶらかす色男、家出の少女に売春をさせるグループ……こう言った連中を野放しにさせないように、俺達が見て回ってるんだ。君たちは確かにサン・スカーレットを攻略しているんだろう。けどな、たとえ攻略していてもこの歌舞伎町を大手を振って歩くというのは、決して許される行為ではないんだよ、この歌舞伎町ではな。けど俺が話をつければ別だ」

まったく話が見えてこない。この男は何が言いたいんだ。その時、船田が組んでいた腕を解きこう言った。

「攻略法を教えてくれれば、歌舞伎町で稼がせてやるってことだろう」

「ほお、こっちの兄ちゃんは話がわかる。そういうことだ」

「バカバカしい、俺達は他へ行く。攻略したけりゃ自分達でその方法を見つけろ」

疲れが一気に押し寄せて来た。

「まだわかってないようだな、牧さん。俺達にはネットワークってもんがあるんだ。電話一本で池袋だろうが渋谷だろうが、お前達のことを伝えることができる。そこにも俺達のように界隈を仕切ってる者がいるんだ」

なんて奴らなんだ、こいつらは。俺は口髭に眼光を飛ばした。……こいつらは今、自分達がいい思いをすることを企んでいる。それを俺は突っぱねようとしている。けど、それになんの意味があるというのだ。俺の脳内ではまるで考えが発酵しきれていなかった。どこへ行ってもこんな連中はわんさかといる。大会だと言って、店を潰しにかかる連中もいる。結局のところ、平穏無事に打てるところなんて存在しないんだ。……俺には俺の考えがある。一軒の店での稼ぎは三万円までにするという。ならそれを貫けば別にいいんじゃないのか。やっとぐずついていた考えが発酵した。

俺はきゅっと唇を結んでから話を始めた。

「よし、わかった。攻略法を教えてやる。だが『バカ釘台』で打つのは許さない」

雁首揃えた三人に俺は攻略法の説明をした。説明の途中で質問をしてくるのは、決まってテルという男だった。説明が終わると最後に俺はこう言った。

「〇・〇二秒の感覚が掴めなければゾロ目は出せない」雁首揃えた三人の顔がしだいに青ざめていった。

俺と船田は三人を残し、喫茶店をあとにした。階段を上りながら「今日はもうやめとくよ」と俺が言うと、「とんだ唐変木ですね」と、船田は言った。


早いものでここ歌舞伎町に来て一ヵ月が経とうとしていた。テルは金曜と土曜は決まって襟の大きなシャツとエナメル靴で現れ、夕方になると姿を消す。チンピラ二人は攻略が無理だったらしく、用心棒として店を回っている。歌舞伎町でサン・スカーレットを攻略している者は、今や十数人いる。すべてテルの仲間だ。

チンピラ達はテルの仲間からみかじめ料を徴収しているようだ。本来パチンコなんてもんは、誰がどの店で打とうとまったく関係のない話なのに、チンピラ二人は自分のケツさえ拭くことができないのだ。うじ虫以下の存在ってことだ。

夕方六時、俺と船田はコンドルの店内に入った。いつもならテルの仲間が四、五人いるのだが、今日は一人もいない。釘を見て歩くと、凄まじいくらいガチガチ状態だった。

「兄貴、こんなんじゃ稼ぎになりません」

　船田はやっと自信がついてきたと言っていたが、ここ数日前から釘が閉まり出したので泣きを入れている。

「コンドルは終わったな。けど他の店はまだ大丈夫さ。多少釘が閉まってきたけど、客つきはそれほど変わってない」

「しかし、俺の腕じゃ……」その声は実に弱々しかった。

「船田、今でもゾロ目だけを狙ってるのか？」

「えっ、どういうことですか……ゾロ目を狙わなきゃ大当たりは出ないでしょう」

　今日は早めに切り上げ「ドゥー」で一息入れることにした。


「あら、いらっしゃい、珍しいわね」ママは弾んだ声で言った。

　今日は髪をアップにしている。とてもきれいで健康そうなうなじが色っぽい。

「船田、ゾロ目はどのくらいの割合で出せるようになった？」

「連続回りの時は八割から九割出ます。単発回りの時でも半分以上は出せるようになりました」

「そこまで出せるようになったのに、何故俺とこうまで稼ぎに差があるのか不思議に思わないか？」

「言われてみれば……」

「俺はゾロ目はほとんど狙ってないんだ。ここぞという時以外はな……」

船田は眉間にシワを寄せている。俺はコーヒーを一口飲むと、そんな船田に質問してみた。

「船田、例えば『877』って数字が出たらどうする?」

「どうするって……ゾロ目が出てるんですから三周ピッタリでボタンを押します」

「頭の数字は狙わないのかい」

「狙うって言ってもいったいどんな数字を狙うんですか。それに左デジタルは超高速で回ってるんですよ」

「『3』を狙うんだ。そうすれば大当たりが揃う」

「そんな無茶な……」

「俺はそうしてる。『788』が出たらどうする?」

「兄貴、勘弁して下さいよ」

「船田、よく聞け……ここが重要なんだ。多分お前は三周ピッタリで押すだろう。だが『788』は、もう終わってしまった数字なんだ。いくらゾロ目を出してもしばらく大当たりは出ない」

船田は大きなため息を鼻から漏らし、「じゃあどうすれば……」と言った。

「わざと大きく崩してしまうのさ。そうすればまた五回転くらいで数字が復活し、大当たりのチャンスが訪れる。その時、ゾロ目を狙えばいいのさ。左の数字も狙ってな……」

「兄貴、俺には何がなんだか……」

涙目になってる船田に、俺は終わってしまった数字と大当たりが狙える数字を大まかに教えてやった。そして最後に頭に狙う数字も教えてやった。船田はあんぐりと口を開けていた。


すっかり日が短くなってきた。俺は薄手のジャンパーを着て、三軒目の店に移動中だ。船田は一軒目の店で奮闘中だ。歌舞伎町はまだ夕方の五時だというのに、ネオンがギラギラ輝き、路上に人が溢れている。ここは日本一賑やかな街なのかもしれない。俺が三軒目の店の前まで来た時、テルが正面から現れた。テルは月曜日にも関わらず出勤スタイルだ。

「やあ、おはよう」テルは微笑みながら右手を上げた。テルにとっては一日がこれから始まるようだ。

「今日は仕事なのかい」と、俺は訊いてみた。テルとは地下の喫茶店で話して以来、ほとんど口をきいていない。

「一週間前から仕事を増やしてもらったんだ」そういうと、ロレックスの時計に目をやり
「少し話をしようか」と言って、勝手に歩き出した。

酒屋の前まで来ると急に立ち止まり、中にいるオヤジに手を振って挨拶をした。テルは黄色いビールケースを二つ並べると、汚れを確かめてからそこに座った。あの時のビールケースだ。俺は汚れを確かめずにそこに座った。

「たいしたもんだよ、お前は……。こんな状態なのに普通に稼げるんだからな」と、テルは言った。

テルはおれより二つか三つ年上だろう。尖った喉仏が女心をそそりそうだ。中からオヤジが現れ、カップ酒を差し出すと、テルはありがとな、とオヤジに言った。

「なんでこんな状態なのに稼げるんだ？」テルは虚ろな目を俺に向けてきた。こんな状態とは、釘の状態を言ってるんだろう。

「大当たりの数字を直接狙っているからだ。ゾロ目にはこだわっていない」俺はテルの目を見て言った。

「俺にもどんな数字で大当たりするのかだいたいはわかる。例えば『965』からは『1』の大当たりしか出ない。『345』からは『7』の大当たりしか出ない。だからと言って『1』や『7』を狙うのは無理だろう」

「何も完璧を求めなくってもいいんだ。確率を上げることが大切なんだ」

オヤジがまた現れ両手を突き出した。手の中には落花生がてんこ盛りになっている。テルは後ろから小さな卓袱台を引っ張り出し、俺達の間に置いた。花札の時もこんな感じだった。オヤジは落花生を無言で卓袱台に放った。テルはサンキューと英語で言った。

歌舞伎町には風変わりな店が多い。水もコーヒーも出て来ない喫茶店があるかと思えば、カップ酒と落花生が勝手に出て来る酒屋もある。

「確率を上げる、か……簡単にいうけど普通の人間にはそれができないんだよ」

テルは落花生の殻を地面に投げ捨てると、さらにこう言った。

「俺の仲間のほとんどが音を上げている。明日から遠征に行く者も数人いる。東北のほうはまだ攻略されていないらしい。このサン・スカーレットがどういう終わり方をするかわからないが、俺はお前……いや牧さん、あんたに会えて本当に良かったよ」

「テル」俺はそう言った。「お前はできる男だよ。その辺のパチプロとはまるで比較にならない」

「俺はさ……本当のことをいうと、自分でもその辺のパチプロとはわけが違うって思ってたんだ。けどそれが単なる自惚《うぬぼ》れだとしみじみ痛感したよ。牧さん、あんたと出会ってな……」

俺はカップ酒を一口飲み、落花生の殻を割った。パチンという音が俺達二人に響き渡った。

「牧さん、俺はパチンコをやめて夜の世界で生きて行くことに決めたよ。多分パチンコより厳しい世界だと思う。けど俺にはそっちのほうが向いているような気がするんだ」
俺は黙っていた。テルはローレックスに目をやると、いけねえそろそろ行かなくっちゃと言って、腰を上げた。俺はホストだって立派な仕事だ……頑張れよ、と心の中でエールを送った。

ここ歌舞伎町でサン・スカーレットの攻略を始めて、早いもので二ヵ月が過ぎ去った。今日から師走だ。俺はダウンジャケットを着て、人々がうごめき合う巨大な街新宿を歩いている。大きなビル、猥雑《わいざつ》な看板、そして今渡ろうとしているスクランブル交差点。どれも見慣れた風景だ。

テルとはあのあと、一度だけ道端ですれ違った。テルは四十歳くらいの婦人と腕を組んで歩いていた。テルの仲間のほとんどが歌舞伎町から姿を消した。チンピラ二人がコンドルへ入って行くところを見かけた。どうせろくでもないことをしてるんだろう。俺は歌舞伎町を歩く時、必ず酒屋を覗いてみる。たいていオヤジは椅子に座ってテレビを見ていた。

信号が青になるのと同時に「兄貴、今日あたり釘が開くんじゃないですか」と、船田が言った。「まさかそんなことはないだろう」と、俺は言った。
「でも稼いでいるのは俺達くらいのもんですよ。そろそろ釘が開いてもおかしくないと思いますけどね」

　ふむ……船田のいう通りおかしくない。むしろ開けるべきだ。そうしないと一般の客がどんどん離れて行ってしまう。

　酒屋のオヤジは今日も椅子に座ってテレビを見ていた。黄色いビールケースの上には猫が行儀よく座っていた。俺は猫に寒くないかい、と話しかけてみた。猫もオヤジと同じで無口だった。

　酒屋を通り過ぎパチンコ屋の目の前まで来ると、俺と船田はパチンコ屋の扉を同時に押した。そしてパチンコ台と向き合った。俺は目を疑った。念のため隣の台も見てみた。信じられない。船田の予想が的中したのだ。船田も目を剥いて俺のことを見ている。

「船田、喜ぶのはまだ早い」

「わかってます」

　ストップボタンの配線が抜かれているかもしれないからだ。

　俺は空き台に座り玉を買おうとした。その時「兄貴、無駄です」と、船田が言った。「ストップボタンを見て下さい」

　俺は船田のいう通りストップボタンを見てみた。そこには金属のようなものが嵌め込まれていた。それに触れてみたが、冷たいだけのただの鉄板だった。

「兄貴、こんなのは不正です」船田は怒りを露《あらわ》にしている。

「いや、そうとも限らない。次へ行ってみよう」

俺と船田は足早に二軒目の店へと向かった。そこにもやはり鉄板が嵌め込まれていた。

「船田、これは不正なんかじゃない。ちゃんと国家公安委員会の認可を経て取りつけられたものだ。そうじゃなきゃ、同じ日に同じ型のものが嵌め込まれるわけがない」

船田の口元が微かに引き締まった。

「さあ行こう……これで歌舞伎町ともおさらばだ」

俺は周りには目もくれず、まっすぐ前を見て歩き出した。しわしわになりかけていた気持ちがスッキリと伸びてゆく。歌舞伎町を抜けるとスクランブル交差点がある。俺と船田がそこで立ち止まると「兄貴、松原団地に行ってみましょうか」と、船田が言った。

松原団地という駅が草加駅の隣にある。文字通り団地が密集しているところだ。

「船田、あの駅にはパチンコ屋はなかったはずだけどな……」

「三日前に『キング』という店がオープンしたんです。けど開店初日に行った仲間が、ストップボタンが押せなかったって言ってるんです。本人から直接聞いたわけじゃないんですが……」

船田はそこで一旦言葉を切り、俺の反応を待っている。

「鉄板が嵌め込まれているか、配線が抜かれているかのどちらかじゃないのかい」

「しかしいくらなんでも開店初日から配線が抜かれているようなことはないと思います。それに鉄板が嵌め込まれていたのなら、そのまま事実を伝えればいいわけでしょう」

船田の考えはもっともだった。

「とりあえず行ってみるか、帰り道だし」

長い信号が青に変わった。俺は一瞬空を見上げ、ため息と同時に歩き始めた。

松原団地で下車し東口の広場に出ると、船田は「あっちです」と言って、歩き出した。駐輪場の横には真新しい建物があった。一階がパチンコ屋で二階が居酒屋だ。三階には難しい英語が書かれていた。

中に入ると目の前に、サン・スカーレットが長い列で二シマ設置されていた。ストップボタンはちゃんとついていた。だが客は誰一人としてボタンを押していなかった。状況から見ても配線が抜かれているとしか考えられない。

「船田、試す必要はないだろう」

船田は俺の言葉を無視し、空き台を見つけると玉を買い打ち始めた。俺はバカらしくてあくびが出てしまった。スタートチャッカーに玉が入りデジタルが始動すると、船田は中指でストップボタンを押した。しかしデジタルは回り続けている。俺はバカらしくて二度もあくびをしてしまった。すると船田は後ろを振り向きこう言った。

「ボタンが硬くて動きません」俺はボタンに触れてみた。確かに硬くてへこまなかった。すると「これこそ不正でしょう」と、船田は言った。

玉は再びスタートチャッカーに入った。俺はすばやく頭の中を整理した。（新規オープン……ボタンが硬い……不正行為……）多分これだ。俺は船田の背後から親指を突出し、力を込めてストップボタンを押した。デジタルは停止した。

「兄貴……」船田のこんな呆《ほう》けた顔を見たのは初めてだ。

営業許可が下りたのに、初日から配線が抜かれているなどあり得ない。ボタンが硬いだけなら不正行為にはならない。だからボタンは押せるってことだ。

「ゾロ目が出せるかどうか試してみます」そう言って、船田はまた打ち始めた。

デジタルが始動する度に船田は渾身の力を込めてストップボタンを押した。だが出た数字は常にバラバラだった。

「兄貴、無理です」

「そりゃ、そうだろう。店も攻略されるのを回避するために、わざわざボタンを硬くしたんだからな」

「兄貴、試してみて下さい」

「やめとくよ、無理なものは無理なのさ」

船田はポケットから小銭を出し、三百円分の玉を買った。そして「これだけでいいから試してみて下さい」と言った。

俺は船田に懇願《こんがん》され渋々席に座った。まずはボタンの感触を確かめるため中指で押してみた。結構な硬さを感じた。おそらく強力なバネがボタンの後ろに仕掛けられているのだろう。今度は親指で押してみた。中指の時の半分くらいの力でボタンはへこんだ。関節の構造上、親指のほうが力が入りやすいからだ。

今出ている数字は「57」だ。まずは三周ピッタリでボタンを押してみることにした。デジタルが始動すると、俺は親指に力を込めてストップボタンを押した。出た数字は「41」だった。やはりボタンが硬い分、スイッチが反応するのに時間がかかるのだ。

「57」から「41」が出たってことは、ランプ半コマ分遅れたことになる。今度はランプ半コマ分の遅れを計算した上でゾロ目を狙ってみよう。「76」、「89」、「66」、「33」と出た。

「兄貴……」船田は我が意を得たり、という顔をした。

「何とかなりそうだな」と、俺は言った。船田は士気を高揚させながらシマの奥へと歩いて行った。

俺は連続回りの時、ランプ半コマ分早めに押すことによりだいたいゾロ目が出せるようになった。しかし単発回りの時はランプよりリズムを優先しているので、なかなかゾロ目を出すことができなかった。

打ち始めて二時間が経過し、大当たりが五回揃った。普段の半分のペースだ。だがその頃にはリズムによる微妙なタイミングも習得でき、単発回りでも大分ゾロ目が出せるようになっていた。俺は親指の関節が痛くなってきたので、グーパーを繰り返し関節をほぐした。

船田は悪戦苦闘しているようだ。

そして夕方になると二人の男が現れ、俺に儀礼的な挨拶をしてきた。幸手か加須で見かけた男だ。二人はシマの奥へと歩いて行くと、船田のところで立ち止まった。船田は後ろを振り向くと席を立ちどこかへ消えた。五、六分すると船田は俺のところに現れこう言った。

「幸手にいた奴らです。ボタンは硬いけど一応押せるって言っときました。まずかったですか？」

船田にとっては横の繋がりが大切なんだろう。

「船田、大当たりが三回しか出てないようだな」

「はい、なかなかゾロ目が出せません」

「ランプ半分くらい早めに押せばゾロ目になる」

「俺もそんなもんだと思ってボタンを押してるんですが、ゾロ目が続かないんです」

「力加減を一定にしないからだ。指先に神経を集中させると却って力んでしまう。肩、肘、手首の力を抜いてリラックスさせるんだ」

俺は野球のコーチになっていた。

夜八時、十六回目の大当たりが終了した。これで三万円の稼ぎになる。俺は船田のところへ行き、一足先に帰ると声をかけた。船田は奴らと情報交換があるので最後までいると言った。いったいなんの情報交換があるというのだ。

こうしてサン・スカーレットの攻略はまだまだ続くこととなった。

七

俺は天気の良い日はアサコと散歩に出かけた。散歩に出かける時、アサコは艶やかな微笑みを俺に送った。散歩から帰るとアサコは必ずバッハのパルティータを聴いている。アサコは中学、高校と吹奏楽部に所属し、フルートを担当していたんだそうだ。

みつおは噺家になると言ってついこの間まで座布団に座って扇子をパタパタさせていたが、最近はすっかりやらなくなってしまった。みつおはお金を貯めて旅に出るんだと言っている。どうやら水戸黄門の影響らしい。だがどうやってお金を貯める気でいるんだろう。

パチンコキングには昼過ぎから出かけた。店に入ると船田の仲間が五・六人いた。そして次の日には倍くらいいいた。今や埼玉のパチプロはキングへと集結している模様だ。テルもそうだが、船田も自分の都合ってものを優先しているだけなんだ。そしてそこに集うパチプロ達も、俺はこれでメシを食っている特別な能力の持ち主なんだと思っている。浅薄《せんぱく》な考え……努力というものをおざなりにし、自分だけが傑出した人間であるかのように偽り続けているのだ。自分をとことん甘やかし甘やかし抜くばかりに本来努力しなければ達成できない境界線を見失っているのだ。パチプロという才覚とはほど遠い偽ヤローってことだ。俺は竹さんが言ってた言葉を思い出していた。

パチプロが集結し、一週間が経った。だがまともに稼いでいる者は誰一人としていない。とんだパチプロがいたもんだ。

それからさらに一週間が経った。俺がパチンコキングの店内に入ると目立った客が一人、いや二人いた。七・三に髪を分けた男と隣に女がいる。俺は男に近づき「矢野さん、久しぶりですね」と、声をかけた。すると「あんたまだパチンコやってたの」と、女が言ってきた。俺より多少年上に見えるが、その冷徹さは遥かに俺を超越していた。

今日は日曜日なので空き台が一台もなかった。キングにはサン・スカーレットが三十二台設置されているが、その半分がパチプロもどきに占拠されている。女の右側には矢野が座っている。左側には見たこともない男が座っていた。その男はストップボタンを力いっぱい押すと後ろを振り向き、俺に頭を下げた。どうせ船田の知り合いだろう。その時、女が言った。

「あんた全然出ないんだからいい加減にやめたら……」

男は俺に助けを求めるように目を向けてきた。俺はそんな男に「変わろうか」と言って、頷いてみせた。男は素直に立ち上がった。今自分が置かれている立場と、俺の真意を汲み取ったに違いない。こうして俺と女と矢野の三人が一列に並んで、パチンコ台に向き合うこととなった。女は店員が後ろを通り過ぎる時だけハンドルに手をかける。座っているだけで遊技をしないと注意をされるからだ。

俺は玉を弾きながら矢野に話しかけてみた。

「全然見かけなかったけど、どこかへ行ってたんですか?」

「仙台」と、女が言った。

「東北ですか」と、俺がいうと「だから仙台って言ってるでしょう」と、女が言った。俺はしゃべるのをやめにした。

無言のまま二時間打ち続けた。俺は大当たりを七回揃えた。矢野も五、六回揃ったはずだ。女はその間、俺と矢野のデジタルを興味深そうに眺めていた。その後七時まで打ち続け、三万円の利益を得たので俺は矢野に「そろそろ帰ります」と言った。すると女は「お腹すいたわ……私達もやめにして何か食べに行きましょう」と言った。こうして俺達はキングの二階にある居酒屋に行くこととなった。

　女が先頭に立って居酒屋のドアを押した。女は店員の案内を無視し、一番奥のテーブルに座った。店員が注文を取りに来ると、女は「日本酒熱かんで……あなたは」と、俺に訊いてきた。俺がビールを注文すると女は、「矢野はいいの、車だから」と言った。女は矢野さんのことを「矢野」と呼んでいた。女は刺身の盛り合わせと一品料理を勝手に注文し、最後にウーロン茶を追加した。矢野が飲む分だろう。

　飲み物が来ると矢野はウーロン茶を一口飲み、「牧さんはさすがですね」と言った。すると女は「この子、ゾロ目はあまり出してないのよ」と言って、俺のことを子供扱いした。

　矢野は「ボタンがこれだけ硬いとゾロ目を出すだけで精一杯のはずなのに、たいしたもんだよ」と言った。女は「この人、結構しゃべるのよ」と言って、日本酒を一口飲んだ。俺は女の盃に酒を注いだ。

「僕はパチンコをしている時は、あまりしゃべらないようにしてるんだ。何事も精一杯やるのが僕の信条なんでね」

　七・三の髪がよくそれを物語っている。

「仙台にはいつ頃から行ってたんですか?」と、俺は訊いてみた。

「二ヵ月くらい前からだよ」と、矢野が答えた。

「随分早くから飛んだんですね」

「埼玉のパチプロが一斉にやりだしたんだ、サン・スカーレットをね。僕はすでに攻略が完成していたので『ヨウコ』と旅に出て、パチンコをするのもいいかな、と思って……」

矢野が女の顔に目を向けるのと同時に、注文した品々が運ばれてきた。

「仙台は楽しかったですか?」と、俺は女に訊いてみた。女は「夜は楽しかったけど昼間はつまらなかった。途中から変な連中がいっぱい現れて」と言った。

「仙台に行って一ヵ月くらいすると、遠征組が大勢で押し寄せて来たんだ。そいつら腕はたいしたことないんだけど、ガラが悪いもんで店も警戒するようになってね。結局どんどん釘が閉まってゆき、最後にはストップボタンに鉄板みたいなものが嵌め込まれてそれでおしまいさ」

矢野はそこまでいうと、タコの刺身に箸をつけた。

そいつらは、歌舞伎町にいたテルの仲間さ。

「ねえあなた、私と矢野はどこで知り合ったと思う?」と、いきなり女が言った。

「さあ、見当もつきませんね」

「熱海で出会ったのさ」矢野が答えてくれた。

「私は友達と卒業旅行に行ったの、熱海に」

「僕はレジャー施設の建設が予定されていたので、ちょっとした下調べに出向いていたんだ」

矢野の本業は不動産屋だった。

「私と友達は夜の九時になると何もすることがなくなってしまったので、外に飲みに行こうってことになったの。ひっそりとしたスナックがあったので、思い切ってそこに入ってみたら、この人が一人でカウンターで飲んでいたの」

「店はカウンターしかないんだ。小さな店でママが一人でやってるんだ」

「そうなの……だから私達も仕方なくカウンターに座ったの。でもママがすごく綺麗で良い人だった。私達はママといろんな話をしているうちに、隣にいるお客さんも埼玉から来ていて同じホテルに泊まっているってことがわかったの。それから私達三人はカラオケをしたりして大いに盛り上がったの。本当に楽しかったわ」

女は微笑みながらマグロを口に入れた。

「それから僕たちはつき合うようになったんだ。レジャー施設の建設の話もまとまったんでね」

「私は就職が決まっていたので四月から仕事に出たわ。そんなある日、ゴールデンウィークに熱海に行かないかって、突然矢野が言い出したの。私嬉しかった。だって思い出の場所だもの」

「実をいうと、仕事で熱海に行った時、ターボXが二軒入っていたんだ。けどその時は時間に余裕がなかったので、パチンコはしなかったんだ。でもその後、どうしても気になってね。

熱海のホテルには三時頃着いたので、街をぶらぶらすることにしたんだ。僕が何気なくパチンコでもしてみようかというと、ヨウコもやりたいっていうので中に入ってみたんだ。ターボXはまだ残されていた。

僕はこんな機械がまだ残されているなんて珍しいなと言って、ターボXを打ち始めたんだ。僕がストップボタンを押してスリーセブンを揃えると、ヨウコは興奮してね。そこで僕は本当のことを言ったんだ。『この機械には攻略法があって、ボタンを押してスリーセブンを揃えることができるんだ』って……。するとヨウコは『ここでいっぱい稼ぎましょうよ』って言い出したんだ。こうして僕達のパチンコ行脚《あんぎゃ》が始まったのさ」

矢野はそこまでいうと、満足そうな表情を浮かべた。

「それで熱海にはどのくらいいたんですか？」と、俺は訊いてみた。

「そうだな……一ヵ月くらいだと思う」と矢野がいうと、「すごく楽しかった。また行きたいわ」と、ヨウコが言った。

その後二人ののろけ話を聞き、ビールが空になったところで俺は腕時計に目を向けた。するとヨウコはいいのよ、私が払うからと言って、席を立った。ヨウコの手には男物の財布が握られていた。俺は矢野とヨウコに礼をいうと、パチンコ屋の前で二人と別れた。

次の日、俺はいつものように午後からキングに行ってみたが、矢野とヨウコの姿はなかった。そのことをひとつの事実として受け止めるには、あまりにも不自然であった。すると、背後から俺の肩を叩く者がいた。振り向くと、スーツを着た初老の男が立っていた。男は「ちょっと話が訊きたいんだけど」そういうと胸ポケットから一枚の写真を取り出し、「この女を知らないか?」と言った。そこに写っていたのは、大学の正門の前に立っているヨウコであった。

「別に隠さなくてもいいんだよ。昨日、君とこの女ともう一人男が上の居酒屋から出て来るところをちゃんと見ていた人がいるんだから……おい、この男で間違いないんだろう?」

初老の男は少し離れたところにいる若い男に声をかけた。男は「間違いないです」と言って、頷いてみせた。

「実はね、この女は私の娘なんだ。名前はヨウコっていう。半年前から家を出たきり帰って来ないんだ。それでヨウコの友達に話を聞いてみたところ、矢野という男とつき合っているかもしれないってことがわかってね……。それで矢野のこともいろいろ調べてみたんだ。すると仕事もろくにしないでパチンコで稼いでるってことがわかって、もうびっくりだよ。それともう一つ驚いたことがあるんだ。矢野には妻子があるんだよ」

そこまでいうと、男は本当に困ったといった顔をして大きなため息をひとつついた。

俺は居酒屋から出て来るところを見られているのに、何も知らないと言い切るのはあまるにも卑怯なような気がしたので、口を開くことにした。

「二人は昨日、初めてこのパチンコ屋に来たんです。そして上の居酒屋で三人で飲んだんです」

「この機械が攻略できる店はもうあまりないって聞いたんだが、矢野はどこか他の店に行くようなことは言ってなかったかい」

俺はヨウコが熱海に行きたいって言っていたのを思い出していた。だがこれを口にすることが正しいことなのかどうか、戸惑っていた。そんな俺の胸中を察したのか、男はやんわりとした口調で語り始めた。

「私はね、矢野を痛めつけて娘を連れ戻そうなんて毛ほども思ってないんだ。矢野も娘も立派な大人だ。誰と恋愛しようが自由だ。だが妻子ある男とくっついていて、お互い家にも帰らず、逃亡生活のようなことをしていてもなんにもならんだろう。まずは私を踏まえ三人で話し合い、これからのことを決めて行かなくてはならない。可愛い娘を持つ親の気持ち、君にも少しはわかるだろう」

的を射た考えだ。いつかは決着をつけなければならない。二人のためにも。

「熱海に行ってるかもしれません」と、俺は言った。声が少しうわずっていた。

すると男は名刺を差し出した。そこには『政治結社憂国北関東連合　中桐竜三』と、書かれていた。「もし矢野が現れたら必ずここに電話をするんだ、いいな」

男の口調が変わった。目つきも変わった。まるで態度が一変した。俺はその迫力に気圧され、足を一歩後ろに引いた。初老の男は若い男に「熱海だ、高速を使え」と、命令した。二人は出口に向かって大股で歩き出した。俺は政治結社というのが、どんな組織なのか知らない。

その後、毎日キングに通うものの、中桐も矢野も姿を見せなかった。俺はずっと不安な気持ちを抱えていたのだが、それはきっと考え過ぎではないかと思うようになってきた。中桐は確かに、胸に一物《いちもつ》ある人間だ。だが俺が考えているようなバカなことはしないと思う。それは政治結社という組織は、おもにゆすりなどで資金を集めている集団だと聞いたからだ。

矢野とヨウコの関係は不倫だ。中桐は当然そこに目をつけ、慰謝料を請求してくる。だが矢野の親は不動産屋を経営しているだけあって、それなりの金は持っているはずだ。矢野にしてもヨウコにしても、一からやり直すいいきっかけになるような気がする。

年末に入り、キングは客でごった返していた。サン・スカーレットのシマは、相変わらず半分以上パチプロもどきが占めていた。船田はやっと稼げるようになりました、と言っている。他の連中は勝ったり負けたりだ。これじゃ一般の客と何も変わりゃしない。

八

家に帰るとアサコは物思いに耽《ふけ》っていた。俺は食卓を挟みアサコの目の前に座ると、顔を覗き込んでみた。アサコは憂《うれ》いのこもった寂しい目をしていた。そんなアサコに俺は話しかけてみた。

「アサコどうしたんだい」

「早いもんだな、と思って」

頼りないほどの誠実さが光り輝いて見える。

「そうだね、今年もあと三日で終わりだね」

「ううん、違うの。今日は娘の誕生日なの。死んだ娘の……」

アサコは物憂《ものう》げに言葉を発すると、スーッと立ち上がり寝室に向かって歩き出した。そして小さなぬいぐるみを持って部屋から出て来た。いつも大事に手提げカバンに入れてあるぬいぐるみだ。するとアサコはそのまま硝子戸を開け、ベランダに出て行ってしまった。夜の冷気が部屋に入り込み、室温を少しだけ下げた。

窓を開け天空を見上げているアサコ。まっすぐな姿勢のまま顔だけ天空へと向かっている。随分と前に映画で見たタイトル不明のシーンを、俺は思い浮かべていた。

開け放たれた窓にアサコの意図を汲み取った俺は、ベランダに立ち一緒に空に浮かぶ銀盤を眺めてみた。まるで宇宙へと誘《いざな》われて行くような不思議な感覚になる。

アサコと俺との距離は一メートルほどあった。俺はアサコの横顔に目を向けてみた。そこには今まで感じたことのない神々《こうごう》しい姿があった。俺がその姿に息を呑んでいるとアサコは突然ぬいぐるみを夜空に向け突き出し、「咲ちゃん見える……咲ちゃんが大好きだったパンダだよ」と言った。俺はそのぬいぐるみを見ながらアサコに話しかけた。

「アサコ、なんの星が見えるんだい」

「オリオン座。娘とよく探したの、オリオン座を。あの赤い星をじっと見ていると幸せになるの。きっと娘もあの赤い星からこっちを見てるのよ」

俺は夜空に浮かぶ銀盤から赤い星を探してみた。けど見つけることができなかった。

「私ね、誕生日って嫌いなの」アサコは星に向かって言った。

「どうしてだい」俺も星に向かって言った。

「だって苦しみや悲しみが生まれた日なのよ」

「楽しいことだって嬉しいことだってあるさ」

「ううん、そんなのいらない。だって生まれて来なければ何もないのよ、何も……」

アサコにはどうしても開けられない扉があるのだ。その扉を俺がこじ開けてやらなければならない。

「アサコ、風邪ひくよ。そろそろ部屋に戻ろう」と、俺は言った。

アサコは素直に頷き、大切そうにぬいぐるみを握りしめ部屋に戻った。アサコがリビングに足を踏み入れるのと同時に、ぬいぐるみが照明に照らされた。その時、俺の中にある古い記憶が蘇ろうとしていた。確かアサコはこのぬいぐるみをパンダだと言っていた。俺がいつかどこかで見たぬいぐるみもパンダだったような気がする。クマのような格好をした……。

俺は記憶を絞り出そうと、額に中指を押し当ててみた。

……

……

……

あの時見たぬいぐるみと同じものだ。両手を広げている。……うそだろう。笑った時の口元ときれいに並んだ歯。あの時の母親も……。俺の体内の血液は一気に凍りついた。みつおの声がした。アサコの声もした。二人の声はまるで、海底に沈んだ豪華客船から聞こえてくる亡霊のようであった。

夕べはあまり寝つけなかった。ついつい隣で寝ているアサコに目を向けては、道端にしゃがみ込み花を見つめている親子の姿を思い出していた。

俺がパチンコを始めて三年半が過ぎ去った。そして三年半前に、俺はアサコと出会っていたことを昨日知った。紆余曲折を経て、アサコは今俺の元にいる。この女を守って行くことが俺に課せられた宿命のような気がしてならなかった。

今年もあと二日……俺は今日でパチンコは最後にするつもりだ。大晦日と正月はアサコとのんびり過ごし、そしてちゃんとした職に就こう。

いつものようにアサコと一緒に散歩に出かけた。アサコの瞳は静かな色をしていた。俺の心も静けさを取り戻していた。俺とアサコは土手を歩きながら穏やかな時間を過ごしていた。するとアサコは急に立ち止まり、何かを思い出したかのように語り始めた。

「私ね、子供を産んで少ししたら大きな犬を飼って、みんなで土手を散歩するの。そして美味しい物をたくさん作って公園にも行くの」

アサコの描いた青写真にかけるべく最良の言葉を、俺は探そうとした。だがそんな言葉は見つからず沈黙の中に埋もれていた。するとアサコは逝ってしまった人間に触れるような手つきで俺の顔をなぞり、こう言った。

「ごめんねコウちゃん、私あなたに甘えてばっかりで。でも大丈夫、昨日娘と約束したの。これからは幸せになるからって……」

俺はその言葉をゆっくりと頭の中に浸透させていった。俺達は晴れ渡る空を二人で眺めていた。雲ひとつないきれいな青空だ。俺達の心も今やこの青空のようにきれいに澄んでいた。

家に戻ると俺は出かける準備をした。テレビでは丁度お昼のニュースが流れている。俺は財布をジーパンのポケットに押し込み、腕時計をはめながらそのニュースを聞いていた。

『今朝七時三十分頃、神奈川県真鶴町の真鶴岬の沖合で男性の遺体が発見されました。身長は百七十五センチで、年齢は三十歳から四十五歳くらいと見られています。警察では身元の確認を急ぐと共に、事故と事件の両面から捜査を進めて行く方針です』

何かが心臓に突っかかり息が苦しくなってきた。矢野は片桐によって発見されたのだろうか。中桐が俺のところに姿を見せないってことが、発見されたということを裏づけているような気がする。

俺は平素と変わらぬ落ち着いた声で、みつおとアサコに話しかけた。

「明日は三人で街に出て、お正月の準備をしよう。栗きんとんとか、おもちとか、カニも買おう」

まとまりのない食品を口にして、俺は家を出た。

パチンコキングは相変わらず混んでいた。俺がサン・スカーレットのシマを歩き出すと、儀礼的なお辞儀をする者が何人もいる。俺はそいつらには目もくれず、まっすぐ前を見て歩いた。そして一台の空き台に座った。

俺は攻略をしながら自分の人生を振り返ってみた。高校一年の時のあの事故が、俺の人生を大きく左右した。当時それは、自分だけに降りかかったとんだ不幸だと思い、悲嘆に暮れていた。だがそれは人生を左右する大きな問題とは言い難く、もっともっと多くの人がもっともっと大きなものを背負って生きているんだということを、あとから知った。

俺の一番に問題は、その後の生き方にあるんだと思う。それはいうまでもなく、堅実な仕事を辞め、パチンコという世界に足を踏み入れてしまったことだ。

竹さんは言っていた。パチンコでも安定を築くことができる……と。俺はそれを信じてパチンコをしてきた。そして十分な貯金もできた。けど違うんだよ、竹さん……きっとそこには本当の幸せなんてものはないいんだ。

　パチンコをしていると、人間が成長して行くために必要な、大切な何かに気づかないで生きているような気がする。それがいったいなんなのか、今の俺にはわからない。だが人間は仕事を通していくつものことを学び、成長して行くのだと思う。だがパチンコをしていると、成長して行くために必要な何かをそこら中に落としていってるように思えてならない。

　パチプロなんてものは所詮甘ったれの集団なのさ。自分で何かを突き止めようとする気概《きがい》など微塵《みじん》もない。社会に溶け込み地道に働こうとしない生温い連中なのさ。

　俺は思う。パチプロ達の向こうに見えるのは愚かな欲だけだ。決してそびえ立つ展望など存在しない。向こう側にあるものは色彩を欠いた世界だけだ。テル、お前は偉いよ。

　六時十分、十五回目の大当たりを揃えた。その時、俺の背後で聞き覚えのある声がした。

「やあ、牧……久しぶりだな。ここで毎日稼いでるって聞いたもんで、ちょっと寄ってみたんだ」

　鮫島はワイシャツの上に皮のコートを羽織っていた。

「これから仕事かい」と、俺は訊いてみた。

　鮫島は白い歯を覗かせて頷いた。以前より生き生きとして見える。

「黒とんぼで働いてるんだ。ほら、いずみの近くにあるあの店だよ」

　俺はそうか、とだけ言った。

「俺はパチンコなんかするより今の仕事のほうが向いてるみたいなんだ。それに父親がパチプロじゃ格好悪いだろう」

鮫島は頭をポリポリ掻きながら俺の反応を待っているようだ。

「父親って、まさかお前がかい」

「ああ、リエと結婚したんだ。春には父親になる」

リエっていうのは、片えくぼの可愛らしいホステスのことだろう。テルにしても鮫島にしても、しっかりと自分の目標に向かって歩いている。ここにいるパチンコにしがみつくしか生きる術を知らないパチプロとは大違いだ。

「よかったら、今日飲みに来ないか。俺の勝手な振る舞いでお前には迷惑をかけてしまったようだな……」

急に鮫島が大人びて見えた。

「わかった、あとから行くよ」というと、鮫島は「待ってる、たくさん話をしよう」と言って、立ち去った。

七時二十五分、二十回目の大当たりを揃えた。これが最後、本当にこれが最後だ。俺はキングを出ると電車に乗り、草加駅で降りた。

八時〇五分、黒とんぼのドアを押した。まだ早い時間なのに、テーブルに二組の客とカウンターに一人の男が座っていた。俺は鮫島が立っている目の前のカウンター席に座った。鮫島は一流のバーテンダーのように、リズムをつけながらシェイカーを振っていた。しばらくすると鮫島は、俺の目の前に細長いボトルを置き「これは俺からだ、遠慮しないで飲んでくれ」と言った。

カウンターの一番奥では、若い男がビールを飲んでいた。男は茶色のウエスタンブーツを履いている。つま先の部分には真っ赤なバラが施されている。あまり趣味の良い靴とは思えなかった。男は少しするとビールを一気に飲み干し、勘定を済ませ店を出た。

その後、俺と鮫島はパチンコに関する思い出話をたくさんした。鮫島はゴトの話を一切して来なかったので、俺も何も話さなかった。

三杯目のブランデーを飲み干したところで、団体客が現れた。俺は店も混んできたので「そろそろ帰るよ」と、鮫島に告げた。すると鮫島は「テーブル席でゆっくり飲めばいいさ」と言って、マリというホステスを呼んだ。俺はマリというホステスに従い、席を移動することにした。マリはこの店の中でとびっきり若く見えた。

俺がテーブル席に座るとマリは、私もこれ飲んでもいいかしらと言って、細長いボトルを指差した。俺はいくらでも飲めばいいさ、と言ってあげた。

マリは俺と自分のグラスに氷を入れ、液体を注いだ。マリが初めましてと言って、グラスを持ち上げたので俺もグラスを持ち上げた。その時、何気なくカウンターに目をやると、鮫島はレジの横で受話器を持ち上げていた。俺はマリに「ロックで飲んでも大丈夫なのかい」と、訊いてみた。するとマリは「私、十八なの……だからロックでも水割りでも大丈夫じゃないの」と言った。

その後、俺とマリはいろんな話をたくさんした。マリは高校一年の夏に自殺しようとしたが失敗した、と言っていた。それから学校へは行かなくなりクスリにも手を出した、と言っていた。マリは打ち明け話が終わると気分が高揚してきたのか、ブランデーをロックのまま何杯も飲んだ。気がつくと時計の針は十一時を回っていた。すると鮫島が新しい氷を運んで来てこう言った。

「下りの最終電車が○時十七分なので、乗り遅れないようにな」……と。

俺は電車のことなどすっかり忘れていたので、助かったと思った。鮫島はカウンターに戻ると、また電話をかけ始めた。その後、俺はマリとたわいもない話をし、○時○○分に店を出た。

外はしんみりとした空気に包まれていた。右を見ても左を見ても人っ子一人いなかった。

俺は寒さに耐えながらゆっくり歩き出した。こんなに飲んだのは初めてだ。けどなかなかいい酒だった。鮫島には鮫島の人生があり、マリにはマリの人生がある。確かに人生なんてものは、ある程度運というものに支配されているのかもしれない。その運とは常にまだらなもので、我々の地表を黒く染めているのだ。

信号機のない交差点を左へ曲がり、俺はゆっくりと歩いていた。すると一台の車が俺の横を通り過ぎようとしていた。そのスピードはあまりのも遅く、マラソン選手と同じくらいであった。俺は何か不吉めいたものを感じ車のほうに目を向けると、助手席に女の姿が見えた。サングラスをかけていたが間違いなく女だ。ストレートの髪が肩までかかっている。車はすぐ先の路地を左に曲がって消えた。

俺は時々空を見上げたりしながら歩いていた。けどオリオン座は見つからなかった。きっと方角が違っているんだろう。

しばらくすると背後から微かな足音が聞こえてきた。だがその足音はすぐにやんだ。俺は大分酔っているので気のせいだろうと思った。俺はまた空を見上げてみた。その時、突然背後から激しい風圧が押し寄せてきた。恐怖を覚え振り向くのと同時に、横腹に鋭い衝撃が走った。あまりにも瞬間的で、何が起こったのかすぐに理解することができなかった。

誰かが俺を突き飛ばすようにして離れた。その時、鋭く尖った物が俺の目に飛び込んできた。どうやらこれで刺されたんだなと思うのと同時に、俺は地面に倒れ込んだ。その時、その誰かのつま先が微かに見えた。そこには真っ赤なバラが描かれていた。

俺は仰向けになって腹を抑えてみた。ぬるぬるとしたものが手に伝わってきた。その瞬間、意識が遠のいてゆくのを感じた。声が出ない。虫のようにうごめいているだけだ。だがアサコを残してここで死ぬわけにはいかない。

俺は夜空に目を向けていた。オリオン座がきれいに輝いて見えた。きっと方角が変わったんだ。赤く光った星も見えた。これで大丈夫さ、幸せになる。俺はゆっくりと息を吸ったり吐いたりしながら、隻影《せきえい》もない静けさの中、人が来るのを待つことにした。

〈出典元〉

●二五九ページ　一行目
貝谷久宣著『非定型うつ病』、主婦の友社

●二五九ページ　五行目
香山リカ著『女はみんな「うつ」になる』、中央法規出版

パチプロの向こう側

2018年7月8日発行

著　者　小川広久

発行所　ブックウェイ
〒670-0933　姫路市平野町62
TEL.079 (222) 5372　FAX.079 (223) 3523
http://bookway.jp
印刷所　小野高速印刷株式会社

ISBN978-4-86584-325-5